9클래스 소드 마스터

WISHBOOKS FUSION FANTASY STORY

이형석 퓨전 판타지 장편소설

9클래스 소드마스터 15

이형석 퓨전 판타지 장편소설

초판 1쇄 찍은 날 | 2020년 8월 24일
초판 1쇄 펴낸 날 | 2020년 8월 31일

지은이 | 이형석
펴낸이 | 예경원

기획 | 위시북스
편집책임 | 이은송
편집 | 위시북스

펴낸곳 | 예원북스
등록번호 | 제396-2012-000132호
등록일자 | 2012. 7. 25
KFN | 제1-550호

주소 | 경기도 고양시 일산동구 호수로 646-24 위너스21II빌딩 206A호 (우)10401
전화 | 031-819-9431 팩스 | 031-817-9432
E-mail | yewonbooks@naver.com

ⓒ이형석, 2019

ISBN 979-11-365-3727-0 04810
　　　979-11-6424-597-0 (set)

9클래스 소드 마스터

15

이형석 퓨전 판타지 장편소설

WISHBOOKS FUSION FANTASY STORY

Wish Books

CONTENTS

Chapter 1	7
Chapter 2	67
Chapter 3	115
Chapter 4	155
Chapter 5	191
Chapter 6	239
Chapter 7	279

▶Chapter 1◀

"오셨습니까!"

"주군!"

비룡부대가 도착하자마자 두샬라는 황급히 달려와 카릴의 상태를 살폈다. 그녀의 옆에는 앤섬 하워드가 있었다. 가네스는 반가운 얼굴에 가볍게 고개를 끄덕였다. 그는 포나인으로 가기 전에 카릴이 타투르에 그를 내려 준 것을 알았다.

"고생했다고 들었다. 병력을 집결시키느라 수고했어."

"벼, 별말씀을……."

그녀는 칭찬에 몸 둘 바를 모르겠다는 듯 허리를 숙였다.

"나머지 두 드래곤은?"

"현재 골드 드래곤은 현재 포나인 방어성에서 비올라 님과 대치 중이며 그린 드래곤은 밀리아나 님과 격돌 중이라고 합니다."

"흐음……. 지원 요청은?"

"양쪽 다 없습니다. 이미 북부 이민족과 에이단의 암연이 각각에 지원을 한다는 보고입니다."

"이민족에게는 지시를 내렸던 일이긴 하지만……. 사실 디곤 쪽은 조금 불안했었는데 다행이야. 알테만에게 섬에서 빠져나오면 디곤을 도우라고 언질은 해뒀지만 타이밍이 이렇게 딱 맞을 것이라곤 생각 못 했는걸."

카릴은 고개를 끄덕였다.

'에이단이 왔다는 건 알테만도 함께 있다는 뜻이겠지. 소드마스터를 뛰어넘는 실력을 가진 그라면 충분히 그린 드래곤을 상대할 수 있는 전력이 된다.'

바람의 정령왕인 광풍(狂風) 사마아드의 힘이 봉인되어 있는 라이칸스로프의 의지를 가진 화린이 가세한 포나인의 방어성 역시 골드 드래곤을 상대할 저력이 되었다.

양쪽 진형 간에 팽팽한 전력 구도가 형성된 시점에서 카릴은 이제 본대라고 할 수 있는 제국군 50만과의 싸움에 집중할 수 있게 된 것이다.

"두샬라. 현재 타투르의 자유군이 얼마나 되지?"

"네. 이쪽으로."

그녀는 상황실에서 지금까지의 일을 차례차례 카릴에게 보고했다. 여기저기 너부러져 있는 지도들에 카릴은 얼마나 그녀가 여러 준비를 해왔는지 알 수 있었다.

"타투르에 상주하고 있는 자유군 10만과 라니온 연합군 5만 그리고 울카스 길드와 불멸회의 마법병대 1만 마지막으로 가네스 경의 비룡부대 1천 기까지 약 16만이 현재 저희의 전력입니다."

"16만 대 60만이라……. 숫자상으로는 확실히 불리하지만 불멸회의 마법사들이나 가네스의 비룡부대는 단순히 숫자로 전력을 판단할 수는 없지."

"네. 그래서 지금 저희 전력을 약 20만으로 상정하여 전략을 짰습니다."

앤섬 하워드가 카릴의 말에 기다렸다는 듯 말했다.

"널 먼저 내려주고 온 것이 잘한 일이었군."

"아닙니다. 두샬라 님의 기본 전략이 훌륭해서 빠르게 수정할 수 있었습니다."

그의 대답에 두샬라는 얼굴을 가리고 있다는 것도 잊은 채 부끄러운 듯 고개를 숙였다.

"쟤가 왜 저래?

상황실에 있던 캄마는 그런 그녀의 반응을 보며 코웃음을 쳤고 조금 전과 달리 베일 뒤로 날카롭게 노려보는 그녀의 눈빛에 캄마는 떨떠름한 표정을 지었다.

"불리한 싸움이기는 하지만 해볼 만합니다."

두샬라는 캄마를 향해 눈을 흘기고는 카릴에게 말했다.

"제국군을 쓸 수 없는 지형적인 이점을 저희는 가지고 있으니까요. 그들은 모를 겁니다. 포나인은 강의 거센 물살만이 위협적인 것이 아니라는 걸요."

그녀의 말이 무슨 뜻인지 알겠다는 듯 카릴이 옅은 미소를 지었다.

"그래. 몬스터와 강물 때문에 포나인이 유명해졌지만 사실상 전쟁에서 정말로 무서운 건 강이 아니라 숲이니까."

"역시……."

두샬라는 카릴의 말에 낮은 탄성을 질렀다.

"티렌의 성격은 내가 잘 안다. 그는 완벽한 전장을 위해서 무대부터 만드는 일을 할 거야."

"무대라……."

"그렇게 되면 곧 이 숲의 비밀을 알게 되겠지. 녀석의 당황스러운 얼굴이 궁금해지는걸. 앤섬, 그녀에게 숲의 비밀을 들었다면 계획은 이미 세워졌겠지."

그녀의 입꼬리가 올라갔다.

"물론입니다."

"좋다. 조급해할 필요 없다. 수적인 우세는 이 전쟁에서 중요한 것이 아니다. 시간이야말로 우리의 편이니까."

"네!!"

"알겠습니다."

카릴의 명령에 부하들은 호기롭게 대답했다.

하지만 전의를 불태우는 그들과 달리 두샬라만은 어쩐지 긴장한 듯 머뭇거리며 입을 열었다.

"그리고……. 또 하나 보고 드릴 것이 있습니다."

그녀는 카릴의 안색을 살폈다.

"무슨 일인데 그래?"

"그게……."

의아한 듯 다시 한번 그가 묻자 그제야 그녀는 조심스럽게 말을 꺼내었다.

"선혈동굴로 갔던 수안 하자르와 이스라필의 연락이 끊어졌습니다."

움찔-

그녀의 보고에 카릴의 뺨이 씰룩였다.

"언제부터?"

카릴이 두샬라를 바라봤다.

"일주일 정도 되었습니다. 우월한 눈의 특성상 양방향 통신은 되지 않았지만, 일정 시간에 항상 이스라필이 통신구를 통해 우월한 눈으로 본 장면들을 전송해 왔습니다."

"그런데?"

"일주일 전부터 더 이상 보고를 해오지 않고 있습니다. 전쟁 중이라 손을 쓸 겨를이 없어 대처할 방도를 찾지 못했는데…… 괜찮을까요?"

두샬라 역시 걱정스러운 목소리로 되물었다. 순간 방 안에 무거운 기운이 내리 않았다.

[걱정 마라.]

그 순간 고민하는 카릴 대신 알른이 먼저 대답했다.

[이스라필 그 녀석은 내게 마법을 배웠다. 비실거리는 놈이 기는 하지만 쉽사리 죽을 만큼 허술하게 가르치지는 않았으니까. 별일 없을 게다.]

그 덕분에 가라앉았던 분위기가 조금은 활기가 도는 것 같았다. 카릴 역시 고개를 끄덕이며 말했다.

"그래. 거기엔 수안 하자르가 함께 있다. 두 사람이라면 결코 쉽게 당할 리 없어. 지금 우리는 눈앞에 있을 전투에 집중하는 것이 더 중요해."

"넵."

"명심하겠습니다."

그의 말에 나머지 사람들이 대답했다.

카릴은 후우- 하고 숨을 고르고는 지도 위에 그려진 대륙을 가로 지르는 거대한 강물을 가리켰다.

"녀석들은 일차적으로 포나인 강에서 발을 멈추게 될 것이다. 대군을 이동시키기 위해서는 수로를 막고 더불어 타투르의 방어책인 물살을 없애려 하겠지."

"맞습니다."

"우리는 뒤를 친다."

그의 말에 의미심장하게 앤섬이 고개를 끄덕였다.

"수로를 막고 숲을 건넜을 때 그들은 또 다른 난관에 봉착하게 될 테니까요. 그곳에 눈이 팔려 뒤를 보지 못한다면⋯⋯."

앤섬은 제국군을 표시해 놓은 세 개의 말 중에 가장 뒤에 있는 말을 가리키며 말했다.

"선발대인 제1진에도 마법병대가 있긴 하지만 제국 마법병대는 아카데미의 마법사들이 포진되어 있는 후방부대인 3진이야말로 핵심이라 할 수 있습니다."

"그렇지."

"그전에 승부를 보는 것이 좋습니다. 본대와 합쳐지는 순간 그들을 처리하기 까다로워질 테니까요. 반대로 이들에게 타격을 입힌다면 전쟁의 판도를 수월하게 우리 쪽으로 가져올 수 있습니다."

"하지만 뒤를 친다는 것이 가능할까요? 비룡 부대가 강하긴 하지만 이들만으로는 섬멸하기 어렵습니다. 뿐만 아니라 백금룡의 소재가 아직 파악되지 않았습니다. 본대에 있다면 좋겠지⋯⋯."

두샬라는 앤섬의 계획에 살짝 걱정스러운 목소리로 물었다.

"후방에 있을 가능성이 높지."

"차라리 본대를 안쪽으로 유인하여 해군을 통해서 뒤를 치는 것은 어떨까요?"

두샬라가 지도 위에 대륙과 공국 사이에 해협을 가리키며 말했다.

"곧 해전이 종결될 것으로 보입니다. 그렇게 되면 칼 맥의 마도 범선을 이용해서 빠르게 공국의 병력을 이동시킬 수 있게 될 겁니다. 다만 그때까지 버티는 것이 관건이겠지만요. 정보에 의하면 아카데미 소속 마법사 중 세르가란 자가 7클래스 반열에 새로이 등극했다고 합니다."

"흐음."

카릴은 그의 보고에 고개를 끄덕였다. 미하일을 보내어 여명회에서 그의 성장을 방해하려고 했으나 아쉽게도 실패하고 말았다.

'하지만 대신에 그곳에서 미하일이 급성장할 수 있는 계기를 마련할 수 있었으니 나쁘진 않다.'

세르가와 미하일 둘 다 대륙을 평정하고 있을 신탁 전쟁에서 필요한 유능한 인재였으니 세르가의 성장이 지금 당장은 불편할 수 있지만 나중을 생각하면 좋은 일이었다.

"그건 안됩니다. 타투르에도 울카스 길드의 마법 부대가 있긴 하지만 7클래스의 대마법사와 제국의 정예 마법병대를 상대하는 것은 역부족입니다."

[뭐가 역부족이야? 이제 갓 7클래스의 벽을 허문 애송이 따위가 뭐가 두렵다고. 내가 있잖느냐.]

알른이 앤섬의 말에 코웃음을 쳤다.

[데리고 오라고 해. 묵사발을 내줄 테니.]

카릴은 그런 그를 바라보며 피식 웃고 말았다.

"앤섬. 해전이 끝나길 기다릴 필요 없다. 지금쯤이면 기병을 위주로 한 공국의 일부 병력이 북부에 다다랐을 거야. 뒤를 치는 것은 비룡 부대가 아니다. 너는 가네스와 함께 그들을 이끌고 합류해라."

"네?"

"북부에 해협이 좁아지는 길목에 과거 강철 함대의 잔해들을 묶어 다리를 만든 곳이 있다. 지금쯤이면 노움국이 그걸 수리했을 거다. 골렘은 무리겠지만 병력을 이동시키는 데엔 무리가 없을 거야."

그의 말에 사람들은 감탄을 금치 못했다.

'언제 그런 지시를……'

'강철함대가 이런 식으로 다시 쓰일 줄이야. 놀랍군.'

전(前) 공국 출신인 앤섬 하워드와 가네스 아벨란트는 묘한 기분으로 웃었다.

"하나 저희가 지원군을 데리고 오는 역할이라면 뒤를 치는 부대는 누구입니까?"

카릴은 손가락으로 자신을 가리켰다.

"나."

그의 한 마디에 모두가 그럴 줄 알았다는 듯 옅은 헛웃음을 짓고 말았다.

"두샬라. 곧 카일라 창이 창 일가의 전사들을 데리고 합류할 거다. 도착하면 창 일가를 정비해서 내게 오라고 해."

"알겠습니다."

두샬라는 고개를 끄덕이며 대답했다.

"얼마 남지 않았다. 북부와 남부 그리고 저 멀리 해협에서까지 전쟁이 진행 중이다. 그들이 기다리는 결과를 가져다주기 위해선 우리가 줄을 끊어야 한다."

와아아아아아--!! 와아아아--!!

카릴의 말이 끝남과 동시에 마치 그의 말을 들은 것인 양 타투르 전역에서 병사들의 함성이 들렸다. 그들의 목소리에 힘입어 그는 부하들에게 말했다.

"제국의 명줄을."

[걱정이 되나 보군.]

늦은 밤임에도 불구하고 전쟁 준비로 불야성을 이루는 타투르의 모습을 내려다보는 카릴을 향해 알른이 말했다.

[수안과 이스라필 때문이냐. 뭐, 당연한 이야기겠지. 지금까지 이런 일이 있었던 적이 없으니까.]

그의 말에 카릴은 고개를 끄덕이며 쓴웃음을 지었다. 두샬라의 보고에 내색하지는 않았지만 카릴은 두 사람이 간 장소가 가지는 무게가 내심 마음에 걸렸다. 선혈동굴은 검은 포자라 불리던 마계의 열매가 발견된 장소였다. 그리고 다름 아닌 우든 클라우드와 관련된 장소였기 때문이다.

"교단과 우든 클라우드가 지금까지 대립 되어 있던 이유는 선황이었던 타이란 슈테안 때문이라고 생각한다. 그는 교단의 힘은 이용했지만 반대로 우든 클라우드는 경계했지."

[조율이 필요했기 때문이군. 힘의 균형 말이야. 교단과 우든 클라우드 놈들이 대놓고 합쳐진다면 제국도 쉽사리 그들을 통제할 수 없으니까.]

"맞아. 그래서 우든 클라우드는 공국에 교단은 제국에 붙었지."

[하지만 공국이 무너지고 우든 클라우드와 관계가 있는 올리번이 황좌에 올랐으니 이제 우든 클라우드가 제국에 흡수되겠지. 호음…… 그럼 교단은 어떻게 되는 거지? 놈들은 우든 클라우드와 뿌리는 같지만 확실히 다른 세력인데.]

"두 가지겠지. 흡수되거나 사라지거나."

[명료하군.]

알른은 카릴의 말에 고개를 끄덕였다.

"문제는 그들이 이 전쟁에 관여를 하는가겠지."

[가능성이 없다고는 볼 수 없지. 올리번이 우든 클라우드와 한패라면 말이야.]

"관건은 우든 클라우드로서 참여할지 교단의 모습을 하고 참여를 할 것인지야. 전생엔 올리번이 제국을 성립했을 때 교단과 우든 클라우드 두 곳이 모두 존재했으니까."

[그럼 이번에도 교단일 가능성이 높겠군. 신탁을 받았던 것

도 교단이잖느냐.]

"아마도. 하지만 이건 전생에 없던 전쟁. 무엇이 바뀌었어도 이상하진 않지."

[예상치 못한 적이 존재할 수 있단 말이로군.]

카릴은 아래를 내려다봤다.

'우든 클라우드는 후에 블루 로어라는 광신교를 세웠다. 결국 종교라는 형태로 남아 있었다는 것은 그 모습이 가장 자신들이 잘할 수 있는 모습이라는 뜻이겠지.'

더 이상 우든 클라우드는 베일에 싸인 존재가 아니었다. 그들 역시 카릴이 실마리를 쫓고 있다는 것을 안 상황에서 이제 수면 위로 완전히 모습을 직접 드러낼 것인지가 주요한 화두가 될 것이었다.

"놈들은 잡아야 한다. 우든 클라우드는 단순히 올리번과 관계가 있는 것으로 끝이 아니니까. 그들의 머리라 할 수 있는 라엘을 백금룡의 레어에서 만났으니까."

레어에서 확인했던 실험들. 인간을 비롯해 무수한 종족들을 가지고 나르 디 마우그는 알 수 없는 연구를 했었다.

그 실험의 연장선에 우든 클라우드가 속해 있는 것이라면 우든 클라우드의 선혈동굴 역시 백금룡의 손이 닿아 있을지 모른다.

'선혈동굴에서 자라던 식물은 마계의 것이다. 어쩌면 백금룡 그놈이 마계의 문을 연 범인 중 하나일지도 모른다.'

카릴은 눈을 가늘게 떴다.

[뭣하면 내게 두아트의 힘을 빌려줘라. 그럼 내가 선혈동굴을 조사하도록 하지.]

알른이 그의 속내를 눈치챈 듯 말을 걸었다. 하지만 이내 곧 카릴은 고개를 저었다.

"아니. 본대에 있든 후발대에 있든 백금룡 그놈은 분명 이 전장에 올 거다. 어떤 형태로든 함정을 파놓고 기다리겠지. 녀석을 상대하는 데 두아트와 당신이 빠진다면 나 혼자서는 역부족일 수 있어."

[흐음…… 천하의 카릴이 두려운 건가?]

"확실하게 하고 싶은 것뿐이지."

카릴은 알른의 가벼운 도발에 넘어가지 않았다. 농담이란 것을 알지만 그만큼 지금 상대는 호락호락하지 않았으니까.

"녀석은 퓌톤 같은 어수룩한 상대가 아니니까. 게다가 그곳엔 녀석을 보좌할 크웰을 비롯해서 소드 마스터 4명에 대마법사 1명이 포진되어 있다. 우리 쪽엔 가네스와 란돌이 있지만, 그 다섯을 모두 상대하긴 힘들어."

[흐음…… 확실히 그렇군. 레볼인가 하는 그 거대 골렘을 빠르게 이동시킬 수 있으면 좋았을 텐데 무게가 무게인 만큼 옮기는 시간이 걸리는 게 단점이로군.]

카릴의 말에 알른은 아쉬운 듯 입맛을 다시며 말했다. 그러나 명백한 전력 차이였음에도 불구하고 카릴은 오히려 담담한 목소리로 말했다.

'그러니 당신이 있어야지. 그리고 백금룡의 뒷덜미에 복수의 칼을 꽂아 넣기 위해 지금까지 기다렸던 것 아냐?'

알른은 이런 상황에 그런 말을 할 수 있는 카릴의 모습에 어이가 없다는 듯 웃었다.

[그럼. 물론이지.]

그가 손을 뻗어 허공을 젓자 거대한 마경이 나타나며 육안으로는 볼 수 없는 거리에 제국군의 모습이 마치 코앞에 나타난 것처럼 펼쳐졌다.

"가자. 놈을 만나러."

[클클…….]

카릴은 알른을 가리키며 말했다.

제2진인 본대가 합류하고 병력이 증강된 제국군은 포나인 상류를 건너며 천천히 울창하게 자라나 있는 숲들을 벌목하기 시작했다.

"자, 자! 빨리빨리 움직여라!!"

"잘라낸 나무들은 한데 엮어서 강을 막는 데 사용한다!! 끝을 깎은 나무들은 반대쪽으로 모아서 강물을 막기 전에 내려보낸다!!"

9클래스 15

"네!!"

"알겠습니다!!"

카릴의 기습으로 잠시 주춤했던 제국군은 숲을 잘라내며 그곳에 거점을 세우고 서서히 영역을 넓혀 나가기 시작했다.

티렌이 타투르 공략으로 세운 계책은 전무후무한 것이었다.

포나인 상류에서부터 숲에 자라 있는 나무들을 모두 베어 위를 틀어막음과 남은 나무 기둥들은 동시에 못처럼 날카롭게 앞을 깎아 타투르로 흘려보낸다.

타투르의 강점은 포나인의 매서운 강물이었다. 하지만 아예 강물 자체를 막음과 동시에 뾰족한 나무 기둥들이 일차적으로 타투르의 성벽에 피해를 입히고 강을 타고 쌓인 나무 기둥들이 성벽을 가로막아 안쪽에선 밖으로 나가는 데 어려움을 겪고 반대로 밖에서는 쌓인 나무들이 발판이 되어 성벽 위를 공략하기 용이하게 만들었다.

단순하지만 누구도 엄두를 내지 못할 일. 1, 2만의 병력으로는 시도조차 해볼 수 없는 계획이었다. 하지만 숲을 평지로 만들고 강을 두 발로 건널 수 있도록 물을 막아버리려는 이 일은 실로 수십만의 병사들이 있기에 가능한 일이었다.

장관이라 할 수 있는 대규모의 병사들을 작업을 하고 있는 모습을 보면서도 어쩐지 티렌은 석연치 않은 얼굴이었다.

"무슨 걱정이라도?"

지휘를 하는 티렌에게 크웰이 물었다.

"생각보다 지형이 좋지 않습니다. 때문에 시간도 너무 지체되어 버렸고요. 어째서 타투르가 자유 도시로 남아 있었는지 이해가 가는군요."

"으흠."

그의 대답에 크웰은 고개를 끄덕였고 그의 뒤에 있던 엘리엇과 마르트는 깨끗하게 베어진 나무들 덕분에 허허벌판이 되어 가고 있는 숲을 보며 의아한 듯 물었다.

"포나인 강에 있는 숲이야 워낙 오랫동안 방치해 둔 곳들이라 정리하는 데 시간이 걸리는 것은 어쩔 수 없지만 불리한 지형은 이 작업을 통해서 없애고 있는 것이 아닙니까?"

엘리엇이 먼저 물었다.

"그래. 포나인의 물살도 상류에서 틀어막아 버리면 해결될 일이니 내 생각엔 네 계획이 지금으로서는 상책이라 생각되는데."

마르트 역시 그의 생각에 동의하듯 말했다.

"문제는 단순히 자라난 나무가 아닙니다. 여길 보시면 타투르로 향하는 길목은 의외로 나무에 가려져 보이지 않았던 언덕들이 많습니다. 그리고 그 언덕들이 서로 연계되어 입구를 형성하고 있지요."

"흐음……?"

그의 말에 두 사람은 전방을 바라봤다.

"그래 봐야 제국의 협곡보다 훨씬 낮지 않느냐. 이 정도면 놈들이 원거리 부대를 배치한다 하더라도 우리 쪽에서도 충분히 반격할 수 있다. 뿐만 아니라 입구의 크기도 크다. 방어 부대만 남기고 주력 부대는 빠르게 통과해서 놈들의 뒤를 치는 것도 가능해."

마르트의 말에 티렌은 오히려 옅은 쓴웃음을 지었다. 그의 얼굴에서 말하는 의미를 눈치챈 듯 크웰이 물었다.

"혹시 뒤쪽이 병목지라는 뜻인 게냐."

티렌은 고개를 끄덕였다.

"네. 그렇습니다. 사실 정보가 부족한 것이 문제입니다. 입구는 넓고 단순해 보이지만 나무에 가려졌던 언덕의 개수를 파악할 수 없는 만큼 뒤의 지형이 혹여 대군을 이끌고 진격하기 어려운 좁은 갈래로 나뉜 곳들이라면…… 평지를 만들어 지대를 넓힌다는 당초의 계획이 무용지물이 될 수밖에 없습니다."

티렌은 제국군의 본진에 있는 언덕의 입구 쪽에 둥그렇게 원을 그리고는 뒤편으로 병의 목처럼 좁은 길을 여러 개로 나누어 그렸다.

"만약 이런 식으로 들어가는 길이 좁고 여러 갈래로 나뉘어 있다면 적의 협공을 받을 수 있습니다."

"으흠……."

"저희가 포나인의 물을 막아 생기는 평지가 병목지를 만들게 되어 적군의 진출 경로를 제공한다면 지금까지의 수고가 저희에게만 이점이 되는 것이 아니게 되겠지요."

"길목이 좁다는 것은 군대가 이동할 수 있는 숫자의 제약을 받는다는 뜻이니 대군의 장점도 사라지게 되지."

크웰은 심각한 표정으로 지도를 읽기 시작했다.

"적이 오기 전에 빠르게 밀고 들어가는 건 어때? 결국은 병목의 이 입구를 통과하는 것이 관건이라는 거잖아? 협공만 받지 않는다면 오히려 각 길목마다 각각 일대일의 싸움이 될 수 있을 텐데."

"맞습니다."

"결국 각각의 미로처럼 생긴 언덕 지형들이 만들어내는 길목도 한정적입니다. 대군의 이점을 살리기 위해서는 이 길목 중 한 곳이라도 먼저 빠르게 통과하여 적의 뒤를 노리는 방법뿐입니다."

티렌은 마르트의 말에 동의하면서도 자신의 계획을 계속해서 이야기했다.

"하지만 그건 적도 예상하고 있을 터. 군으로 막을 수 없는 길목은 마법으로 함정을 짜놓았을 가능성이 높습니다."

"그럼 어떻게 해야 하지?"

"언덕을 차지하는 것."

그는 지도에 병의 입구처럼 시작되는 언덕 초입을 가리키며 말했다.

"정보가 없는 전장이기에 가장 먼저 필요한 것은 지형을 파악하는 것입니다. 그러기 위해서는 군을 한눈에 내려다볼 수 있는 장소가 필요합니다. 이 또한 자유군 역시 마찬가지."

"언덕 쟁탈전이란 말이로군."

"네가 생각한 첫 장소는?"

"바로 이곳입니다."

티렌은 한 곳을 가리키며 말했다.

"병력이 움직입니다."

"준비는?"

"끝났습니다."

카인라 창의 대답에 창 일가의 전사들은 긴장감 가득한 얼굴로 검을 쥐었다.

"예상대로 병목지를 뚫기 위한 기병부대가 집결 중입니다. 보병과 마법사들을 완전히 제외한 것으로 보아 피해를 무릅쓰고 무조건적으로 뚫기 위한 책략으로 보입니다."

"그렇겠지. 티렌이라면 그 방법 말곤 머릿속에 떠오르는 게 없을 테니까."

'티렌. 역시 너는 변하지 않는군.'

카릴은 저 멀리 어딘가에 있을 그의 이름을 떠올렸다.

'너는 전생에 재상으로서 참으로 많은 병사들이 흘린 피 위에 서 있었다. 승리를 위해서라면 잔혹할 정도로 아군의 희생마저 묵인하는 전략을 감행했었지.'

마치 추억을 회상하듯 그는 들리지 않는 말을 그에게 전하듯 생각했다.

'철의 재상이라 불릴 정도로 차디찬 너로 인해 나 역시 숱한 끔찍한 전쟁을 치렀지만……. 넌 눈 하나 깜빡이지 않았다. 단순히 이민족이었던 나를 싫어했기 때문이 아냐. 귀족이 아닌 병사의 목숨 따윈 소중히 여기지 않기 때문이다.'

그런 냉정한 작전을 짜고 실행에 옮길 수 있는 이유는 단순히 티렌 맥거번이 차가운 사람이기 때문만은 아니었다.

'브랜 가문트가 있었기 때문이지.'

티렌이 작전을 짜고 브랜 가문트가 전장을 직접 지휘한다. 이것이 전생에 제국의 전쟁 방식이었다. 하지만 자신으로 인해 브랜 가문트가 죽는 바람에 이제 티렌이 직접 전장에 나서게 되었다.

"사람의 목숨을 가볍게 여길 수 있는 것은 책상에 펼쳐놓은 지도 위에 그저 말을 움직이기만 해서다. 전장이란 날마다 수백, 수천이 죽어 나가는 살육의 장 속에서 과연……. 네가 여전히 평정을 유지할 수 있을지 궁금하군."

카릴은 눈빛을 번뜩이며 낮은 목소리로 중얼거렸다.

"카일라. 일러둔 대로 병력을 배치하고 기다려라. 이번 전투에서 너희 창 일가가 가장 중요한 역할이 될 것이다."

"명심하겠습니다. 그런데 어떻게 아셨습니까? 타투르 주변에 나무에 가려져 보이지 않는 언덕과 기둥들이 있다는 사실을 말입니다."

"별것 아냐. 위에서 내려다봤을 뿐."

카릴의 대답에 카일라 창은 비룡을 떠올리며 고개를 끄덕였다.

[큭큭……. 그 위라는 뜻이 하늘이 아니라 하늘보다 더 높은 시간이라는 것을 저 녀석은 모르겠지. 조금만 생각해도 나무에 가려져 있는 언덕들을 발견하고 길을 예측한다는 것이 결코 단시간에 할 수 있는 일이 아니란 걸 알 텐데. 저 애송이 녀석 정말 믿고 전술을 맡길 만한가?]

알른의 핀잔에 카릴은 피식 웃었다.

[뭐, 정말 상황이 우습군. 전생에도 이와 같은 짓을 했었고 지금부터 네가 쓸 방어법이 바로 티렌 놈이 만든 것이라니 말이야. 결국은 제 꾀에 제가 당하게 되었어.]

'사람은 변하지 않으니까. 결국 생각하는 것도 똑같지. 병사들이 목숨을 소모품으로 생각하는 것까지.'

카릴은 쓴웃음을 지으며 말했다.

'그 당시에는 적이 인간이 아니라 타락이었긴 하지만. 그래도 넌 우릴 타락을 막는 수단으로밖에 생각하지 않았지.'

카릴은 고개를 들었다.

'그러니 이번엔 네가 당할 차례다.'

"돌격하라!!"

크웰의 외침과 함께 기병들이 일제히 언덕 아래를 향해 진격했다. 타투르까지는 아직 거리가 남아 있었지만 더 이상 지체할 수 없다 여긴 제국군은 포나인의 상류를 막음과 동시에 쌓아 놓은 나무 기둥들을 강물을 향해 흘려보냈다.

촤아아악-!! 촤아아-!!

날카롭게 끝을 자른 수백 개가 넘는 나무 기둥들이 일제히 급류를 따라 타투르로 떠내려갔고 크웰은 속도를 맞춰 기병들을 향해 소리쳤다.

"제1, 2, 3군은 왼쪽으로 4, 5, 6군은 중앙을 노린다. 그리고 마지막 7군은 나를 따르라!!"

와아아아아-!! 와아아-!!

"보고드립니다!! 제국군!! 협로를 통과하기 위해서 병력 진군 중입니다!! 숫자는 약 7천!"

크웰의 기병 부대를 확인한 자유군의 척후병들이 카릴에게 달려와 보고를 했다. 멀리서 들려오는 병사들의 함성만으로도 제국군의 진격이 시작했다는 것은 알 수 있었다.

"계획대로 진행한다. 카일라. 창 일가 5천을 이끌고 제국 6군까지 모든 기병들을 막는다."

"네."

"그리고 크웰이 이끄는 7군은 오른쪽 가장 안쪽 길로 유도한다. 가네스 비룡 부대를 이끌고 기병 부대가 병목 입구를 통과하는 순간 바위를 떨어뜨려 입구를 막는다. 이후에 카일라를 도와 기병의 뒤를 친다."

"알겠습니다."

"명심해라. 비룡 부대는 적을 섬멸하는 것이 목적이 아니다. 틀어막은 입구를 뚫기 위해 마법병대가 투입되는 순간을 타격을 주는 것이 주요 임무니까."

가네스는 그의 말에 고개를 끄덕였다.

[클클클…… 재밌겠군. 놈들은 저 언덕을 뚫고 통과하는 것이 가장 큰 목적이라 생각하겠지만 네 녀석은 그 생각을 뛰어넘는구나.]

카릴은 옅은 미소를 지었다.

"크웰의 정예병을 제외한 나머지 병력은 미끼일 뿐이다. 티렌은 그들을 희생해서 크웰이 이끄는 기병 부대가 언덕을 뚫고 넘어가도록 하려는 것이겠지. 제국군에서 가장 강력한 전력이니까."

[하지만 그렇기에 오히려 그를 완전히 배제하고 나머지 병력만을 섬멸하여 피해를 입힌다. 더 나아가……]

알른은 마치 콧노래를 하는 것 마냥 흥얼거리듯 말했다.

"크웰이 노리는 곳은 뻔하다. 중앙 안쪽에 있는 가장 높은 언덕. 그리고 그곳을 가기 위해서는 오른쪽 아랫길을 통할 수밖에 없어. 언덕은 놈들에게 내어준다. 우리는 더 큰 이득을 챙길 것이니까.]

[클클……. 크웰이 빠져 버린 본진을 노린다. 실로 이거야말로 명쾌한 한 수로구나.]

카릴의 말에 알른은 말했다.

"티렌. 부디 전장의 공포에 잡아먹히지 마라."

카릴은 나지막하게 말했다.

[이 와중에 그 녀석을 걱정 하는 게냐.]

"아니."

알른의 물음에 그는 한쪽 입꼬리를 피식 올리며 말했다.

"전쟁의 패배로 제구실을 못 하면 안 되니까."

[제구실?]

"신탁이 내려지기 전에 나머지 두 개의 유물을 찾아낼 것이다. 티렌은 그 유물을 찾을 낼 안내자가 되어줘야 하니까."

[너는 벌써 이 앞을 생각하는 것이더냐. 백만 대군이 격돌하는 대전쟁을 눈앞에 두고도.]

알른은 기가 막힌다는 듯 헛웃음을 지으며 말했다.

"대전쟁은 시작도 하지 않았다. 이건 전초전에 불과해."

차앙-!!

그가 검을 들어 올리자 창 일가의 전사들이 일제히 말을 달리기 시작했다.

"그러니 이곳에서 지체할 필요 없지. 단기전으로 끝낸다."

"온다."

카일라는 긴장된 목소리로 말했다. 그녀가 손을 들어 올리자 5천 기의 기병들이 일제히 말을 몰기 시작했다.

"협곡의 입구를 틀어막는다!! 절대로 적이 안쪽으로 들어오지 못하도록 해야 한다!! 창!! 맹화진을 펼쳐라!!"

그녀의 외침과 동시에 창 일가의 전사들은 일제히 좁은 협곡 아래에서 앞쪽 선두는 두 개의 원진을 그리며 회전했고 나머지 병사들은 협곡의 너비에 맞춰 일렬씩 줄을 섰다.

두두두두두……!! 두두두두두……!!

기병으로 이뤄진 전사들이 먼저 제국군과 격돌했다. 원을 그리며 회전을 하던 그들은 송곳처럼 한 점에 모이며 제국군을 뚫고서 양 바깥쪽으로 갈라졌다.

"2파, 3파를 때려라!!"

맹렬한 불꽃 같은 창 일가의 전법은 단순히 한 번으로 끝나는 것이 아니다. 문을 열 듯 앞선 두 개의 원진이 제국군을 뚫고 지나가자 그 뒤에 열을 맞춰 서 있던 기병들이 이어지듯 좁은 협곡을 때렸다.

"저 어린 수장도 제법이네요. 전투에 들어가기 전까지만 하더라도 벌벌 떠는 것 같았는데 시작하자마자 눈빛이 바뀌었군요."

"그녀는 저와 함께 무진의 진을 만들었습니다. 누구보다 전술에 일가견이 있는 사람 중 한 명이지요. 특히나 이렇게 동시다발적으로 벌어지는 전투를 제어하는 능력은 탁월하다 볼 수 있습니다."

두샬라는 앤섬의 말에 고개를 끄덕였다.

"군을 나누는 이유는 빠르게 사태에 대처하고 유동적으로 움직이기 위해서입니다만 아무리 연계가 좋다 하더라도 한 명이서 군을 움직이는 것보다는 못합니다."

"현실적으로 불가능한 일이니까요. 전투에 돌입하게 되면 자신의 부대를 통솔하는 것만으로도 어려운 일인데 다른 부대를 신경 쓸 겨를이 있겠습니까."

"이런 지형은 특히나 더 그럴 겁니다. 언덕에 가려져 길이 나뉘어 있으니 사실상 아군의 위치가 보이지 않는다고 해도 과언이 아니죠."

두샬라는 고개를 끄덕였다.

"그 불가능한 일을 지금 저 어린 여자아이가 해내고 있다는 말이군요."

"저들이 아니면 불가능한 방법으로 말이죠."

앤섬은 카일라 창의 각 부대 뒤에 기다란 줄이 연결되어 상공에 떠 있는 마법연을 바라봤다.

하늘을 날고 있는 커다란 사각형의 방패연은 총 5개였는데 여기저기 병장기가 부딪히는 소음이 나는 곳마다 마치 연들은 살아 있는 것처럼 움직였다.

다름 아닌 1천 기씩 나눈 창 일가의 부대들이 각각 하늘에 띄운 것들이었다.

휘이익……!!

연의 네 개의 귀퉁이에 각기 다른 색깔의 줄이 연결되어 있었는데 신기하게도 격렬한 전투 중에도 바람이 없어도 좌우로 움직였다. 그리고 각각의 색깔의 귀퉁이가 하늘을 가리킬 때마다 창 일가의 병력은 저마다 명령을 받은 것처럼 알아서 협곡을 휘저으며 질주했다.

하늘에 떠 있는 연 덕분에 보이지 않아도 각각의 부대들은 서로 연계를 하며 서로의 위치를 알 수 있었다.

"연을 띄워 부대의 상황을 알리는 신호로 쓸 줄이야. 재미있는 방법이네요. 그녀는 공국에서 무진을 만든 것뿐만 아니라 맹화진을 더 발전시킨 모양입니다."

"네. 손재주가 뛰어난 창 일가가 아니면 불가능한 일입니다. 말을 타고 연을 조종하는 것도 쉬운 일도 아니고 연의 표식을 보고 빠르게 판단을 내릴 수 있는 병사들의 움직임 역시 단시간에 만들어지는 것이 아니니까요."

"5대 일가의 수장으로서 이제야 제 몫을 다하는군요."

"아마도 카릴 님은 그 때문에 그녀를 전장의 중심에 데려온 걸 겁니다. 북부의 이민족과 남부 대초원의 전사들이 갖은 공을 세우는 과정에서 5대 일가는 아무래도 활약이 적었으니까요. 그녀에게 공을 세울 무대를 만들어준 것입니다."

앤섬의 말에 두샬라는 고개를 끄덕였다.

"제대로 공을 세우겠군요. 창 일가가 적장의 목이라도 하나 벤다면 더욱더 말이죠."

그녀는 뭔가 생각이 있는 듯 묘한 말을 하며 입꼬리를 올렸다.

"그렇다면 약간의 도움 정도는 괜찮겠군요."

앤섬이 손을 들어 올리자 그의 뒤에 있던 병사들이 일제히 북을 두들기기 시작했다.

둥- 둥- 둥-!!

창 일가에 연이 있다면 자유군은 울리는 북 소리에 맞춰 일사불란하게 창 일가의 뒤를 따라 병력이 달리기 시작했다.

그들의 선두에는 놀랍게도 란돌이 서 있었다.

"당신도 참 대단하다고 해야 할지 냉정하다고 해야 할지…….
어떤 면에서는 전략가라면 이래야 한다는 생각도 드는군요."

그녀는 그 광경을 바라보며 앤섬을 향해 옅은 미소를 지었다.

"그가 진실로 저희 편이 될 수 있는 자인지 아직 가늠이 되지 않아서 말입니다. 그가 주군에 걸림돌이 될 수도 있으니까요. 충성을 맹세한 것인지 아니면 어정쩡한 위안으로 온 것인지 확인해 볼 필요가 있을 겁니다."

"뭐, 그런 성격. 나쁘게 생각하진 않지만. 꼭 경험에서 나오는 말 같습니다?"

두샬라의 말에 앤섬은 쓴웃음을 지었다. 자신이 믿어 의심치 않고 따랐던 프란 역시 우든 클라우드의 개였으니까. 혹여 란돌이 여전히 제국에 마음을 품고 있는 자라면 카릴이 만들 자유국엔 해가 될 수밖에 없는 존재였다.

"그럴지도."

앤섬은 나지막하게 대답하며 전장을 훑었다.

"그럼 공을 세워야 할 사람은 카일라도 란돌도 아니라 따로 있는 것 아닌가요?"

"네?"

두샬라는 그런 그를 향해 말했다.

"바로 당신."

"이……. 이런……."

티렌은 하얗게 질린 얼굴로 밀려 들어오는 병력들을 언덕 위에서 바라보며 어찌할 바를 몰라 당황하기 시작했다.

"그…… 급보입니다!! 각 협곡을 통과한 3개의 선봉 부대가 모두 전멸! 반대로 적이 역습을 가하여 밀고 들어오기 시작하였습니다!"

"말도 안 돼! 어떻게……!!"

"지형이 좁아서 마법을 쓸 수 없는 것이 문제였다. 인정하고 싶진 않지만 마상술은 야만족들이 우리보다 더 위야. 속도전으로 가기 위해서 기병 위주로 병력을 구성한 것도 어찌 보면 실책일 수 있다. 지금 당장 병력을 새로이 편성해서 싸워야 한다."

쫘악-

마르트의 말에 티렌은 살짝 입술을 깨물며 결단을 한 듯 소리쳤다.

"기병들을 다시 투입한다. 괴멸된 선봉이 지나간 길을 그대로 각각 5천의 병력으로 진입한다. 서둘러라!!"

명령을 받은 병사가 언덕 아래로 내려가자 마르트는 황급히 되물었다.

"선봉 부대가 전멸한 길이다. 부대를 다시 보낼 때쯤이면 적도 재정비가 끝났을 텐데 똑같은 일이 벌어지는 것 아냐?"

"그래도 상관없습니다. 가장 주요한 것은 아버지께서 병목지를 뚫고 적의 후방으로 진격하는 것이니까요. 병력을 보내지 않는다면 적은 아버지가 있는 쪽으로 집중 공격을 할 것입니다."

"……뭐? 지금 네 말은 나머지 제국의 병사들을 미끼로 쓰겠다는 말이잖느냐!"

"중앙의 언덕만 장악하면 됩니다. 그렇게 되면 적을 제압할 수 있습니다. 지금 저곳엔 아버지를 막을 수 있는 자는 카릴뿐입니다. 카릴을 붙잡을 수 있다면 나머지 병력이 밀고 들어갈 수 있습니다."

"너란 녀석은……. 설마 저들이 미끼가 아니라 아버지를 미끼로 쓰겠다는 말이냐?!"

죽어 나가는 제국군의 광경에 마르트는 자신도 모르게 두려운 눈빛으로 티렌을 바라봤다.

"여전하구나. 티렌. 하지만 점차 더 느껴질 것이다. 네 숨을 조여오는 공기가 말야."

카릴이 만환(卍環)을 펼치자 저 멀리 말 위에 있는 티렌의 얼굴이 선명하게 보였다. 그는 티렌의 계책을 마치 예상이라도 한 듯 고개를 끄덕였다.

[자신의 아비를 미끼로 쓰다니. 저놈도 독종이로군.]

"날 붙잡기 위함이겠지."

[그래서 넌 란돌을 크웰의 앞에 내어놓은 것이로군. 그렇게 따지면 앤섬이란 녀석도 보통내기는 아냐. 실력이 아닌 다른 의미로 크웰을 붙잡을 수 있는 유일한 존재니까. 클클……. 볼 만하군.]

알른은 서로 펼쳐지는 수 싸움의 공방전이 볼만하다는 듯 묘하게 웃었다.

'티렌. 이게 내가 구르고 굴렀던 전장이다. 쓰러져 가는 수많은 피가 앞으로 더욱더 네 목을 조르겠지. 이걸로 끝났다고 생각하면 오산이다.'

카릴은 얼굴을 가리며 나지막하게 말했다.

"간다."

그러자 뒤에 서 있던 검은 눈 일족들이 천천히 고개를 끄덕였다.

"흐읍!!"

크웰 맥거번은 참았던 숨을 짧게 토해내며 율스턴을 그었다.

좌자자자작……!! 즈즈즉……!!

그의 앞을 가로막는 전격을 검으로 가르자 양 갈래로 힘없이 흩어졌다.

언덕으로 만들어진 좁은 길에는 몇 개의 함정들이 더 있긴 했지만 크웰은 낮은 등급의 마법 따윈 그대로 몸으로 받아내며 속도를 더욱 높였다.

"6클래스 마법 함정을 고작 일합에 막아버리다니. 정말 괴물 같은 힘이로군……."

톰슨은 아조르에서부터 심혈을 기울여서 준비해서 만들어 온 함정들이 차례차례 격파되는 것을 바라보며 자신도 모르게 탄성을 지르고 말았다. 속성석 덕분이라고는 하지만 6클래스 상급 마법사의 반열에 오른 그였다. 그리고 당초에 5클래스 마법사였으니 그의 재능 역시 떨어지는 것은 아니었으니 그가 만든 함정들의 위력이 결코 약한 것은 아니었다.

하지만 선두에서 말을 몰며 질주하는 크웰을 단 한 걸음도 멈추게 만들지 못했다.

"속도를 늦추지 마라!! 우리가 정상에 당도하지 못하면 아군의 피해만 늘어날 뿐이다!!"

크웰의 외침에 청기사단의 기병들은 전의를 불태우며 달려갔다.

"준비해 놓은 함정들과 마법을 모두 쏟아내라. 그래봤자 주군이 아니고서야 저자를 막을 수 있는 사람이 있을까 싶지만……"

울카스 길드의 마법병대는 톰슨의 명령에 고개를 끄덕이고는 주문을 외우기 시작했다.

콰아아앙……!! 콰가가강!! 솨아악!!

쏟아지는 낙뢰와 얼음 기둥 속에서도 크웰은 계속해서 달렸다.

화아아악……!!

그 순간 맹렬한 불꽃이 그를 덮쳤다. 그 어떤 함정도 막을 수 없었던 그의 발이 처음으로 멈춰 섰다.

디곤 쌍검술 1결 - 홍월풍(紅月風).

검은 하나에 불과했지만 마치 수없이 많은 검날이 바람을 타고 쏟아지는 것처럼 자잘한 불꽃들이 회오리를 일으키며 크웰을 공격했다.

크웰은 재빠르게 율스턴을 세로로 세우며 불꽃들을 쳐냈다. 불꽃의 바람 속에서 날카로운 검날이 정확히 그의 급소를 노렸다.

"이게 무슨 짓이냐."

검을 막아서며 낮은 목소리였지만 크웰의 음성에서 짙은 노기가 서려 있었다.

"란돌."

더 이상 그는 복면을 쓰고 있지 않았다. 대신 그의 손에 들려 있는 해방된 불꽃이 맹렬하게 타오를 뿐이었다.

"황도로 간 이후에 소식이 끊어지더니 어째서 네가 이곳에 있는 게냐. 아니, 어째서 그쪽에 서 있는 것이더냐."

"그 이유는 아버지께서도 잘 아실 것으로 생각됩니다. 이상하지 않습니까?"

"무엇이?"

"이 전쟁이 말입니다."

"제국의 영토 전쟁은 건국 역사 아래 쭉 이어져 왔던 일이다. 게다가 이번 전쟁은 당연히 일어나야 할 것. 제국을 위협하는 자유국을 가만히 놔둘 수 없다."

"드래곤 말입니다."

"……뭐?"

"어째서 폐하께서 드래곤을 알고 있는 것입니까? 선황이셨던 타이란 슈테안조차 정체를 알지 못했던 백금룡뿐만 아니라 인간 세계에 관심이 없던 나머지 3마리의 드래곤조차 나섰습니다."

"그거야……."

"이 전쟁은 정말 폐하께서 벌이신 것입니까? 드래곤이 아니고?"

란돌의 말에 크웰의 얼굴이 굳어졌다.

"티렌 형님께서 폐하의 밀명으로 비밀리에 우든 클라우드와 접촉을 했다는 것을 아버지께서도 아실 텐데요."

오랫동안 고민해 왔던 그 물음에 직접 직면하자 크웰은 무어라 대답을 해야 할지 몰라 당황하는 듯 보였다.

"우든 클라우드가 찾고 있는 유물이 제국의 유물창고에 있다고 하더군요. 그 유물창고의 이름이 무엇인지 아버지께서는 아시고 계셨지 않습니까."

란돌은 그를 향해 말했다.

"용뼈 무덤."

"그게 어떻다는 말이냐."

"그 창고는 구 제국 시대에 카이에 에시르가 염룡인 리세리아의 뼈로 만들었다고 전해지죠. 하지만 그것을 본 순간 카릴이 제게 묘한 말을 했습니다."

"무슨 말을 하고 싶은 게냐."

"황도에 있는 그 무덤이 다름 아닌 마굴이라고 말이죠."

"말도 안 되는 소릴……!!"

란돌은 낮은 목소리로 다시 대답했다.

"드래곤이 호의로 제국을 도울 리가 없습니다. 그런데 만약 드래곤이 우든 클라우드와 관계가 있다면……. 티렌 형님도 폐하도 어쩌면 그릇된 길을 가고 있다는 것을 아버지께서도 직감하시지 않습니까."

"닥치거라!!"

크웰의 일갈에 그곳에 있던 병사들은 자신도 모르게 어깨를 움찔거렸다. 그는 더 이상 시간을 지체할 수 없다는 듯 란돌을 향해 말을 몰았다.

"아버지께서는 무엇을 지키시려는 겁니까?"

하지만 자신을 향해 달려오는 그를 바라보면서 란돌은 어쩐지 차분한 어조로 물었다.

"제국입니까. 가족입니까."

콰아아앙-!!

크웰의 율스턴과 란돌의 해방된 불꽃이 격돌하는 순간 맹렬한 굉음과 동시에 란돌의 몸이 휘청거리며 튕겨져 나갔다. 수십 미터를 주르륵 뒤로 밀려난 그는 단 한 번의 공격을 막았음에도 불구하고 입가에 붉은 핏물이 주르륵 흘러내렸다.

"아니, 다시 여쭤겠습니다. 아버지께서 지키시려는 것은……."

그만큼 크웰의 검에는 자비란 없었다. 전력을 다한 그의 검의 위력이 이토록 대단하다는 것을 실감하면서도 란돌은 자세를 취하며 그를 향해 나지막한 목소리로 물었다.

"폐하입니까. 카릴입니까."

"늦다 늦어!!"

밀리아나의 날카로운 목소리가 디곤 일족을 채찍질하듯 그들에게 울려 퍼졌다.

"10분 안에 출전 준비를 마친다!! 알겠나!!"

"넵!!"

"알겠습니다!!"

[크…… 크읔……!! 알테만! 감히 네가 드래곤을 배신하고
도 용서받을 수 있을 것 같으냐!]

"라는데? 무슨 답이라도 해줘야 하지 않아? 엘프 양반."

[커…… 커억!!]

밀리아나는 청린으로 만든 두꺼운 사슬로 칭칭 감겨 있는
크루아흐의 머리를 사정없이 후려치면서 그에게 말했다.

"대답은 대신해 준 것 같군."

알테만은 그런 그녀의 모습에 어이가 없다는 목소리로 대답
했다.

"에이단. 도대체 그동안 무슨 일이 있었던 거야? 아주 쓸 만
해졌는데?"

밀리아나는 크루아흐의 머리에 걸터앉으며 말했다.

[네년……!! 감히 누구의 위에 앉……!!]

안타깝게도 그런 드래곤의 일갈은 끝까지 이어지지 않았다.
마치 용의 갈퀴처럼 변한 밀리아나의 날카로운 손톱이 드래곤
의 비늘을 뚫고 뺨에 박혔다.

[크아악!!]

그녀가 인정사정없이 그대로 살점을 움켜쥐고는 뜯어버리
자 단단한 드래곤의 비늘 몇 개가 그대로 핏덩이와 함께 떨어
져 나갔다.

"인질에 대한 예우 따위 바라지마라. 네들이 우리를 그리 부

르잖아? 야만족이라고."

[크…… 크흐윽.]

울음인지 알 수 없는 소리를 내뱉으며 크루아흐는 고통에 몸을 부르르 떨었다.

"드래곤을 잡다니……. 저 백색 옷의 사람들은 누굽니까? 그들이 없었다면 솔직히 불가능한 일이었을 겁니다."

카노초는 아무렇지 않게 크루아흐를 때리는 밀리아나를 보며 조금 걱정스러운 듯 물었다. 며칠은 굶은 사람처럼 전투가 끝나자마자 우걱우걱 음식을 입안으로 쑤셔 넣는 스나켈들을 보며 도무지 조금 전 놀랄 정도의 전투력을 보인 자들이라고 믿기지 않았다.

"어려웠을 뿐 불가능은 아니지."

밀리아나가 정정하듯 말하자 그의 옆에 있던 알테만이 쓴 웃음을 지었다.

"암연의 살수들이다. 그중에서도 최정예지. 어떻게 굴렸는지는 모르겠지만 꽤나 쓸 만해졌어. 너희들도 분발해야 한다. 저 녀석들은 본래 어둠 속에서 움직이는 자들이니까. 낮의 시간은 전사의 것이다."

"명심하겠습니다."

그녀의 말에 자매들은 고개를 끄덕였다.

"머리 위에서 내려오는 게 어떤가. 그래도 명색이 유일한 그린 드래곤이라네. 전쟁도 중요하지만 나중을 생각해서 그녀의 대우도 신경을 쓰는 것이 좋을 것 같군."

"명색이란 수식어가 이 상황에 왜 필요해? 그저 포로에 불과할 뿐이지. 전쟁에서 지켜야 할 건 아군뿐이지 멸종보호동물이 아냐."

밀리아나는 차갑게 말했다.

"뭐, 이러니저러니 해도 드래곤을 포획하는 데에 있어서 당신의 공이 큰 것은 인정하니까. 그 말을 따르지."

하지만 그녀는 고개를 끄덕이며 크루아흐의 머리에서 내려오며 말했다.

"약속의 땅에서 강해진 것은 에이단만이 아닌 것 같은데……. 한 가지 물어봐도 될까?"

"음?"

"카릴과 당신 중에 검술만을 따졌을 때 누가 더 위지?"

알테만은 뜬금없는 물음에 어이없다는 듯 되물었다.

"그게 왜 궁금하지?"

"붙어보려고. 디곤의 쌍검술을 발전시킬 수 있는 좋은 방법이니까. 실전만큼 좋은 것도 없잖아?"

"그런 것이라면 카릴에게 부탁하면 좋을 듯싶은데. 그는 누가 뭐라 하더라도 북부의 대전사니까."

"그냥. 웬만하면 검술만큼은 당신이 우위였으면 좋을 것 같아서."

"어째서?"

"진심으로 싸울 수 있을 테니까."

그녀의 대답에 알테만은 피식 웃었다.

"그나저나 드래곤이 잡히자마자 발을 빼다니. 늙은이가 목숨 줄이 길어. 아니면 제국군 놈들은 하나같이 근성이 없는 놈들뿐인 건가."

알테만의 반응은 상관없다는 듯 그녀는 머리 위로 기지개를 켜듯 손을 뻗으며 말했다.

"디곤이라면 한번 발을 들여놓은 전장에서 후퇴란 없다."

크루아흐의 합류 이후 기세가 오른 자르반트의 제국군은 그대로 디곤을 향해 진격했다. 수적인 우세도 있었으니 당연히 승리를 확신했다. 그러나 예상치도 못한 에이단과 알테만의 합류 그리고 밀리아나의 용족화까지 세 명의 합일에 크루아흐가 속수무책으로 잡히고 말자 오히려 사기가 올랐던 제국군에게 역효과가 나버리고 말았다. 결국 결과는 대패.

거기에 소드 마스터의 반열에 이제 완벽하게 오른 에이단의 활약으로 적기사단은 큰 피해를 입어 사실상 이번 격돌은 완벽한 제국군의 패배라 할 수 있었다. 눈에 띄게 발전한 그의 모습을 보며 밀리아나는 솔직히 놀라지 않을 수 없었다.

"그런데 정말 크루아흐를 타투르까지 데리고 갈 겁니까?"

그런 자신에 대한 평가를 아는지 모르는지 에이단은 양껏 밥을 먹고 나서 입가를 닦으며 물었다.

"그렇게 되면 합류하는 시간이 훨씬 늦어질 텐데요."

"물론. 카릴에게 디곤의 활약을 보여줄 수 있는 절호의 기회니까. 그가 없어도 인간은 약하지 않다는 걸 확실하게 보여줘야지."

밀리아나의 말에 그곳에 있던 사람들은 고개를 끄덕였다. 타투르 자유국의 힘은 강하지만 대부분의 주요한 전투는 거의 카릴에 의해 해결되었던 것이 사실이었다.

신탁을 위해 인재들을 최대한 살리고 종족을 떠난 인간군 자체의 병력을 남기기 위한 이유였지만 아무래도 그의 활약으로 다른 부하들이 평가 절하될 수밖에 없었다. 밀리아나는 제국처럼 단일 혈통이 아닌 여러 부족과 왕국이 모여 만들어진 자유국에서 힘의 균형이 중요하다고 여겼다.

카릴이란 독보적인 존재가 있지만 각 부족을 대표하는 수장들의 활약상도 보여줘야 하다는 것을 알기에 이번 전투에서 그녀가 직접 나선 것이기도 했다.

"하지만 너무 늦다. 이러다간 북부 놈들에게 선수를 빼앗길지도 모르겠군. 그들도 드래곤을 정리하고 남하할 테니까."

"흐음, 북부 이민족을 만난 건 짧은 순간일 텐데 화린의 실력에 대해서 어떻게 그렇게 자신하지?"

알테만이 순순히 인정하는 그녀의 모습이 의외라는 듯 물었다.

"화린? 아아……. 그 잔나비 부족의 덩치 큰 여자? 난 그자가 강한지 약한지 관심 없어. 알고 싶지도 않고."

"그럼……?"

"카릴이 그녀를 보냈다고 했으니까. 내가 믿는 건 그 여자가 아니라 카릴이지. 그는 승산이 없는 싸움은 하지 않아. 뭐, 굳이 알고 있다면 비올라라는 꼬마와 그녀가 키우던 애송이도 이제는 제법 어린 티를 벗어났다는 것뿐이지."

밀리아나는 피식 웃었다.

[네놈들……!! 이거 놓아라!!]

그렇게 말을 끝낸 그녀는 크루아흐의 목에 감겨 있는 쇠줄을 잡아당겼다.

"시끄러워. 지금 당장 비늘을 발라내서 깃발로 쓰기 전에 입 닫고 조용히 있어. 용의 심장을 먹으면 마력을 가진다면서? 여기 널리고 널린 게 마력이 없는 자들인데……. 이참에 네놈의 심장을 갈라줄까?"

[큭……!!]

그녀의 말에 크루아흐는 반항스러운 눈빛으로 노려봤지만 더 이상 어떠한 포효도 내지르지 못했다.

"천 년이 아닌 그 이전의 신화 시대 때도 이 대륙의 주인은 인간이었다. 네 들이 한 게 뭐가 있다고 이제 와 끼어들어? 인간이 어떻게 역사를 만들어가는지 보여주마."

밀리아나는 검을 뽑으며 소리쳤다. 어느새 출진 준비를 마친 디곤 일족이 날카로운 눈빛을 뿜어내며 그녀의 검이 떨어지기를 기다렸다.

"중앙으로 집결하라!"

"제국군 후방 부대 진격 확인!! 언덕 협곡에서 전쟁 진행 중이라고 합니다."

풍경은 마치 바람처럼 빠르게 스쳐 지나갔다.

"제1군 쪽 카일라가 직접 지휘하는 창 일가는 전선을 돌파하여 오히려 제국군을 압박 중입니다."

"계획대로 제국의 본대를 잘 붙잡고 있는 듯싶습니다."

검은 눈 일족들이 수시로 보내는 보고에 알른은 낮은 탄성을 질렀다.

[카릴 네 속도도 놀랍지만 네 뒤를 놓치지 않고 따라가는 저 녀석들도 대단한걸. 어떻게 되먹은 육체인 거야? 마력도 없는 자들이.]

[블레이더의 피를 이어받은 후예인 이민족들 중에서도 검은 눈 일족은 특별하니까. 카릴이 그 이전의 삶에서 검 하나만으로 제국인들의 위에 설 수 있었던 것도 그 때문이겠지.]

두아트의 말에 카릴은 고개를 끄덕였다.

'이민족들은 제국인들보다 육체 능력이 뛰어나다. 그중에서도 저들은 월등히 높으니까. 오랜 세월 대전사를 검은 눈 일족이 맡아 왔던 것도 그 때문이겠지.'

[한마디로 말해서 이민족들의 정예라는 말이로군. 저들이 마력까지 갖게 된다면 볼만하겠는걸.]

알른이 흥미롭다는 듯 지그라를 바라보며 말했다.

"처리해."

그때였다. 카릴은 시선을 돌리지도 않고 낮은 목소리로 말했다. 그러자 검은 눈의 전사들이 일제히 흩어졌다.

"무…… 무슨!!"

숲에 서 있던 마법사들이 갑자기 나타난 그들의 모습에 황급히 마법을 시전하려고 했지만 주문을 외우기도 전에 검은 눈 일족의 전사들이 그들의 목을 깔끔하게 베어버렸다. 호위를 맡고 있던 주위에 있던 병사들 역시 깔끔하게 숨을 거둔 상태였다.

[탐색 마법을 사용하던 중이로군. 안타깝게도 포착 범위가 이놈들보다 우리가 넓다는 게 문제겠지만.]

알른은 쓰러진 마법사를 보며 말했다.

"마법사들이 있는 걸 보아 제3진인 후방 부대에 도착한 듯싶습니다."

지그라의 말에 카릴은 손을 들었다. 그것이 전투 준비를 알리는 것임을 알고 있는 검은 눈 일족의 전사들은 황급히 나무 사이로 몸을 숨겼다.

[그렇군.]

알른 역시 긴장한 듯 읊조렸다.

"탐색 마법의 포착 범위가 우리보다 넓은 녀석이 하나 있긴 하지."

"후방 부대를 직접 노리다니……. 생각보다 과감한 방법을 선택했군. 본대와 합류를 하려면 삼 일 정도의 시간이 걸리는 거리인데……. 그걸 반나절 만에 도착한 것은 완전히 본진을 놔두고 왔다는 뜻인데. 크웰 경을 상대로 버틸 자신이 있다는 뜻이겠지?"

카릴은 숲 안쪽을 주시했다.

"아니면 후방 부대를 고작 열 명으로 진압할 수 있다는 네 자신감인가?"

"글쎄. 과거에도 드래곤과 싸운 게 누군지 너는 알 텐데? 그들의 피를 이어받았으니 당연한 일이지. 용 사냥에 있어서 우리만큼 완벽한 자들도 없다는 걸."

숲 안쪽에서 걸어 나오는 한 사람. 닐 블랑은 차가운 눈빛으로 카릴을 주시했다. 어느새 후방 부대의 제국군이 주변을 에워싸기 시작했다.

"결국 동료는 될 수 없는 건가."

"동료?"

카릴은 그의 말에 싸늘하게 웃었다. 우습지만 전생의 기억들이 옅게 스쳐 지나가는 기분이었다. 한때는 정말로 그렇게 생각했으니까. 그걸 알기 전까지는.

"겉으로는 공명정대한 척 뒤에서는 인간을 실험 재료로 쓰는 네놈 같은 역겨운 놈을 난 동료로 둘 마음 없어. 이 도마뱀 새끼야."

[크아아아아아아-!!]

귀를 찢을 듯한 날카로운 포효 소리가 전장에 울렸다. 창 일 가의 전사들은 그 소리에 몸이 부르르 떨리며 자신도 모르게 마비가 된 듯 자리에서 굳어버렸다. 해왕이나 수왕의 포효와 는 차원이 다른 전율은 비단 자유군에게만 적용된 것은 아니 었다. 제국군의 병사들 중 마법 보호를 받지 못한 자들 중에 는 거품을 물고 쓰러진 자들도 있을 정도였으니까.

"드래곤 피어(Dragon Fear)……."

공포를 모르는 검은 눈 일족의 지그라 조차 낮게 몸을 떨며 중얼거렸다. 상위의 포식자일수록 하위의 개체에 강력하고 하 위의 피식자는 상위의 존재에게 절대적인 공포를 가진다. 그것 은 태생적으로 정해진 규율이었고 법칙이었다.

그렇기에 먹이 사슬의 최상위에 올라가 있는 드래곤만이 가 지는 특유의 울림은 종족의 구분 없이 모든 종에게 공포를 심 어주기 충분했다.

"이제야 죽을 마음이 생겼나 보군."

모두가 부들부들 떨고 있는 상황에서 오직 그만이 기다렸다 는 듯 낮은 목소리로 말했다.

카릴은 고개를 들어 닐 블랑을 바라봤다.

하지만 그 순간 그의 눈동자가 떨렸다. 믿을 수 없다는 듯 카릴은 위아래를 번갈아 가며 바라봤다.

닐 블랑의 머리 위로 거대한 은백의 비늘을 가진 드래곤이 모습을 드러내고 있었다.

"어떻게……."

카릴은 적진 한가운데라는 것을 잊고 지금 벌어지는 광경에 이해가 가지 않는다는 표정으로 중얼거렸다.

쿠그그그그그……

백금룡이 날개를 한 번씩 저을 때마다 강풍이 몰아치는 듯 거칠게 바람이 일었다. 닐 블랑의 머리 위로 날아오르는 백금룡의 모습에 카릴은 혼란스러운 표정으로 몇 번이나 두 사람을 번갈아 가며 바라봤다.

"백금룡이 따로 있다?"

[거봐. 저놈은 나르 디 마우그가 아니라니까.]

[우리들의 말이 맞았어.]

[모두 조용히. 섣부른 판단은 하지 마. 저 인간에게서 용마력이 느껴지는 것은 사실이니까.]

정령왕들이 하늘 위를 선회하는 백금룡을 바라보며 나지막하게 말했다. 라미느만이 카릴의 상태를 확인하려는 듯 말을 내뱉는 정령왕들을 조용히 시켰다.

[이게 어찌 된 영문인지 너도 혼란스러워하는 것 같군. 하지만 지금 닐 블랑과 백금룡이 동시에 존재하고 있다는 것을 확인했다.]

"그럴 리가 없어. 그렇다면……. 닐 블랑이 정말 평범한 인간이라고?"

[글쎄. 그건 아니겠지. 라미느의 말처럼 저 인간에게서 용마력이 느껴지니까. 하지만 문제는 저 드래곤에게서 느껴지는 마력 역시 진짜인 듯싶다는 것이지.]

알른이 차분한 어조로 말했다.

"그래."

그런 그의 말에 카릴은 천천히 고개를 끄덕였다.

"실제로 보니 엄청나군……."

진생에는 마력이 없어 알지 못했지만 백금룡을 눈앞에 두자 카릴은 지금까지 봤던 세 마리의 드래곤과는 차원이 다른 마력에 짓눌리는 기분이었다.

[맞아. 새삼 고룡(古龍)의 위대함이 느껴지는구나. 도대체 카이에 에시르란 자는 어떻게 리세리아를 잡은 거지? 그 역시 만만치 않은 존재인데 말이야.]

"그의 죽음은 석연치 않은 부분이 있어. 기억 속에서 그들의 싸움은 격렬했지만 지금 생각하면 염룡이 일부러 죽은 것 같으니."

[흐음…….]

알른은 새로운 의혹이 생겼지만 지금은 수백 년 전에 죽은 드래곤보다 눈앞에 있는 드래곤을 상대하는 것이 더 시급했다.

[네가 저 녀석을 드래곤이라고 확신했던 이유는 미래의 얼

굴을 알고 있기 때문이었지?]

'맞아.'

카릴은 들리지 않게 머릿속으로 대답했다.

[그런데 지금 백금룡과 닐 블랑이 동시에 존재하고 있고?]

카릴은 드래곤의 모습으로 천천히 지면에 착지하는 그를 바라봤다.

[몇 가지 가능성이 있지만 지금 가장 확실해 보이는 건 이거겠군. 내가 알고 네가 아는 백금룡의 모습으로 말미암아 말이지. 너도 그렇게 생각하지 않느냐.]

처음에는 동시에 나타난 두 사람으로 혼란스러웠던 카릴이지만 지면으로 내려온 백금룡에게 고개를 숙이며 뒤로 물러서는 닐 블랑의 모습에서 둘의 상하 관계를 명확하게 알 수 있었다. 물론 드래곤이란 존재가 엄청난 존재이긴 하지만 닐 블랑의 모습은 마치 주종관계라 할 수 있을 정도로 깍듯했다.

'그래. 놈이라면 충분히 그럴 수 있지.'

[그렇다면 확인해 볼 필요가 있겠군. 저 둘 중 진짜가 누구인지 말이야. 방법은 네가 더 잘 알 테지.]

알른이 말이 끝남과 동시에 카릴은 양손에 라크나와 아그넬을 움켜쥐었다.

[조심해라. 저 인간도 결코 평범하지 않다. 네가 헷갈릴 만큼 그의 마력 역시 짙으니까.]

"알고 있어."

카릴은 닐 블랑을 바라보며 말했다.

"아버지도 그렇고 나 참……. 용마력이 이렇게나 흔한 것이었나? 억울한걸."

파앗-!!

"누구는 억겁을 걸려 얻은 힘인 것을."

순간 이동을 한 것처럼 잔상조차 남기지 않고 순식간에 거리를 좁힌 카릴은 닐 블랑의 머리 위로 검을 내려쳤다.

파즉……!   파즈즈즉……!!

아그넬의 검날이 보랏빛으로 물들며 비전력을 담은 아케인 블레이드가 떨어졌다. 닐 블랑은 황도에서 봤던 것처럼 그의 공격 속도에 반응하지 못한 듯 예의 당혹스러워하는 얼굴이었다.

"도대체 뒤에서 무슨 짓을 벌이고 있는 거지?"

쏴아아악……!!

하지만 카릴의 아케인 블레이드가 그에게 꽂히기 바로 직전 백금룡의 은빛 날개가 그를 감쌌다.

콰앙!!

날카로운 굉음과 함께 단단한 드래곤의 날개가 충격에 흔들렸다.

[알른 자비우스. 그대인가. 살아 있었나라고 하기엔 미묘한 상태로군.]

카릴이 쏟아낸 비전력을 바라보며 백금룡은 그의 등 뒤에 있는 검은 기척을 향해 말했다.

[오랜만이야.]

맹렬하게 불타는 공격임에도 불구하고 오히려 촛불을 바라보듯 추억을 곱씹듯 그는 중얼거렸다.

[7인의 원로회 중에 나의 가르침을 유일하게 따라갈 수 있었던 제자였지. 그대와의 재회가 이런 장소라 아쉽군.]

[제자? 지랄 맞은 소리 하고 있네.]

알른이 검은 연기로 만들어진 지팡이를 휘젓자 두아트의 힘을 머금은 날카로운 잿빛의 가시들이 나르 디 마우그를 향해 쏟아졌다.

콰앙!! 콰가가가강!!

그와 동시에 카릴의 라크나에서 뜨거운 열기가 솟구쳤다. 폭염왕의 힘과 함께 마치 용암을 품고 있는 것처럼 라크나의 검날을 시뻘겋게 달궈져 백금룡의 날개를 벨 때마다 뜨거운 김이 솟구쳤다.

[정말로 리세리아의 힘이로군. 알테만은 아인헤리 속 그 봉인을 절대로 풀 수 없을 것이라고 했는데……. 그로 인해 염룡의 레어까지 풀린 건가. 그답지 않게 미숙하게 일 처리를 했군.]

수십 번을 베는 검날에도 불구하고 백금룡의 날개는 비늘한 개조차도 떨어지지 않았다.

"그의 말은 틀리지 않았어. 봉인한 카이에 에시르란 작자가 워낙 특이한 인간이었으니까. 단지 운이 좋았을 뿐이지."

[흐음…….]

백금룡은 나지막하게 카릴을 살피듯 훑어보았다.

[운이 좋았다라. 봉인을 푸는 것에 있어서 운이 작용할 만큼 틈이 있다면 그건 그야말로 미흡한 것이겠지.]

"내가 뛰어난 거지. 운도 실력이니까. 지금 너와 내가 이렇게 만난 것도 말이야."

[큭큭……]

카릴의 말에 백금룡은 재밌다는 듯 웃었다.

[내 계획에 없던 자다. 하지만 흥미롭군. 나의 인간 제자뿐만 아니라 정령왕과 계약을 하고 열다섯 번째의 힘마저 가지고 있으니 말이야.]

[누가 네놈의 제자라는 거야? 빌어먹을 놈이.]

알른 자비우스는 발끈하며 소리쳤다.

[오랜만이군, 마엘.]

하지만 백금룡은 그의 말을 무시하며 카릴을 바라봤다. 아니, 정확히는 그의 팔에 새겨진 푸른 문양이었다.

스으으윽……!!

[그래. 오랜만이군. 배신자.]

그의 말에 푸른 뱀이 카릴의 어깨를 타고 서서히 올라오며 답했다. 둘 사이에서 팽팽한 긴장감이 흘렀다.

[수호룡? 인간을 가차 없이 버린 놈이 누굴 지킨다고 그런 위명을 달고 있는 건지. 우습기 짝이 없구나.]

[그 말을 네가 할 것은 아닐 텐데.]

[네놈하곤 다르지. 난 처음부터 말했거든. 내 힘을 쓰는 데에 있어서 날 절대로 믿지 말라고. 지금 이 녀석도 똑같을걸. 우리는 필요에 의해서 힘을 공유하는 것일 뿐.]

[신화 시대나 지금이나 그대는 여전하군.]

[그럼. 언제나 네놈의 목을 물 수 있을까 기다리고 기다렸는걸.]

마엘의 힘이 그 어느 때보다 강렬하게 느껴졌다. 지금까지 카릴에 의해 힘을 개방할 때도 호시탐탐 그의 육체를 노렸었다. 하지만 이번에는 달랐다.

[네가 가진 힘으론 역부족이다. 내 힘을 써라. 이번 한 번만큼은 전력을 빌려줄 테니.]

"시끄러."

[……뭐?]

"내게 명령하지 마. 이놈이고 저놈이고 잊지 마라. 너희들이 어떻게 해서 여기까지 올 수 있었는지를. 내게 그따위로 말할 위치가 아니라는 걸 알 텐데?"

[뭐, 뭐라고?]

마엘은 카릴의 말에 당황한 듯 되물었다.

"빌려주는 것이 아니라 내가 써주는 것이다. 저놈에게 복수하고 싶으면 군소리 말고 협력해."

[크, 크하하하하!!]

그의 반응에 나르 디 마우그는 웃고 말았다.

[정말로 재밌는 인간이로군. 태초의 마스터 키를 이런 식으로

다루는 자가 있었던가? 블레이더 그 누구도 이러지 않았는데.]

"사족이 길다. 일단 덤벼. 가식이든 연기든 상관없다. 수호룡으로서 제국에 남고 싶다면 그렇게 하도록 해. 나는 그럼 용사냥꾼으로서 네놈의 심장을 씹어 먹어줄 테니까."

카릴의 말에 백금룡의 표정이 굳어졌다.

[용기는 가상하나 넌 나를 이길 수 없다. 인간으로서 용의 심장을 이 정도까지 쓸 수 있다는 것은 새로운 흥미를 불러일으키지만……. 거기까지겠지. 인간이 용마력을 가진다 하더라도 드래곤이 될 수 있는 것이 아니니까.]

"흥미? 왜? 또 인간을 해부하고 재료로 삼아 실험하고 싶나?"

[……죽음을 재촉하는군.]

백금룡은 그의 빈정거림 속에 담긴 의미를 포착했는지 날카롭게 말했다.

"믿기지 않겠지만 살 만큼 살았거든. 너야말로 죽음에 대하여 알지 못할걸."

카릴은 냉소를 지으며 대답했다.

[어떻게 할 게냐. 인정하고 싶진 않지만 그의 말대로 지금은 역부족이다. 애송이긴 하지만 상아탑으로 갔던 나인 다르혼이라도 오게 되면 그때를 노리는 것이 좋지 않겠나.]

'알른. 내가 왜 7클래스에서 머물러 있는지 너조차 아직 모르는 건가?'

알른의 걱정스러운 물음에 그는 나르 디 마우그가 들을 수 없도록 머릿속으로 답했다.

[……뭐?]

'당신이 입에 달고 사는 말 중에 마도 시대의 7클래스는 현재의 8클래스에 가깝다고 했지. 하지만 그것은 마력의 강도의 차이일 뿐. 결과적으로 구축된 마법 체계는 그때나 지금이나 7클래스까지야.'

[그렇지. 그런데 그게 왜?]

'내게 전해준 지식의 보고. 당신이 기억하고 있는 모든 마법 체계가 담겨 있는 그것 역시 내가 배울 수 있는 마법 체계는 7클래스까지지.'

[당연하지. 8클래스의 영역은 기존의 마법 체계를 뛰어넘어 독자적으로 자신만의 마법을 만드는 것이니까. 내 비전력이 그러하고 여명회의 베르치 블라노란 녀석이 8클래스 반열에 진입했다고 하는 것도 단순히 마력의 양 때문이 아니라 뇌린이란 독문 마법이 있기 때문이니까.]

카릴은 고개를 끄덕였다.

'그래. 나는 용마력을 가지고 있다. 마력의 양으로 따진다면 베르치 블라노를 뛰어넘겠지. 하지만 내가 8클래스에 도달하지 못한 것은 그나 당신 같은 마법적 역량이 부족하기 때문이지.'

알른은 그의 말에 어이가 없다는 듯 대답했다.

[네가 재능이 없다고? 아서라. 너처럼 마법을 아무렇지 않게 쓰는 놈이 무슨…….]

'활용력과 창의력은 다르니까. 나는 누구보다 많은 마법을 봐왔고 대마법사들이 전투에서 그 마법을 언제 어떻게 써왔는지 알기 때문이다. 하지만 그들도 결국은 7클래스까지지. 8클래스 이상의 마법을 사용하는 것을 본 적은 없어.'

[그래서 지금 네 말은 알고 있는 체계가 없어 영역을 뛰어넘을 수 없었다고 말하는 게냐? 그건 핑계에 불과해.]

알른은 카릴을 향해 코웃음을 치면서 핀잔을 주었다. 하지만 그의 말에 오히려 카릴은 옅은 웃음을 지었다.

"맞아."

카릴은 앞을 바라봤다.

"그런데 지금 최고의 교재가 눈앞에 있지."

[설마⋯⋯.]

알른은 어이가 없다는 듯 물었다.

[미친놈⋯⋯. 네놈이 그토록 백금룡을 찾았던 이유가 단순히 싸우기 위함이 아니었던 거였군?]

그는 헛웃음을 터뜨리고 말았다.

"싸워서 뺏는다. 간단하지만 확실한 방법이니까."

[클클클⋯⋯. 백금룡의 마법을 빼앗겠다는 간 큰 인간이 역사상 너 말고 또 있을까.]

카릴은 지체 없이 검을 휘둘렀다.

'나르 디 마우그. 네놈이 어떤 목적이었든 상관없다. 네가 나를 이용한 것처럼 나 역시 너를 이용할 거니까. 마법을 써

라. 인간은 쓸 수 없는 초월의 마법을. 나는 너와의 싸움에서 그걸 얻을 것이다.'

그의 눈빛이 차갑게 빛났다.

'내 길잡이가 되어라. 나는 너를 통해 드래곤의 영역에 발을 들여놓을 것이다.'

9클래스. 그 누구도 도달하지 못한 영역으로.

►**Chapter 2**◄

[계획은?]

'놈이 전력을 다하도록 싸우는 거지.'

[……간단명료하군.]

카릴의 대답에 알른은 떨떠름한 목소리로 대답했다.

[아주 죽기 딱 좋은 방법이야.]

하지만 비아냥거리는 핀잔과 달리 그는 이미 두아트의 힘을 빌려 형체를 유지하고 두 손을 모으자 그의 앞에 기다란 지팡이가 나타났다. 그가 손의 방향을 반대로 젖히자 검은 지팡이의 연기가 흐릿해지더니 그 안에 얼음 발톱의 모습이 나타났다가 사라졌다.

그리고 알른이 룬어를 읊조리기 시작했다. 마법의 원천이라 할 수 있는 고대어는 평범한 마법보다 훨씬 더 상위의 위력을 발휘할 수 있는 것이었다. 고대 마법에 그의 비전력이 더하자 그의 발아래로 푸른 전격이 번뜩였다.

콰가가가가강--!!

날카로운 번개가 나르 디 마우그를 향해 쏟아졌다. 동시에 파앗……!! 하는 공기가 터지는 굉음과 함께 카릴의 몸이 솟구쳐 그의 머리 위로 튀어 올랐다.

철컥-

카릴이 공중에서 자세를 잡았다. 풍압을 내지르며 가로로 그어지는 날카로운 라크나의 일 격이 허공을 갈랐다. 이어지는 아그넬이 쏟아내는 이(二)격의 아케인 블레이그가 알른이 쏟아내는 비전력의 번개들과 합쳐지며 초승달처럼 호를 그리며 날을 번뜩였다.

[캬아아아--!!]

날카로운 검기가 백금룡을 스치고 지나가자 그의 단단한 비늘 아래로 붉은 상처가 새겨졌다. 고통보다는 어이가 없다는 듯 기다란 송곳니를 보이며 나르 디 마우그가 포효를 질러냈다.

푸욱-!!

하지만 그것도 잠시, 공중에서 빙그르르 몸을 돌려 바닥에 착지한 카릴이 백금룡의 배 아래에서 다시 한번 뛰어오르며 그의 아래턱에 검을 박아 넣었다.

[커걱!! 쿨럭……!!]

그 충격에 포효를 지르던 입이 거칠게 닫히며 이빨이 부딪히는 둔탁한 소리가 들렸다.

[네놈이……!!]

백금룡은 찌릿한 통증에 머리를 거세게 흔들며 입안 가득 브레스를 머금었다.

"흡!!"

하지만 카릴은 아그넬을 입에 물고서 턱에 꽂힌 라크나를 양손으로 잡고 더욱더 깊숙하게 밀어 넣었다.

스으으으읍……!!

그러나 마치 공기가 빨려 들어가는 것처럼 주위가 소용돌이 쳤다. 진공 상태가 되기라도 하는 듯 나르 디 마우그가 내뿜으려던 브레스의 열기마저 그 안으로 흡수되는 것처럼 보였다. 응집된 소용돌이가 라크나의 검날에 모였고 마력으로 만들어진 검날은 마치 용광로를 보는 것처럼 새빨갛게 달아올랐다.

즈즈즈즉…… 즈즈즈즉……!!

카릴은 입에 물고 있던 아그넬을 반대쪽 손으로 움켜쥐었다. 그러자 단검이 새하얗게 빛나면서 은회색의 검날을 뿜어냈다. 그는 지체 없이 백금룡의 아래턱에 박혀 있는 라크나에 아그넬을 찍어 눌렀다.

섬격(殲擊)-제1섬(殲).

콰가가가가가강--!! 콰가가강--!!

카릴의 머리 위에서 바로 폭음과 함께 맹렬한 폭발이 일어났다. 이 모든 과정이 불과 몇 초 안에 일어난 것이었다.

주위에 있던 제국군들은 둘의 공방을 채 감지하기도 전에 일대를 감싸는 새하얀 폭발만을 바라볼 수밖에 없었다.

"으…… 으아아악!!"

"아아아악!!"

폭발과 함께 병사들의 비명이 사방에 울려 퍼졌다. 나르 디 마우그는 그 와중에 폭발에 가장 가까이에 휘말린 닐 블랑을 보호하기 위해 자신의 날개로 그를 감쌌다.

카릴은 그 모습을 놓치지 않았다.

츠즈즈즈즈즈…….

일대는 순식간에 폐허가 되었다. 새카맣게 불타 버린 숲은 아이러니하게도 이미 모든 것이 재가 되어버려 연기조차 나지 않았다.

[인간이 신력을 사용할 수 있다니. 마엘. 정말로 네놈은 신과의 약속을 어기고 다시금 실수를 반복하려 하느냐.]

"그게 네 약점이로군."

하지만 나르 디 마우그의 말은 듣지도 않은 듯 카릴은 오직 그를 공략할 방법만을 모색하는 듯 낮게 중얼거렸다.

스아아아아앙--!!

공기를 가르는 날카로운 파공성. 카릴이 허리를 뒤로 젖혔다가 앞으로 숙이며 한 템포 더 빠르게 백금룡의 범위 안으로 들어갔다.

하지만 지금까지와는 달랐다. 목표는 이제 백금룡이 아닌 그의 품 안에 보호를 받는 닐 블랑이었다.

"후으읍."

숨을 들이마시는 그의 입가에서 옅은 연기가 흘러나왔다. 마치 육체의 모든 기관을 최대로 사용하고 있는 것처럼 뜨거워졌기 때문이다.

"으아악!!"

그 순간 닐 블랑이 비명을 지르며 뒤로 주저앉았다. 엉거주춤한 자세로 바닥을 기면서 뒤로 물러나는 그를 나르 디 마우그가 날개로 다시 한번 보호했다.

[뭐지? 터무니없이 약한데? 저렇게 마력이 강력한데. 이상한 일이군.]

알른은 황급히 도망치는 닐 블랑의 뒷모습을 바라보며 이상하다는 듯 물었다.

'황도에서도 싸움은 못 하는 것처럼 행동했지만 그때는 확실한 연기였어. 그런데…… 흠, 마치 다른 사람 같군.'

카릴 역시 그의 모습에 이질감이 느껴졌다.

푸욱!!

닐 블랑을 향했던 검날이 백금룡의 날갯죽지에 박혔다. 고통의 비명은 들리지 않았지만 지금까지와는 달리 백금룡은 분노가 서린 눈빛으로 그를 보다 하늘로 고개를 돌렸다.

[퀴톤. 언제까지 관망만 할 것이냐.]

멀리서 상공을 날고 있는 레드 드래곤을 향해 그는 으르렁거리듯 말했다.

[죄, 죄송합니다.]

퀴톤은 나르 디 마우그의 말에 어찌할 바를 모르겠다는 듯 낮게 머리를 조아리며 말했다.

[분명 이 전쟁을 끝내고자 드래곤 중에 가장 먼저 날아간 것으로 알고 있는데. 지금 뭘 하고 있는지 설명이 필요할 것 같은데.]

[리세리아의 맹약은 모든 레드 드래곤에게 직결된 문제입니다. 염룡의 피는 종족의 혈통과 같으니 그의 힘을 가진 자를 따르는 것이 종족의 규율입니다.]

[인간에게 굴복하겠다는 뜻인가?]

[무, 물론! 가당치도 않은 말입니다. 인간에게 굴복이라니……. 말도 안 됩니다. 보셨지 않습니까. 제가 놈의 명령을 거부하는 것을.]

[하나 내 말도 듣지 않는군. 죽은 염룡의 피보다 눈앞에 있는 내 권위가 더 하찮은가 보지?]

[……네?]

콰아아앙--!!

나르 디 마우그는 신경질적으로 앞발을 들어 퀴톤의 머리를 사정없이 바닥에 찍어 눌렀다.

[컥……!! 커억!!]

그의 발아래 퀴톤의 구겨진 얼굴이 놓였다.

[널 블랑을 데리고 떠나라. 그는 내 전달자니까. 네게 전투에 참여하라 강요하지 않겠다. 하나 지금 내가 내린 명령은 무슨 일이 있어도 지켜내야 할 것이다.]

[……며, 명심하겠습니다.]

퓌톤은 힘겹게 대답했다.

"고약하군."

카릴은 심드렁한 표정으로 말했다.

[인간이 할 수 있는 일이 얼마나 미약한 것인지 깨닫게 해주마.]

"드래곤도 굴복시킨 나다. 너라고 다를 것 같나?"

[미천한 놈…….]

나르 디 마우그의 말에 카릴은 정말로 자신이 기억하고 있는 그와 동일한 자인지 궁금했다. 전생의 기억 속에 남아 있는 백금룡은 인간을 수호하는 존재였으니까.

단 한마디로 지고하고 존엄한 존재. 카릴은 그를 진심으로 존경했고 그가 미래를 바꿀 수 있다는 방법을 알려주었을 때 감사해했다. 하지만 지금 백금룡은 인간을 깔보는 여타 다른 드래곤과 다를 바 없었다.

"이게 네 본 모습이로군."

그는 쓴웃음을 지으며 말했다. 회귀 이후 자신이 생각했던 백금룡의 모습이 산산이 깨어진 것을 알았지만 이렇게 눈앞에서 실제로 보고 나니 더욱 쓰린 마음을 감출 수 없었다.

'네놈은 내게 이런 모습을 보여주기 위해 시간을 거슬러 가

라고 했던 거냐. 어째서 내게 파렐의 길을 알려준 것이지?'

무엇을 보여주기 위해서.

고작 인간을 도구로 삼고 하등 시 하는 더러운 모습을 보여주기 위해 동료라 생각했던 자신에게 과거로 돌아가는 방법을 알려준 것일까. 올리번이 자신을 죽이려고 한다는 계획을 먼저 알려주고 자신을 구한 그가 말이다.

'그 모습이 모두 거짓임을 이제 안다. 너는 인간을 도구와 재료로 생각하는 놈이니까. 그런데 어째서 제국을 위해 싸우는 거지? 정말로 수호룡이라는 맹약 때문에? 아니면 신의 편에 서고 그 대가로 마력을 보존한 배신자들을 지키기 위해……? 아니면…….'

그들마저 이용하기 위해서?

카릴의 머릿속엔 온갖 생각과 의문들이 복잡하게 뒤엉키기 시작했다.

[밝혀내야지.]

알른이 그의 생각을 읽은 듯 나지막한 목소리로 말했다.

[놈이 신화 시대에 블레이더를 배신하고 간직하려고 했던 것이 무엇인지 그리고 우리들과 알테만을 가지고 실험했던 가능성이 무엇인지. 마지막으로 어째서 과거로 보낸 것이 올리번이 아닌 너였는지.]

'올리번이 아니라 나……?'

[그래. 분명 이유가 있을 것이다. 지금의 모습을 보면 놈은

이민족에게 이렇다 할 애정이 있는 것이 아냐. 오히려 제국의 애송이가 그를 따르지. 그런데도 놈은 자신을 따르는 자를 죽이게 하고 널 과거로 돌려보냈어.]

확실히 그렇다. 올리번은 백금룡을 받드는 자들 중 한 명. 바닥에서 시작해야 할 자신보다 황위에 오를 올리번을 과거로 보내는 것이 더 할 수 있는 것들이 많았을 터.

[과거로 돌아가게 한 것은 단순히 널 죽이고자 했던 황제 살해에 대한 누명에서 벗어날 방법으로 알려준 게 아닐 것이다. 이민족의 미래를 위한 것은 더더욱 아닐 터.]

카릴은 고개를 끄덕였다.

[분명 그 이유가 있을 것이다. 이민족인 너만이 바꿀 수 있는 미래. 그리고…… 전생에서 놈이 올리번을 버리게 된 이유까지.]

그 순간. 카릴은 자신도 모르게 척추를 타고 내리는 서늘한 기분에 몸을 가볍게 떨었다. 오직 복수라는 감정 하나만으로 버텨 왔기에 오히려 자신의 시야가 좁아졌었다.

하지만 믿었던 백금룡이 자신이 생각하는 자가 아님을 알게 된 지금 올리번의 죽음 역시 의심을 해볼 여지가 있는 문제였다.

"그러기 위해서 더 필요하겠지. 놈을 뛰어넘을 힘이 말이야."

[그럼.]

카릴은 검을 고쳐 쥐었다.

그때였다.

쿠그그그그그그그……!! 쿠그그그그……!!

백금룡이 거대한 입을 벌리자 그의 주변으로 수십 개의 마법진이 펼쳐졌다.

[용언 마법……!!]

알른이 그것을 본 순간 위험을 직감했다. 열다섯 개의 마법진은 마치 하나로 엮이듯 중심부에서 가지처럼 양옆에 열네 개의 마법진으로 수십 가닥의 선들이 뻗어 나갔다.

[믿을 수 없군. 도대체 마법 체계가 몇 개가 뒤엉켜 있는 거지?]

카딘 루에르의 대규모 마법진인 주색(朱色)의 위광(威光)을 단번에 분석하고 해제해 버린 알른조차 백금룡의 마법을 보며 믿을 수 없다는 듯 소리쳤다.

[드래곤의 마법이 상상 초월이라는 것은 잘 알고 있지만…….이건 마도 시대 때조차 보이지 않았던 힘이로군.]

7인의 원로회를 가르쳤던 그 시절에도 나르 디 마우그는 그들에게 자신의 힘을 모두 보여주지 않았던 모양이었다.

[카릴, 계획은 실패했다. 저건 분석할 수 있는 게 아니다! 어서 피해!!]

선들은 마법진을 잡아당기듯 중심부로 합쳐졌고 열다섯 개의 마법진이 하나가 된 순간 새하얀 빛이 쏟아졌다.

용언 마법. 오직 드래곤만이 쓸 수 있는 9클래스의 영역.

하지만 백금룡의 브레스는 일반적인 그들의 브레스와는 다른 드래곤의 힘에 마법의 힘이 합쳐져 만들어진 것이었다.

카릴은 오히려 그것을 기다렸다는 듯 백금룡의 마법진이 형성되는 과정에서부터 합성되는 결과까지 하나도 놓치지 않으려는 듯 지켜봤다.

'글쎄. 난 그렇게 생각하지 않는데. 알른. 공식을 공식으로 풀려고 하니 불가능한 것이지. 의외로 해답은 단순하다.'

[무슨 소리야! 지금 그런 여유를 부릴 때가 아니다!!]

'실로 압도적인 마력량. 지금의 나로서는 따라 할 수 없는 것이겠지. 하지만……'

카릴은 라크나를 쥔 손잡이 위에 아그넬을 포개었다. 두 개의 검을 동시에 쥔 그가 나지막하게 말했다.

"봤지? 마엘."

[그래. 똑똑히 봤다.]

"방법은?"

[먹어 보면 알겠지. 전에도 말했지? 딱 한 번. 누구든 그놈의 목덜미를 물어버릴 수 있다면 된다.]

카릴은 자신을 향해 내리쏘아지는 빛무리를 향해 뛰어들었다.

[넌 그저 놈에게 이 검을 박아 넣어.]

[저 안으로 뛰어들겠다고? 미친 소리……!!]

알른은 마엘의 말에 어이가 없다는 듯 소리쳤다. 하지만 대답 대신 이미 카릴의 몸은 움직이고 있었다.

[제길……!! 두아트! 내게 힘을 더 빌려다오.]

그런 그를 말릴 수 없다는 것을 잘 알고 있는 알른은 있는 힘껏 마력을 끌어 올렸다. 언제나처럼 그가 할 일은 카릴이 나아갈 길을 만드는 것이었으니까.

촤아아아악……!!

검은 안개가 장막처럼 펼쳐지며 백금룡의 마법을 막기 위해 나타났다.

[이게 과연 얼마나 도움이 될지는 모르겠지만…….]

쩌적……!! 저저저적……!!

백금룡의 주위에 검은 안개가 닿자 번쩍이는 스파크가 일었다. 장막이 타들어 가듯 시커먼 연기가 흘렀고 알튼이 만들어 낸 벽은 순식간에 사라져 버렸다.

기껏해야 1초, 아니, 그것보다 더 짧을지 모르는 찰나였다.

파앗-!!

하지만 이미 영역 밖의 싸움이었다. 찰나에 불과했지만, 그 정도의 틈만으로도 충분했다.

타다다닷……!!

백금룡 주위에 기다랗게 자라난 나무를 밟으며 공중으로 뛰어오른 카릴이 그대로 팔꿈치로 그의 머리를 내려쳤다.

퍼억……!!

둔탁한 소리와 함께 백금룡의 머리가 휘청이며 꺾였다.

쾨아앙!! 쿠가가가가각……!!

카릴은 공격을 멈추지 않고 쏟아내기 시작했다. 공중에서 오른발로 그의 어깨를 찍어 누르며 뛰어올라 다시 한번 가로로 회전하며 안면을 후려쳤다. 뒤로 공중제비를 하며 바닥에 착지한 그는 거기서 멈추지 않고 더 빠른 속도로 내달렸다.

무색기검(無色氣劍) 2식.

백금룡이 날개를 퍼덕이며 뒤로 살짝 물러나며 꼬리를 휘둘렀다. 하지만 카릴은 허리를 숙여 그 공격을 피한 뒤에 바닥을 쓸 듯 손바닥으로 지면을 잡고 미끄러졌다.

파악!!

다리 아래로 들어간 그가 있는 힘껏 검을 들어 올리며 그의 허벅지를 베었다. 등 뒤로 나온 카릴이 원을 그리듯 바닥을 짚은 손을 중심으로 뛰어오르며 또다시 검을 그었다.

[크으으아아아악!!]

찬란하게 빛을 발하던 비늘들이 부서지며 바닥에 가루를 날리면서 떨어지자 그 안으로 붉은 핏물이 흘러내렸다. 포효를 지르며 백금룡이 거칠게 입을 벌리며 카릴을 향해 이빨을 드리웠다.

콰직!!

그 순간 주위에 있던 나무들이 기둥째 뽑혀 날아들어 백금룡의 머리를 때렸다. 단단한 거목들은 단 일격에 충격을 버티지 못하고 산산조각이 나며 부서졌지만, 그 뒤로 연달아 나무 기둥들이 마치 탄환처럼 그를 향해 쏟아졌다.

쾅! 쾅!! 콰과강!!

알른이 손을 흔들 때마다 나무 기둥들이 날카롭게 변하며 백금룡의 전신을 때렸다.

[이럴 수가…….]

둘의 전투를 바라보던 퓌톤은 자신도 모르게 낮은 목소리로 중얼거렸다. 신령대전을 참가하지 않았던 어린 드래곤이라지만 그 역시 이미 수백 년 이상을 살아온 존재였다.

하지만 태어나서 지금까지 이런 격렬한 전투를 본 적은 없었다. 자신의 선조인 리세리아가 사냥당했다고 했을 때만 하더라도 솔직히 말해 그저 늙은 드래곤의 말로라 생각했었다. 하지만 백금룡의 싸움을 본 순간 자신은 범접할 수 없는 위치에 그가 있다는 것을 체감했다.

'한데…… 그럼 저 인간은 뭐지.'

당연하게 나르 디 마우그라 여겼던 닐 블랑이 서로 다른 사람이라는 것을 알게 되었을 때 놀란 것은 비단 카릴만이 아니었다. 아마도 그건 다른 두 드래곤도 똑같을 것이다. 닐 블랑에게서 짙게 느껴지는 용마력은 분명 백금룡의 것과 같은 것이었으니까.

'용마력은 말 그대로 용의 심장에서 생성되는 특유의 마력이다. 그 말은 용의 심장을 가지지 않고서야 불가능한 일인데…….'

퓌톤은 닐 블랑을 주시하며 살짝 굳은 얼굴로 생각했다.

'백금룡의 마력을 가지기 위해서는 그의 심장을 가져야 한다는 말인데 어떻게 둘이 함께 존재할 수 있는 거지?'

상식적으로 말이 안 되는 일이었다. 카릴이 전생의 백금룡의 얼굴을 알고 있기에 닐 블랑을 죽여 그의 존재로 행동했다고 생각하는 것과 별개로 그 둘 자체가 함께 있다는 것 자체가 불가능한 일이었으니까.

퓌톤은 다른 의미에서 백금룡을 의심하게 되었다.

'설마……'

그 순간 그는 번뜩이며 지나가는 생각에 스스로 깜짝 놀란 듯 몸을 떨었다. 그의 시선이 닐 블랑에게 꽂혔다.

'인간이 아닌가?'

콰가가가가강……!! 콰가가강……!!

퓌톤은 맹렬하게 솟구치는 굉음에 황급히 날개를 펴 날아올랐다. 백금룡은 자신의 명령을 어기고 닐 블랑을 그냥 둔 채 물러나는 퓌톤을 노려보았지만 그는 뒤도 돌아보지 않고 하늘 더욱 날갯짓을 했다.

[퓌톤!! 뭘 하는 것이냐……!]

"으아악!!"

나르 디 마우그의 품에 숨어 있던 닐 블랑은 비명과 함께 뒤로 도망쳤다. 카릴은 그것을 놓치지 않고 있는 힘껏 검을 그었다.

[카아아악!!]

그 모습을 보며 나르 디 마우그가 황급히 거대한 꼬리로 바닥을 내려치며 둘 사이를 갈라놓았다.

[머저리 같은 놈……!!]

육중한 꼬리의 무게에 지면이 부서지며 사방으로 돌가루가 튀었다. 그 충격에 닐 블랑의 다리가 부웅 떠오르며 바닥에 떨어지려는 찰나 그의 몸이 공중에서 멈춰 섰다.

그가 놀란 얼굴로 앞을 바라봤다.

"이쪽으로."

유수한 눈빛의 미남자가 드래곤 사이에서도 아무렇지 않은 듯 침착한 목소리로 말했다.

"저희가 모시겠습니다. 이곳은 위험합니다. 닐 블랑 경."

특유의 하늘색 머리카락은 대륙에서도 보기 드문 색깔이었다. 제국의 아카데미를 상징하는 소용돌이 문양이 그려져 있는 로브를 입고 있는 그는 가슴에 손을 얹으며 닐 블랑에게 가볍게 인사했다.

레핀 세르가. 약관의 나이밖에 되지 않았음에도 불구하고 7클래스의 반열에 오른 제국의 두 번째 대마법사. 세르가 가문은 다른 귀족들과 달리 특이하게 가주를 성으로 부르는 규율이 있었다.

보통은 가주가 죽고 난 후 성을 물려받는 것이 대부분이었으나 후안 세르가의 아들인 그는 아직 가주로서 가문을 물려받지 않았음에도 7클래스 반열에 오르며 예외적으로 후안이 그에게 세르가라는 성을 물려주었다. 성을 물려받은 그는 자신의 성을 이명으로 삼았다.

전생에 제국 7강에 올랐던 그는 아버지의 바람대로 역대 가주 누구보다도 세르가라는 이름을 대륙에 가장 널리 퍼뜨린 인물이기도 했다.

그는 백금룡과 싸우는 카릴을 무심한 얼굴로 바라봤다.

'스승님께서 말씀하셨던 자가 저자로군. 드래곤을 상대로 단신으로 싸울 수 있는 자가 과연 대륙에 몇이나 될는지…….
7클래스의 영역에 도달했으나 내 성취는 저자에 비한다면 고작 우물 안 개구리였구나.'

지금까지 그는 마력을 다루는 데에 있어서 기사들이 사용하는 마나 블레이드는 가장 볼품없는 방식 중 하나라고 여겼었다. 오직 마법만이 마력이란 축복을 받은 제국인의 가치를 보여주는 것이라 생각했다. 설령 소드 마스터라 할지라도 결국 마법사에 비한다면 못하다는 조금은 자만 가득한 믿음이었다.

하지만 그 생각이 처음으로 깨졌다. 눈 앞에 펼쳐진 카릴의 전투를 보며 그는 과연 자신도 그와 같은 마법을 쓸 수 있을까 하는 의문이 들었나 싶었기 때문이다.

'검사이면서 풍기는 마력마저 7클래스 이상이다. 검과 마법이란 결코 함께할 수 없는 것이라 여겼건만…….절대란 없고 예외란 존재하는 법이로군.'

그 역시 규격 외의 재능을 가진 사람이었으니 지금까지 도전 상대를 찾지 못했었다. 그 순간 아이러니하게도 그의 마음 한편에 묘한 감정이 일었다. 카릴과 한번 싸워보고 싶다는 호승심이었다.

'하지만…….어차피 여기서 죽겠지.'

그는 입맛을 다시며 고개를 돌렸다.

"후발 부대에게 고하라. 지금부터 전력을 다해 전선을 빠져나간다. 최대한 빨리 본대와 합류하는 것을 목적으로 하며 모든 아카데미의 마법병대들은 지원 물자들을 지키는 것을 최우선으로 한다."

"알겠습니다."

세르가의 명령이 떨어지자 그의 뒤에 있던 같은 색의 로브를 입은 마법사들이 일제히 허리를 숙이며 대답했다.

"가시지요."

그가 닐 블랑의 주위에 실드 마법을 걸었다.

'……흠?'

그 순간 그는 조금 의외라는 듯 살짝 고개를 갸웃거렸다. 하지만 이내 내색하지 않고는 닐 블랑을 인도했다. 보호 마법 이후에 투영 마법이 함께 시전되자 두 사람을 비롯하여 그곳에 있던 마법사들의 모습이 온데간데없이 사라졌다.

'세르가……. 역시나 여기 있었나.'

카릴은 사라진 두 사람의 흔적을 느끼면서 속으로 생각했다. 나르 디 마우그의 방해로 닐 블랑을 죽이지 못한 것이 찝찝했다. 게다가 그를 구출해 간 자가 다름 아닌 세르가 그였으니 끝이 좋지 않았다. 그는 수려한 겉모습과는 달리 꽤나 음험한 자였으니까.

'할 수 없지.'

하지만 지금은 그들을 상대할 겨를이 없었다. 눈앞에 백금 룡이 있으니까.

카릴은 검을 고쳐 쥐며 몸을 움직이는 속도를 한 층 더 높였다.

스아아앙-!!

상공을 향해 손바닥을 들어 올리자 라크나의 검날이 주욱 길게 늘어지며 회전했다.

검을 젓자, 라크나의 주위에 마치 도깨비불처럼 흩어지는 불꽃 가루들이 날렸다.

"뷋."

카릴은 엉망이 되어버린 입안에 고인 핏덩이를 뱉어내며 그대로 몸을 날렸다. 그의 발길이 닿는 바닥은 마치 불길이 타고 남은 것처럼 푸른 연기가 채 사그라지지 않고 사방으로 흩어졌다.

5번째 똬리뱀 자세(Spirale Serpent Posture).

콰앙!!

하지만 백금룡은 그 순간을 기다렸다는 듯 거대한 발을 내려쳤다. 주위에 있던 바위와 거목들이 박살 나고 타버린 시커먼 흙가루들만이 날릴 뿐이었다.

쿠가가가각……!! 콰과광-!!

그의 공격은 멈추지 않았고 마치 지진이 일어나는 것처럼 폭음과 함께 지면은 폭발이라도 한 것처럼 커다란 구덩이가 생겨났다.

하지만 공격을 퍼부었던 그 자리에 카릴이 없다는 것을 깨닫고 백금룡은 황급히 고개를 들었다.

탁!!

타다다닥……!! 탁! 타탁……!!

상공으로 치솟았던 바위의 파편들을 지그재그로 밟으며 카릴은 어느새 백금룡의 뒤편으로 돌아선 채였다.

"후읍."

카릴이 숨을 들이마시며 공중에서 자세를 잡았다. 쥐고 있던 라크나 위로 푸른 뱀이 한번 검날을 휘감더니 마치 독이 떨어지는 것처럼 날이 푸르게 변하며 끈적한 액체가 뒤덮여졌다.

[그래, 그거다. 신령대전에서 배신한 네놈의 목을 꿰뚫지 못했던 것이 천추의 한으로 남아 있었지.]

마엘이 그 모습을 보며 즐거운 듯 나지막한 목소리로 읊조렸다.

콰즉--!!

카릴이 있는 힘껏 라크나를 백금룡의 목덜미에 박아 넣었다.

[크아아아아아아아!!]

더 이상 포효가 아닌 고통에 찬 비명이 백금룡의 입에서 터져 나왔다.

그 순간. 백금룡의 전신을 감싸는 새하얀 빛이 일더니 그를 보호하기라도 하려는 듯 주위에 수십 개의 마법진이 생겨났다.

"……너."

카릴은 이질적인 그 힘을 느낀 순간 표정이 굳어졌다.

"역시 예상대로야."

놀람 뒤에 기다렸다는 듯 비소를 지으며 몸을 이리저리 흔드는 백금룡을 바라보며 말했다.

"마력이 두 가지였어."

그의 말을 막으려는 듯 마법진의 방향이 카릴을 향해 바뀌자 그는 백금룡의 뒷목에 박힌 검을 황급히 뽑아내며 뒤로 물러섰다.

"……."

[크아아아아아아--!!]

그 순간 나르 디 마우그가 날카로운 포효와 함께 거대한 입을 벌렸다.

촤르르륵……!! 쉬익!! 쉬이익……!!

카릴의 손에서 튀어나온 푸른 뱀이 두 자루의 검날을 휘감기 시작했다.

[캬악!!]

날카로운 뱀이 혀를 흔들며 빛을 발하자 라크나와 아그넬 두 자루의 검이 마치 합쳐지듯 새파란 빛을 뿜어내며 거대한 태도의 형태로 변했다. 하늘을 관통하기라도 하려는 듯 늘어나는 검날이 구름을 뚫고 솟구치자 폭풍우를 불러일으키기라도 하는 듯 검의 주위로 원을 그리며 빠른 속도로 구름들이 휘몰아치기 시작했다.

콰강!! 콰가가강……!! 쿠르르르르르……!!

마엘의 힘에 새파랗게 변했던 검날이 카릴의 비전력이 섞이며 보랏빛으로 변하더니 다시 한번 검은색으로 변했다.

"조금 더."

검을 든 손등에 핏줄이 터질 듯이 부풀어 올랐지만 카릴은 쥐어 짜내듯 마력을 끄집어냈다. 정령력의 힘으로 검게 물든 검날이 다시 한번 빛을 발하더니 은회색으로 변했다.

[심상치 않다. 저건 용언마법도 아니야.]

일른이 불안한 듯 말했다.

"그래."

카릴은 그런 그를 향해 말했다.

"내가 찾던 마법이지. 다른 드래곤들은 도달하지 못한 영역의 마법.

알른은 그의 말에 자신도 모르게 입꼬리를 씰룩였다.

[크아아아아아아아--!!]

백금룡의 포효가 대지를 울렸다.

섬격(殲擊).

"으아아아!!"

동시에 카릴은 있는 힘껏 자신을 향해 쏟아지는 브레스를 향해 검을 그었다. 응축된 마력의 검날은 거의 5층 건물 높이처럼 거대했고 브레스가 카릴을 덮치기 바로 직전 바람을 가르며 수직으로 떨어지는 섬격과 격돌했다.

쾅가가가가가가각--!! 쾅가가강--!!

두 힘이 충돌함과 동시에 격렬한 폭음이 일어났다. 일대에 반구 형태의 빛의 폭발이 일어났고 빛은 순식간에 사방으로 퍼져 나가며 범위를 넓혔다.

"으, 으아악!"

"살려줘!!"

주위에 있던 제국군들은 빛에 휩쓸리자마자 순식간에 비명과 함께 새까만 재가 되어버렸다.

"대기한다."

일찌감치 멀리 떨어져 있었던 검은 눈 일족의 전사들은 단 일격에 반경 수백 미터가 쑥대밭이 되어버리는 광경을 넋을 잃고 바라볼 수밖에 없었다.

"말이 안 되는군요……."

일족의 중얼거림에 지그라는 고개를 끄덕였다.

"이 한 방이면 제국의 황도조차 부숴 버릴 수 있었을 겁니다. 드래곤도 드래곤이지만 저만한 브레스를 갈라 버리는 주군은 대체……."

"감상에 빠질 시간 없다. 우리는 지금 당장 주군을 구출한다. 일단 전선을 빠져나와 지원군과 합류해서 다시 후방을 노린다."

"네?"

"대륙 최고의 고룡의 공격을 받아낸 것이다. 너희들도 눈으로 목도하였지 않느냐. 주군께서는 엄청난 마력을 썼을 것이 분명하다."

지그라는 도망치는 제국군들 사이를 뚫고 오히려 폐허 속으로 달리기 시작했다.

"하나 그로 인해 주군은 더 강해질 것이다."

검은 눈 일족의 전사들은 그의 뒤를 일말의 망설임 없이 뒤따랐다.

[크……. 크윽…….]

오른쪽 날개를 잃어버린 백금룡은 어이가 없다는 듯 바닥에 쓰러진 카릴을 내려다봤다.

[이런 개 같은……!!]

이 일격 전에 닐 블랑을 보호하기 위해서 감쌌던 날개에 카릴이 검이 박혔던 터라 상처 때문에 반응이 늦고 말았다.

안일했던 것도 있지만 자신의 마법을 받아칠 것이라고는 전혀 생각하지 못했던 일이었다.

부그륵…… 부그륵…….

잘려 나간 날개뼈 사이로 살점들이 부글부글 끓어오르며 재생되기 시작했다.

[재생……? 회복 마법도 아니고 자연 치유로 날개를 구축하다니. 드래곤이라도 해도 말이 안 되는 일이야. 저건 그냥 괴물이로군…….]

알른은 나르 디 마우그의 모습을 보며 쓴웃음을 짓고 말았다. 그의 옆에는 쓰러진 카릴이 있었다.

[카릴. 카릴!!]

그의 외침에도 불구하고 정신을 잃은 듯 그는 미동조차 하지 않았다.

[미치겠군.]

단지 변화가 있다면 그의 팔에 새겨진 마엘의 문양이 이글거리며 타오르고 있다는 것뿐이었다.

[누구든 저 녀석을 깨울 수 있는 자가 없나?]

다급하게 말했지만 정령왕들 중 누구도 대답을 하는 자는 없었다.

[도대체 무슨 일이 일어나는 건지…….]

쿵……!! 쿵……!! 쿵……!!

쓰러진 카릴의 위로 나르 디 마우그가 거대한 발을 들어 올렸다. 어느새 잘려 나간 오른 날개가 반쯤 재생이 되어 비늘이 덮이지 않은 채 붉은 살점들만으로 펄럭이고 있었다.

[일 났군.]

알른은 머리 위로 떨어지는 백금룡의 발을 바라보며 낮은 목소리로 중얼거렸다.

서격-

그 순간 카릴을 짓누르려던 나르 디 마우그의 발 뒤쪽의 비늘들이 잘려 나갔다.

[큭?!]

"공격을 멈추지 마라."

셀 수 없을 정도로 많은 검이 연속적으로 베어졌다. 드래곤의 몸집에 비한다면 아주 작은 상처에 불과했지만 비늘을 뚫고 살점 안의 근육이 보일 정도로 깊었다.

우드득……!!

뭔가가 끊어지는 소리와 함께 나르 디 마우그의 몸이 휘청거렸다.

[크아아아악!!]

검은 눈 일족의 전사들이 그의 다리를 붙잡고 힘줄을 잘라내자 휘청거리던 육중한 몸이 그대로 바닥으로 기울어져 떨어지고 말았다.

쿠우우우우웅……!!

거대한 흙먼지가 솟구치면서 나르 디 마우그는 성난 포효를 질렀다. 평상시의 그였다면 아무리 검은 눈 일족의 힘이 강하더라도 이런 식으로 당할 리가 없었다. 그러나 날개를 재생하는 과정에서 힘을 쓴 그는 미처 검은 눈 일족의 기습을 방어하지 못한 것이었다.

[감히……!!]

하나하나가 모두 그의 예상을 뒤집어놓는 일들뿐이었다.

"너희들은 놈의 시선을 끌어라. 목숨을 바쳐서라도 놈이 움직이지 못하도록 막는 거다."

지그라는 바닥에 쓰러져 있는 카릴을 업고서 일족에게 명령을 했다. 그의 말에 그들은 고개를 끄덕였다.

"우리가 존재하는 이유가 바로 그 때문이니까."

　월야(月夜). 검은 눈 일족의 최정예이자 일족의 마지막 생존자들인 열 명. 그들은 자신들의 목숨 따위는 안중에도 없다는 듯 백금룡을 향해 뛰어들었다.

"쿨럭……!!"

　지그라가 연기 속을 틈타 달리던 중, 그의 등에 업혀 있던 카릴이 숨을 토해냈다.

[괜찮으냐. 무식한 놈. 백금룡의 마력이 담긴 브레스를 정면으로 받아내다니.]

　너덜너덜해진 모습의 카릴을 바라보며 알른은 걱정스러운 목소리로 말했다.

[하마터면 죽을 뻔했다.]

"후읍……. 후읍……."

　간신히 숨을 쉬던 카릴이 천천히 마력을 회전시키자 그의 얼굴에 나 있던 상처들이 하나둘 사라지기 시작했다. 백금룡과 마찬가지로 그의 회복력 역시 이미 인간의 것을 뛰어넘은 것이었다. 소드 마스터라 할지라도 일격에 죽었을 만큼 강력한 브레스였으니까.

"검은 눈들은?"

"백금룡을 막고 있습니다. 그들이 뒤를 볼 것입니다. 이대로 전선을 빠져나가 회복을 하십시오."

"그들로는 무리다."

"성취는 있으셨습니까?"

"지그라!"

카릴의 외침에도 불구하고 지그라는 달리는 발을 멈추지 않았다.

"죽지 않습니다. 주군을 믿는 만큼 주군께서도 저희를 믿으시길 바랍니다. 결코 무모한 행동이라 생각하지 않습니다. 주군께서 더 높은 곳에 오르기 위해서 해야만 하는 도박이라 생각할 뿐."

카릴은 그의 말에 쓴웃음을 지었다.

"그래. 성취는 있었다."

그의 대답에 지그라는 만족스러운 듯 고개를 끄덕였다.

[확실하다. 그놈이 배신의 대가로 무엇을 얻었는지 말이다. 조금 전 백금룡이 사용한 마법 말이다. 그건……!!]

마엘은 달리는 카릴을 향해 소리쳤다. 어느새 카릴의 팔에서 들끓던 문양이 가라앉아 있었다.

[호들갑 떨지 마. 우리도 알고 있다.]

[너보다 더 잘 알지.]

정령왕들은 낮은 목소리로 말했다. 이제야 그들 역시 다시 돌아온 듯 보였다. 알른은 짧은 사이에 무슨 일이 있었는지 물어보고 싶었지만 그들의 대화에 끼어들지 않았다.

[신력(神力).]

[하지만 다르지. 같은 성질이지만 다른 것이다.]

[그래. 놈은 빛의 정령왕인 라시스의 힘을 가진 거야. 드래곤이 정령왕의 힘을 쓸 수 있다니. 이건 말도 안 되는 일이다. 신화 시대 이후로 정령은 드래곤과 계약을 하지 않았으니까.]

[아무리 그가 영령 지배자라는 이명을 가지고 있었다 하더라도 그건 신령대전을 위해서였을 뿐. 우리를 배신한 이후 그가 정령왕과 다시 계약을 맺을 순 없는 일이다.]

두아트를 비롯해서 에테랄과 라미느는 침울한 목소리로 말했다.

[그대들은 그동안 봉인이 되어 있어서 몰랐을 수도 있지. 놈이 어떠한 방법을 찾아낸 것일 수도.]

알른이 정령왕들의 대화에 끼어들었다.

[그게 무슨 뜻이지?]

라미느가 되물었다.

[천년빙동의 일을 기억해 봐. 동결되어 있던 두 사람 중 한 명은 최초의 블레이더가 맞지만 나머지 한 명의 정체는 모두가 알지 못했다. 그가 어떤 힘과 관련이 있었다고 했지?]

천년빙동 속에 두 사람. 전생에는 존재하지 않았던 금발의 남자는 분명 최초의 블레이더라 할 수 있는 신살자(神殺者), 주덱스(Judex)와 격돌을 하는 모습으로 얼어붙어 있었다.

[빛의 정령왕······.]

두아트라 마치 회상을 하듯 낮은 목소리로 읊조렸다.

[그래. 카릴의 전생에 그는 없었다. 그 말은 어쨌든 한 번은 봉인이 풀렸다는 말이겠지. 그럼 과연 언제일까. 우리는 라시스의 흔적을 발견한 곳이 천년빙동 말고 또 한 곳이 있었다는 것을 기억해야 한다.]

"놈의 레어 안에서였지."

[맞아.]

가까스로 회복을 한 카릴이 알른을 향해 말했다.

[이 둘을 합치면 한 가지겠지. 빛의 정령왕인 라시스의 봉인이 풀렸고 그 힘을 백금룡이 가지고 있다는 말일 터.]

"하지만 천년빙동은 이민족들이 지키고 있습니다."

카릴을 엎고 있는 지그라가 대답했다.

[흥, 그곳에 지금 누가 있는데? 내로라하는 이민족의 전사들은 모두 전장으로 나왔잖느냐. 카릴도 상대할 수 없는 그 괴물을 고작 너희들로 막을 수 있을 것이라 생각하나?]

알른의 대답에 지그라의 눈빛이 불안한 듯 떨렸다.

[놈이 세 마리의 드래곤들을 먼저 전장에 보내고 뒤늦게 합류한 것은 이를 위함일지도 모른다.]

"그 말씀은······. 북부 영토에 문제가 생겼을 수도 있다는 것입니까?"

[모르지. 이스라필 녀석이라도 있다면 확인할 수 있었겠지만…….]

지그라는 할 말을 잃은 듯 침묵했다.

천년빙동을 쉽사리 내어줄 리 만무했다. 그들은 분명 상대가 드래곤이라 하더라도 싸웠을 터. 북부가 드래곤의 습격을 받았다면 결코 그곳에 있던 사람들은 무사하지 못할 것이었으니까.

"네가 조금 전 말하지 않았느냐. 그들을 믿어라. 지그라."

불안한 기색이 역력한 그에게 카릴이 말했다.

[그래, 네 무모한 방법으로 어떤 성과를 얻은 게냐. 그것부터 들어보지.]

카릴을 바라보며 알른이 물었다. 백금룡의 공격을 막아내는 것은 실로 제 살을 주고 뼈를 깎는 수법이겠으나 자칫 죽음까지 이를 수 있을 만큼 위험한 행위였으니까.

"물론. 읽어냈다."

카릴은 입꼬리를 올리며 옅게 웃었다.

[미친놈…….]

알른은 카릴의 말에 헛웃음을 짓고 말았다. 그 웃음은 위험천만한 계획을 수행하는 용기에 대한 것이 아니었다.

[9클래스 마법을 단 한 번 보고 그 본질을 꿰뚫었다는 말이냐? 그런 주제에 재능이 없어? 나는 지금까지 너 같은 괴물은

보지 못했다.]

"운이 좋았다고 할 수도 있겠지. 녀석이 라시스의 힘을 가졌기 때문에 가능한 일이었으니까."

[그걸 예상한 것이기도 하고?]

"어느 정도는. 녀석의 레어에서 빛의 정령왕이 부활했다는 증거를 봤을 때 생각했지. 가장 안전하게 그 힘을 둘 수 있는 곳이 어딜까 하고."

[그게 백금룡의 몸 안이었군.]

"어쩌면 놈의 욕심일 수도 있지. 어쨌든 빛의 정령왕의 힘과 신력이 같은 본질을 가졌다는 것은 결국 내가 쓸 수 있는 신력과 일맥상통하다는 말이니까."

[그 말은…… 백금룡의 마법을 쓸 수 있다는 말이더냐?]

"정확히는 백금룡의 마법이 아니지. 정령의 힘도 함께 있으니까. 같은 드래곤이라 하더라도 놈과 다른 셋은 다르다. 내가 녀석의 마법을 기다렸던 것도 그 이유 때문이고."

그의 말에 사람들은 감탄을 하지 않을 수 없었다.

"250년 전 카이에 에시르는 염룡 리세리아를 사냥했다. 그때 그는 8클래스에 불과해. 나는 고작 8클래스 마법에 죽을 드래곤의 힘을 얻기 위해 이런 모험을 한 게 아니니까. 더 위를 노린다면 최고의 힘을 찾아야지."

[할 말을 잃게 만드는군…….]

"다만."

카릴은 낮은 목소리로 말했다.

"백금룡의 마법 이전에 라시스의 봉인은 풀어야겠지. 그 힘은 내게 필요한 것이니까."

[사냥은 아직 끝나지 않았다는 말이로군. 필요한 것을 얻고 그 뒤에 잡는다라……. 나쁘지 않아.]

"이제부터 해야지."

그의 말에 알른은 자신도 모르게 전율을 느꼈다.

인류 역사상 그 누구도 도전하지 못했던 9클래스라는 벽을 무너뜨리기 위한 가능성을 잡은 자가 바로 자신의 앞에 있었으니까.

"지그라. 우리는 본대가 교전 중인 언덕 협곡을 벗어나 우회한다."

탁-

어느새 체력을 회복한 듯 카릴은 지그라의 등에서 내려오며 말했다.

"공국에서 오는 병력과 합류하실 생각이십니까?"

"아니. 그들로 하여금 제3진의 눈을 돌리는 것은 맞지만 그 병력만으로는 나르 디 마우그를 치기에 역부족이겠지."

"그럼……?"

"함정을 파야지."

카릴은 그 순간 묘한 웃음을 지었다.

"이번엔 내가."

"진격하라!!"

크웰 맥거번은 청기사단을 이끌고 언덕 위를 향해 달렸다.

"막아라!!"

그리고 그런 그를 향해 란돌이 소리쳤다.

콰아앙!! 콰가가강……!!

여기저기에서 격돌하는 병장기의 울림이 터져 나왔다. 하지만 크웰을 선두로 한 청기사단을 란돌이 이끄는 자유군만으로 막는 것은 역부족이었다.

"란돌을 지원하라!!"

후위에 있던 가네스가 할버드를 들고 있는 힘껏 뛰어오르며 소리쳤다.

부우우웅……!!

전격의 마력이 가득 담겨 있는 마나 블레이드가 상공에서 호를 그리며 크웰을 향해 떨어졌다.

콰앙-!!

하지만 크웰은 달리는 속도를 멈추지 않고 그대로 가네스의 일격을 받아냈다. 꿈쩍도 하지 않는 그의 모습에 가네스는 놀란 듯 바라봤지만 그것도 잠시 크웰이 율스턴을 아래로 꺾으며 오히려 그의 할버드를 찍어 눌렀다.

"크윽?!"

오히려 공격을 한 가네스의 몸이 휘청거렸다. 그는 있는 힘껏 마력을 끌어올리며 크웰의 뒤로 돌아 할버드의 창대로 크웰의 목을 조르려 했다.

퍼억!!

달리는 말 위에서 크웰이 팔꿈치로 가네스의 옆구리를 있는 힘껏 뒤로 찍자 쩌저적……!! 하는 소리와 함께 그의 갑옷에 금이 갔다.

"비키게. 가네스."

크웰은 나지막한 목소리로 그에게 말했다. 아니, 그것은 경고였다.

"기사라면 불가능하다는 걸 당신이 더 잘 알 텐데."

"그렇지. 그럼 자네론 역부족이라는 것도 알겠군."

대답은 거기까지였다. 크웰은 자신의 목을 조르려던 가네스의 할버드를 손바닥으로 올려쳤다.

파앙-!!

날카로운 쇳소리와 함께 가네스의 양팔이 위로 만세를 하듯 튕겨 올라갔다. 그와 동시에 크웰이 몸을 꺾으며 뒤 돌아 율스턴을 가로로 베었다.

"치잇!!"

있는 힘껏 크웰의 검을 막으려고 했지만 팔을 당겨 할버드를 끌어오는 것보다 율스턴이 그의 허리를 베고 지나가는 것이 더 빨랐다.

콰직!!

금이 갔던 갑옷을 꿰뚫으며 검날이 가네스의 허리에 박혔다.

"……컥!!"

마력을 보호하고 있는 그였으나 크웰의 압도적인 강함은 마치 보호 마법 따위는 처음부터 없었던 것처럼 쉽사리 그의 몸을 꿰뚫었다. 동시에 크웰은 반대쪽 손으로 쥐고 있던 검집으로 크웰이 가네스의 머리를 후려쳤다.

콰앙!!

둔탁한 소리와 함께 그가 쓰고 있던 투구가 박살이 나며 말에서 떨어지고 말았다.

쿠그그그그……!!

바닥을 구르던 가네스가 할버드를 바닥에 꽂으며 간신히 속도를 줄였다.

철컥!!

가네스가 창날을 팅기듯 위로 쳐내자 할버드의 날이 세로로 올라가며 창처럼 변했다. 그는 입가에 주르륵 흘러내리는 피를 손등으로 닦아내며 자세를 잡았다.

"흐아아압!!"

있는 힘껏 달려가는 크웰을 향해 창을 던졌다.

스와아아아앙--!!

바람을 가르는 파공성과 함께 날카롭게 쏘아지는 창이 청기사단의 등을 꿰뚫었다.

"크악!!"

"아아아아악……!!"

비명에도 불구하고 창의 속도는 멈추지 않았고 대여섯 명을 더 관통하며 크웰을 향해 날아갔다.

"멈춰……!!"

란돌이 협곡의 벽을 타며 달려와 크웰의 앞을 막아서려 했다. 하지만 그의 외침과 동시에 크웰이 자신의 등을 향해 날아오는 가네스의 할버드를 검으로 쳐내며 몸을 돌려 창대를 잡았다.

"……."

크웰은 망설임 없이 할버드를 머리 위로 돌리며 속도를 늦추지 않고 정면을 향해 내던졌다.

"……컥!!"

거대한 날이 그대로 빙글빙글 부메랑처럼 돌며 날아가더니 란돌의 허리를 찍었다. 란돌은 할버드의 무게를 이기지 못하고 함께 벽으로 수십 미터는 날아갔고 벽에 할버드가 박히고 나서야 겨우 멈춰 섰다.

"크아아악!!"

반쯤 허리를 관통한 할버드에 꽂힌 채로 주저앉은 그는 고통에 찬 비명을 내뱉었다. 왼손을 들어 올리자 깔끔하게 잘려나간 단면에서 피가 분수처럼 쏟아지고 있었다.

크웰의 마력이 실린 할버드가 허리를 관통하기 직전 그의 왼쪽 팔을 깨끗이 잘라 버린 것이었다.

"믿을 수 없군……."

순식간에 소드 마스터 가네스와 그에 준하는 실력자인 란돌을 무력화시켜 버린 크웰의 위용에 마법병대를 이끌던 톰슨은 어이가 없다는 듯 중얼거렸다.

"잘린 팔을 찾아라!! 동결 마법이 가능한 마법사는 모두 날따라와라!!"

너무나 압도적인 모습에 넋을 놓고 말았지만 정신을 차린 톰슨은 황급히 협곡 위에서 내려오며 란돌의 허리에 회복 마법을 걸며 소리쳤다.

"쿨럭……. 쿨럭……."

하지만 아무리 그라도 깊게 박힌 할버드를 뽑을 엄두를 내지 못한 채 발을 동동 구를 뿐이었다.

"회복 부대에 연락해!! 그를 옮겨야 한다. 너희들은 가네스 경을 맡아라!!"

마법병대는 황급히 부상자들을 살폈다. 그러나 그들이 병사들을 돌볼 수 있다는 의미는 안타깝게도 이미 크웰의 청기사단이 그들을 뚫고 언덕을 향하고 있다는 것을 의미했다.

"깃발을 올려라!!"

크웰이 협곡 가장 위인 중앙 언덕을 장악함과 동시에 마력을 담아 외쳤다.

삐이이익--!!

깃발이 상공 위로 펄럭임과 동시에 날카로운 호각 소리가 전장에 울려 퍼졌다.

"결국······. 밀렸나. 어쩔 수 없지. 창 일가!! 모두 퇴각하라!! 후방으로 집결하여 제국군을 막는다!!"

카일라 창 역시 언덕 위의 깃발을 확인하고는 황급히 병력을 물렀다. 자칫 잘못하면 후위에 있는 크웰의 병력에 협공을 당할 위험이 있기 때문이었다.

"자유군이 언덕 쪽으로 후퇴합니다!!"

"놓치지 마라! 청기사단 쪽으로 적이 집중될 것이다. 전군!! 공격하라!!"

척후병의 보고에 티렌은 주먹을 꽉 쥐며 기다렸다는 듯 소리쳤다. 협곡에 있던 자유군들이 크웰에게 집중되는 것을 보며 마르트는 티렌이 크웰을 미끼로 삼은 계획이 성공했다는 것을 깨달았지만, 결코 기분 좋게 받아들일 수 없는 일이었다.

"아버지를 믿기 때문입니다."

티렌은 그런 그에게 핑계라도 대듯 말했다. 마르트는 아무런 대답도 하지 않고 그저 검을 뽑아 기사들의 앞에서 달리기 시작했다.

"결국 언덕이 뚫렸군요. 대단한 남자네요. 아들의 팔을 잘라 버리다니. 확실히 제국의 기사답네요."

"글쎄요. 가네스 경도 그렇고 란돌도 그렇고······. 결국 목숨을 끊지 못한 것을 봐서는 그리 냉정한 자는 아닐 수도 있겠습니다."

언덕을 빼앗겼지만 의외로 두샬라와 앤섬은 급하지 않은 표정이었다.

"어쩌면 그게 빈틈이 될 수도 있죠."

앤섬 하워드는 날카로운 눈동자로 말했다.

"계획을 진행하도록."

그의 말에 부하들은 고개를 끄덕이며 일사불란하게 움직이기 시작했다.

"적들이 물러난다!!"

"승리다!!"

와아아아아아아--!! 와아아아아--!!

협곡의 중앙 언덕을 차지하고 난 뒤 창 일가와 울카스 길드의 마법병대의 후퇴를 확인한 제국군들은 함성을 질렀다.

비록 피해가 컸지만 타투르로 한 발자국 더 가까이 진격할 수 있는 발판을 만들었다는 것만으로도 군대의 사기는 오를 수 있었다.

그때였다.

[크아아아아아아--!!]

언덕 정상에 거점을 세우기 위해 깃발을 꽂는 순간 저 멀리서 거대한 날개를 저으며 날아오는 백금룡의 모습이 선명하게 보였다.

"수호룡이다!!"

"이제 놈들은 끝났어!!"

은빛 비늘을 뽐내는 고귀한 드래곤의 자태와 달리 그의 모습은 어쩐지 분노에 차 있어 보였다. 카릴과의 일전이 있었던 것을 알 리 없는 병사들은 그저 날카로운 포효를 지르는 백금룡의 모습에 서로 각기 환호와 공포를 느꼈다.

"위압감이 장난이 아니군요."

"후작령에서 레드 드래곤과 싸운 경험이 있죠? 어떤가요. 그와 비교하면."

"비교라는 것 자체가 백금룡에게 무례한 일이 될 것 같군요. 주군께 듣기론 했지만……. 이 정도일 줄은 몰랐습니다."

"그렇다면 전략은 단순하겠군요. 백금룡이 이제 모습을 보인다는 것 아직 후발부대와는 거리가 있다는 뜻. 일단 제국군의 본대가 언덕 쪽에 자리 잡고 포나인의 수로를 막은 상태로 백금룡이 공격하겠군요."

"그 뒤에 제3진인 후발 부대가 합쳐지면 제국군의 침공이 시작될 겁니다."

"예상 시간은?"

"3일 이내지 않을까 싶습니다."

앤섬의 말에 타투르의 상황실에 모인 수뇌부들의 분위기가 가라앉았다.

"1만 이상의 피해를 입혔습니다. 비록 뒤로 전선을 물렸으나 이건 패함이 아닙니다."

두샬라는 그들의 사기를 올리기 위해 말했다.

쫘악—

가네스 아벨란트는 곧 전선을 휘저을 나르 디 마우그의 모습을 바라보며 자신도 모르게 손에 힘을 주었다.

"여봐라. 비룡 부대에게 이륙 준비를 하라 고하라."

"넵!!"

문밖에 서 있던 병사가 황급히 복도를 달렸다.

촤아아악……!!

그의 명령에 타투르에 성벽에 대기하고 있던 비룡 부대들이 수직으로 날개를 펴며 하늘 위로 솟아올랐다.

"제가 가서 시간을 벌겠습니다."

"드레이크 부대로 백금룡을 막는 것은 무립니다."

앤섬 하워드는 날아오르려는 가네스를 막아 세우면서 말했다.

"하지만 저희들이 아니면 놈의 다리를 묶을 수 있는 사람이 없습니다. 적어도 이틀…… 적어도 하루라도 불멸회의 지원군과 공국의 병사들이 올 때까지 시간을 벌어야 합니다."

같은 소드 마스터임에도 불구하고 크웰을 막지 못했다는 것에 대한 죄책감일까. 그는 사명감에 조금 무리하려는 듯 보였다.

"지원군은 옵니다, 곧. 이미 출발했으니까."

두샬라는 그런 그의 어깨를 지그시 눌렀다. 가녀린 여인이라고만 생각했던 그녀에게서 상상 이상의 힘이 느껴지자 가네스는 깜짝 놀란 듯 그녀를 바라봤다. 여전히 베일로 얼굴을 가린 그녀는 작은 쪽지 한 장을 가볍게 흔들며 그를 향해 웃어보였다.

"……네?"

그건 해협 건너 북부에서 온 보고였다.

쿠그그그그그그……

이질적인 엔진 소리가 지하 깊숙한 곳에서 울려 퍼졌다.

"이런 곳이 있었다니. 노움들은 정말 상상 이상의 짓들을 벌이는군. 아주 좋아. 북부를 통해서 넘어온 게 우리에겐 행운이었어."

굵직한 목소리가 지하 공동에 울렸다.

"몸은 괜찮으십니까. 죽다 살아나다시피 하셨습니다."

"그럭저럭. 눈밭에 버려뒀으면 정말 죽었을지도 모르지."

"그럴까도 사실 좀 고민했습니다."

"클클……. 미친놈."

걸쭉한 웃음소리를 듣자 아이러니하게도 이제야 그 앞에 있던 제이건 루크는 마음이 조금 편안해지는 기분이었다.

"이건 그 꼬마의 계획일까요. 아니면 단장의 계획입니까? 정말 비공정에서 떨어졌을 때만 하더라도 죽은 줄 알았습니다. 그런데…… 지금 생각하니 일부러 떨어지신 겁니까? 밑에서 무슨 대화를 나누셨습니까."

제이건은 심드렁한 표정으로 물었다. 비공정을 조종하며 협곡을 빠져나가던 그 순간 그가 어떤 생각을 했는지 눈앞에 있는 이 사내는 알 턱이 없었을 테니까.

"글쎄. 운인지 계획인지는 모르겠지만 무엇이 되었든 간에 기가 막힌 일이 벌어질 것이라는 건 확실하지."

고든 파비안은 그런 그를 바라보며 웃었다.

"보고 드리겠습니다. 시동석의 엔진이 점화되었습니다."

"출력은?"

"모의 가동 결과 지금까지의 약 230% 상승되었습니다. 추후 속성석을 더 첨가한다면 최대 250%까지 도달할 수 있을 것으로 예상됩니다."

"클클……."

"엄청나네요."

제이건 루크는 부하의 보고에 자신도 모르게 입꼬리를 씰룩였다.

"정확히는 3배다. 네 부하 놈들의 실력은 영 시답잖군. 비공정을 분해 할 수 있는 시간만 있었으면 그보다 더 출력을 올릴 수도 있을 텐데."

"이걸로도 충분해. 나중에 제대로 부탁하지. 노움 할아범. 무색의 속성석을 이 정도로 가공해서 결국 비공정의 시동석으로 만들어내다니."

"시제품은 이미 카릴에게 전해줬으니까. 아마 그는 비공정의 시동석을 만들 수 있다는 걸 알고 일부러 그대를 둔 것이겠지."

"전자든 후자든 어쨌든 정말 괴물 같은 걸 만들어냈군."

"내가 아니라 카릴 그가 한 일이지. 속성석을 합성하기 위해 수년 전부터 마광산을 개발했으니까. 이스트리아 삼국을 그냥 뒀다면 지금도 광산의 바위를 연신 깨고만 있었을 거니까."

칼립손은 그의 말에 이 정도는 아무것도 아니라는 듯 말했다.

"아니. 시동석 얘기가 아니야."

"흠……?"

"꼬마 녀석이 내게 시동석을 제공한 이유도 사실은 저것 때문이겠지. 비공정이 해협을 돌아 타투르로 향할 거라는 걸 알고서 일부러 너희들에게 준비를 시킨 거니까. 전선으로 저걸 운반하라는 말이겠군."

"안다면 받은 만큼 확실히 부탁하지."

고든은 부러진 팔을 감싸고 있던 깁스를 부서뜨리고서 앞을 가리켰다.

"내가 시동석만 받고 배신을 할 거라곤 생각 안 했나?"

"뭐, 그건 그것대로의 일이겠지. 카릴이 그리 생각했다면 우리는 그저 따를 뿐이니까."

칼립손의 말에 고든은 결국 피식 웃고 말았다.

"듣자 하니 설계도가 있어도 골렘의 코어를 만들 수 없어 불가능하다고 했었다던데 잘도 재현해 냈군."

"아쉽게도 골렘의 코어를 만든 건 내가 아닐세."

칼립손은 그의 말에 쓴웃음을 지었다.

"흠? 그럼?"

"곧 알게 될 거야. 그들은 코어의 속성석을 개량하는 것을 끝내자마자 일찌감치 카릴이 있는 전선으로 움직였으니까."

더 이상 말할 수 없다는 듯 조심스럽게 어깨를 으쓱했다.

"흠, 뭐 좋아. 내게 주어진 일은 그게 아니니까. 계약 이행이 너무 늦었지만 말야. 황제보다 꼬마 녀석의 맹약이 좀 더 빠르니 순서를 지켜야지. 제대로 운반해 주지. 솔직히 어디 이름값을 하는지 궁금하군."

모두의 시선이 그가 가리킨 방향으로 쏠렸다.

"용 살해자(Dragon Slayer)."

고든 파비안은 그저 서 있는 것만으로도 압도되는 위압감이 느껴지는 골렘을 바라보며 그의 이명을 나지막하게 말했다. 마도 시대부터 천 년간 지금껏 미완으로 남아 있던 초유의 전투 골렘.

아스칼론(Ascalon).

►**Chapter 3◄**

"인간의 모습을 하면 그런 얼굴이로군."

"성체로는 아무래도 시선 끌리니까. 상처는 이제 꽤나 회복된 모양이로군. 백금룡의 비늘을 뚫고 정말로 검을 박아 넣다니 괴물이야. 네놈은."

타닥…… 타닥…….

모닥불이 타는 소리와 함께 늦은 밤 바위에 기대어 있던 카릴이 퀴톤을 바라봤다. 다부진 체격과 강인한 그의 인상과 달리 나르 디 마우그에게 흠씬 두들겨 맞은 그의 얼굴은 폴리모프를 해도 엉망인 상태였다.

"그러게. 상처는 네가 더 심한 것 같은데."

"이건 훈장 같은 거니까."

"맞는 것에 기쁨을 느끼는 쪽인가? 성향은 생긴 거랑 전혀 다른데."

"……헛소리. 백금룡의 명령을 거역했다는 것을 상기하기 위함일 뿐이다."

퓌톤은 카릴의 말에 얼굴을 찡그렸다.

"9클래스의 마법을 익히고자 백금룡과 싸우려고 했다니. 인간의 담력은 도무지 이해가 안 가는군. 드래곤인 나조차도 그에게 대든다는 것은 솔직히 상상할 수 없는 일인 것을."

"꼭 마법을 익히기 위함만은 아냐. 내가 놈에게 어느 정도까지 도달할 수 있느냐를 확인할 필요가 있었던 것이었으니까. 그리고 내가 놈의 레어에서 찾았던 증거들을 확인할 필요도 있었고."

"결과는?"

"보시다시피. 다음엔 목을 따낸다."

"……말은 잘하는군. 아무리 네가 대단하다 하더라도 지금은 전쟁 중이다. 단번에 9클래스에 도달할 수 있을까?"

카릴이 어깨를 으쓱하며 답하자 퓌톤은 헛웃음을 지으며 대답했다.

"뭐, 용마력을 지닌 너라면 9클래스까지 도달하는 것은 애초에 불가능한 일은 아니었다. 차라리 백금룡과 싸우기 전에 내게 말하지 그랬어? 너를 도와 싸우는 것은 불가능한 일이지만 마법을 가르쳐 주는 것은 규율에 어긋나는 것도 아닌데. 그렇다면 더 빨리 그 영역에 도달할 수 있었을 터."

퓌톤의 말에 카릴은 피식 웃었다.

"네가? 됐어. 약한 마법을 배워봐야 무슨 소용 있겠어. 나한 테도 진 녀석의 마법을 배워서 백금룡과 싸우라고?"

"……뭐라고?"

"틀려? 졌잖아. 나한테."

"그거야 네가 그 마도 시대의 골렘을 데려오지만 않았어도……."

"너 진심으로 하는 소린 아니지?"

"……쩝."

신랄한 그의 대답에 퀴톤은 얼굴이 붉으락푸르락해지며 민 망한 듯 입술을 씰룩였다.

"위화감."

카릴은 낮은 목소리로 말했다.

"너도 느꼈겠지."

하지만 그것도 잠시 퀴톤은 카릴의 말의 의미를 단번에 알 아차린 듯 굳은 얼굴로 고개를 끄덕였다.

"그 위화감이 내가 놈의 마법을 확인하고 드래곤 중에서 오 직 백금룡의 힘을 빼앗기 위함도 같은 이유였다."

"닐 블랑을 말하는 거지?"

"맞아. 너는 그가 나르 디 마우그라고 생각되나? 용의 심장 은 하나야. 둘 중 누군가는 가짜…… 혹은 눈속임이겠지."

퀴톤 자신 역시 닐 블랑과 나르 디 마우그를 동시에 봤을 때, 혼란스러웠던 것은 사실이었다. 제국에서 처음 닐 블랑을 만났을 때 당연히 그가 나르 디 마우그가 폴리모프를 한 것이라 생각했으니까. 자신뿐만 아니라 그것은 나머지 2마리의 드래곤 역시 마찬가지였을 것이다.

'드래곤 로드이신 에누마 엘라시는 이 비밀을 알고 있었을까? 글쎄……. 딱히 그럴 가능성은 없어 보이는데.'

퀴톤은 살짝 입맛을 다시듯 혀를 쫏- 하고 찼다.

[둘 중 누가 가짜든 진짜든 상관없어. 어차피 모두 죽여 버리면 그만이니까.]

알른 자비우스는 상황을 단순 명료하게 정리해 버렸다.

[나르 디 마우그와 닐 블랑이 서로 다른 개체이나 서로 같은 존재일 수 있는 게 완전히 불가능한 것은 아니다.]

그때였다. 침묵하던 마엘이 입을 열었고 카릴은 그의 말을 이해했다는 듯 고개를 끄덕였다.

"놈의 마력이 두 가지였으니까."

[맞아.]

"신력을 토대로 용마력을 버무려 이중 마법을 쓰는 것이라면 각각 마력을 나누어 두 개의 몸을 가질 수도 있겠지."

"하지만 왜 굳이 그런 불필요한 짓을 해야 하지?"

퀴톤은 이해가 가지 않는다는 듯 되물었다.

카릴은 그것이 지금까지 백금룡이 해온 실험의 일환이 아닐까 하는 생각이 들었다. 검과 마법의 융합. 그로 인해 최초의 블레이더였던 쥬덱스만이 사용할 수 있었던 위대한 마법이란 영역에 도달하고자 백금룡은 지금까지 오랜 세월을 걸쳐 연구

계속 해왔다.

[놈은 끝내 자신에게 직접 실험을 하려고 하는 것일까.]

"신력을 얻기 위해서는 직접 신에게 힘을 받거나 아니면 마스터 키를 작동시켜야 한다. 하지만 배신자인 녀석은 그것이 불가능하겠지. 차선책으로 택한 것이 빛의 정령왕. 하지만 라시스의 힘은 율라가 가장 꺼려하는 힘이다. 그 봉인을 푼다는 것은 신의 명령을 거역하는 꼴이 되는 걸 텐데……."

카릴은 살짝 인상을 찡그렸다.

"넌 어떻게 생각하지?"

그 순간 그는 숲 안쪽 깊숙한 곳을 주시하며 물었다.

"……!!"

"누구냐."

지그라는 그의 말에 황급히 검을 쥐며 경계하듯 말했다.

"검을 내려놓아도 된다. 그는 그 전부터 이곳에 있었으니까. 오히려 우리가 그의 영역에 들어온 꼴이거든."

"……네?"

카릴의 말에 지그라는 놀란 듯 되물었다. 그는 북부 이민족 암살자 중 최고라 할 수 있는 검은 눈 일족에서도 정예 중의 정예였다. 그런 그가 기척은커녕 원래 있었던 자를 알아차리지 못했다는 것에 믿을 수 없다는 표정을 지었다.

"나도 정령의 힘이 아니었다면 알 수 없었을 테니까. 인간의 기척을 지우는 것은 나도 놀랄 정도로 완벽하군."

저벅- 저벅- 저벅-

카릴의 말이 끝남과 동시에 숲 안쪽에서 발소리가 들렸다.

지그라는 그의 허락이 떨어졌음에도 불구하고 여전히 경계를 늦추지 않고서 앞을 주시했다.

[허…….]

이국적인 외모의 한 남자가 묘한 미소를 지으며 카릴에게 나타났다. 가르마를 탄 곱슬한 파마머리 사이로 새하얀 이마가 드러나 있었고 살짝 처진 듯한 눈매는 전혀 싸움과는 어울리지 않아 보이는 외모였다. 학자의 분위기를 풍기고는 있지만 이스라필과는 또 다른 의미로 어둡게 가라앉아 있었다.

[말도 안 돼.]

[설마…….]

정령왕들은 그의 등장에 일제히 놀란 듯 수군거렸다. 하지만 그들이 놀라는 이유는 단지 그의 이국적인 외모 때문만이 아니었다. 그의 옆에 있는 작은 사슴 한 마리 때문이었다.

"백록인가? 보기 드문 종이로군."

카릴은 작은 혀를 내미는 백색 털의 사슴을 바라보며 나지막하게 말했다. 눈동자는 칠흑같이 어두운 흑색이었는데 오히려 그 어둠이 강렬해 빛나 보였기에 그 사슴이 단순한 존재가 아니라는 것은 굳이 설명을 하지 않아도 알 수 있을 것 같았다.

[맞지?]

[그래. 분명히 알카르다.]

[있을 수 없는 일인데……. 3대 위상이 아직도 살아 있다니 믿을 수가 없군.]

라미느는 마치 그리운 존재를 보는 것처럼 애틋한 목소리로 말했다.

[3대 위상이라면 사라진 신수를 말하는 건가?]

알른이 그의 말에 깜짝 놀란 듯 물었다.

"맞아. 예전에 자르카 호치의 보물 창고에서 칼두안의 힘이 봉인되어 있는 건틀렛을 얻었었지만 이렇게 살아 있는 신수를 보는 것은 생각지도 못한 일이군."

카릴은 그 보고에서 수안에게 준 건틀렛을 얻는 과정 중에 만났던 세기의 정령술사인 쿼니테의 말을 떠올렸다.

'250년 전, 구 제국시대를 살았던 그녀는 분명 그 시대 때 남아 있던 위상은 칼두안 하나뿐이라고 했었다.'

하지만 라미느는 눈앞에 있는 저 작은 사슴을 가리켜 위상이라고 말했다.

신록(神鹿), 알카르. 혼백랑(魂白狼), 로어브로크. 청귀(靑龜), 칼두안.

정령왕의 힘을 3대 위상(位相)이라 불렸던 이제는 멸종되어 사라졌다고 알려진 마도 시대의 신수(神獸). 세 마리의 신수는 정령왕 혹은 드래곤과도 필적한 힘을 지녔다고 알려져 있었다.

'확실히 그 이름이긴 하지만…….'

눈 앞에 보이는 너무나도 작고 어려 보이는 새끼 사슴이 그만한 힘을 가지고 있을 것이라고는 쉬이 가늠하기 어려운 일이었다.

"이왕이면 좀 더 빨리 당신과 만나길 고대했으나……. 아쉽게도 제국에서 만났으면 좋았을 것을 백금룡이 당신과의 싸움에서 몸을 사리더군요."

"……흠?"

"두 사람이 맞붙기를 기다리고 있었습니다."

"여기 또 건방진 녀석이 하나 더 있군. 네가 내가 놈과 싸우길 기다리고 있었다고? 그래서 이 전쟁통까지 쫓아와 날 기다렸다? 네놈은 누구냐?"

카릴은 신수의 옆에 서 있는 남자를 바라보며 말했다.

"처음 뵙겠습니다. 카릴 님."

이국적인 남자는 가볍게 목례를 하며 자신을 소개했다.

"저는 황금마법회의 데릴 하리안이라고 합니다."

그 순간 카릴의 눈썹이 찡긋 움직였다.

"마탄(魔彈)……."

"불리기 부끄러운 이명입니다만."

그는 짧은 머리를 손으로 쓸어 넘기며 머쓱한 듯 웃었다.

"비싼 몸이라 만나고 싶어도 찾을 수 없던 인물인데. 이런 곳에서 만날 줄은 몰랐는걸. 무슨 일 때문에 직접 나를 만나러 여기까지 왔지?"

카릴의 물음에 그는 옅은 미소를 지었다.

"당신의 도움이 필요해서입니다. 물론, 단순히 도움을 부탁 드리는 것은 아닙니다. 황금마법회에서 준비한 선물이 곧 전장에 도착할 테니까요."

"흐음……?"

데릴 하리안은 카릴의 말에 묘한 웃음을 지으며 나지막한 목소리로 대답했다.

"저희는 단 하나의 목적을 위해 만들어진 결사대입니다. 그 시간은 족히 100년이 넘도록 유지되어 왔습니다."

"앤섬 하워드에게 이미 들었다. 대마법서 폴세티아를 찾는 다는 것? 허무맹랑한 동화 같은 얘기를 잘도 좇는군."

카릴의 심드렁한 대답에도 불구하고 데릴 하리안은 오히려 웃으며 고개를 가로저었다.

"허무맹랑하지 않다는 걸 누구보다 카릴 님께서 잘 아시지 않습니까. 그 반쪽을 이미 가지셨으니까요."

데릴은 카릴의 허리에 있는 검을 가리키며 말했다.

"난 눈앞에 직접 보지 않는 이상 믿지 않아."

"자신감이 넘치시는군요. 하긴, 그럴 만도 합니다. 백금룡과 의 싸움은 잘 보았습니다. 가히 인간의 영역을 뛰어넘으셨으니까요."

자신의 으름장에도 불구하고 아무렇지 않게 말하는 데릴의 모습에 조금은 흥미가 동하는 듯 카릴은 그를 바라봤다.

"하나 당신이 백금룡을 잡기 위해서는 인간의 영역이 아닌 드래곤의 영역을 뛰어넘어야 할 겁니다. 아시다시피 그는 지금까지의 드래곤과는 격이 다르니까요."

"고작 인간이 드래곤을 판단해? 지금 당장 죽여줄까?"

옆에 있던 퓌톤이 으르렁거리듯 말했다.

"그러기 위한 전초전이었을 뿐이다."

하지만 카릴은 그런 그의 앞에 손을 들어 올리며 막아서듯 대답했다.

"아니요. 당신은 혼자서 도달할 수 없을 겁니다."

차앙-!!

"감히 주군을 판단해? 시건방진 입을 나불거리는군."

그 순간 지그라가 어둠을 틈타 데릴 하리안의 목에 검을 겨누었다. 자신의 목젖에 닿아 있는 검날이 아무렇지도 않은 듯 데릴은 지그라에게 시선조차 두지 않았다.

스으으으으으……. 파슥-!!

그가 지그라의 단검을 가볍게 손가락으로 밀었다. 그러자 놀랍게도 검날이 마치 오랜 세월이 지나 재가 되어버린 것처럼 빛을 잃고 가루가 되어 바스라졌다.

"……!!"

지그라는 자신의 손바닥을 위로 펼쳐 보이며 놀란 듯 뒤로 물러났다. 그도 그럴 것이 그의 단검은 마법을 흡수하는 힘을 가진 청린으로 만든 무구였기 때문이었다.

"혼자서 도달할 수 없다고 했지 불가능이라고는 하지 않았습니다."

"네가 날 도울 수 있다는 말처럼 들리는데."

"맞습니다."

[정말 건방진 인간이라는 말이 딱 맞군. 기껏해야 현시대의 7클래스밖에 안 되는 놈이 누구 앞에서 마법을 논하지?]

이번에는 알른이 한 발자국 앞으로 나오며 말했다.

"알른 자비우스. 그 방법을 알지 못하는 것은 당신도 마찬가지이지 않습니까. 오히려 당신이 있어 이제는 그가 발전하지 못하는 것일 수도 있습니다."

[뭐……?]

우으으으응……!!

그때였다. 신경질적으로 마력을 끌어모으던 알른의 앞에 예의 그 작은 사슴이 마치 데릴을 보호하려는 듯 한 발자국 앞으로 나타났다. 그러자 놀랍게도 알른의 검은 마력이 연기처럼 사라져 버리고 말았다.

[……!!]

청린에 이어 자신의 마력마저 소거해 버린 그의 힘에 알른은 당혹스러움을 감추지 못했다.

"당신이 바라는 것. 단순히 9클래스가 아닌 백금룡을 죽일 수 있는 힘을 얻고자 한다면……."

그는 자신의 품 안에서 한 권의 책을 꺼냈다.

"대마도서(大魔導書) 폴세티아."

자줏빛의 알 수 없는 기운이 느껴지는 낡은 책을 모두가 바라봤다.

"이게 필요할 겁니다."

"이제 알겠군. 네놈들은 마법서를 찾기 위해 결사된 것이 아니라 마법서를 숨기기 위해 만들어졌던 거로군? 이민족이 천년빙동에서 검술을 지켰던 것처럼."

데릴은 그의 말에 고개를 끄덕였다.

"거래를 하시겠습니까?"

카릴은 천천히 고개를 들어 올렸다.

"됐다."

일말의 망설임도 없이 거절을 고하는 그의 모습에 데릴 하리안은 당혹스러운 듯 눈빛이 흔들렸다.

"내가 갑자기 튀어나온 네놈을 뭘 믿고? 소멸했다고 알려진 위상은 어떻게 부활시켰지? 청린을 압도하는 알 수 없는 힘과 알른의 마력을 거부할 정도의 실력을 보여주면 내가 흥미를 가질 것이라고 생각했나?"

스응-

"이것도 부숴봐."

카릴은 라크나를 뽑아 데릴 하리안의 목에 겨누었다. 마력으로 만들어진 검날이 빛을 내며 그를 노렸다.

"책이나 두고 꺼져."

"……역시."

데릴 하리안은 자신을 겨누고 있는 카릴의 라크나를 바라보며 피식 웃고 말았다.

"당신을 선택한 결정이 틀리지 않았나 봅니다."

"무슨 헛소리지?"

카릴은 그의 말에 살짝 인상을 찡그렸다.

"뮤……."

그가 내뿜는 살기에 신록의 새끼는 겁에 질린 듯 혀를 내밀며 낮은 신음 비슷한 것을 내며 데릴의 뒤로 물러났다.

"3대 위상이라 함은 정령의 힘을 가진 신수들. 정령계가 소실됨과 함께 사라져 버린 게 맞습니다."

데릴은 그런 사슴의 머리를 가볍게 쓸어 넘기며 말을 이어 갔다.

"그중에서도 신록은 대대로 빛의 정령왕인 라시스의 힘을 받아 탄생한 존재입니다. 알른 당신의 마력보다 제가 미천하나 당신이 절 이길 수 없는 이유는 바로 이 때문이죠."

[웃기는 소리.]

알른은 자존심이 상한 듯 그의 말을 부정했다.

"태어난 지 얼마 되지 않았지만 두아트 본인이 아닌 그의 마력을 빌려 쓰는 수준에선 제게 상처를 주기는커녕 오히려 재가 되어버릴 수도 있으니 주의하십시오."

[…….]

"3대 위상은 모두 소멸되었다고 알려져 있는데 어째서 네가 가지고 있는 거지?"

"맞습니다. 죽었었지요. 다만 저희가 다시 부활을 시켰을 뿐입니다. 비록 알카르 한 개체에 불과하지만 말이죠."

"위상을 부활시켜?"

카릴은 전생에도 들어보지 못한 이야기에 살짝 인상을 찡그렸다. 애초에 황금마법회는 우든 클라우드만큼이나 베일에 싸인 집단이었다. 공국에 힘을 빌려주고 있긴 했었으나 그 힘은 극히 일부였고 공국의 공작들조차 황금마법회에 대해서는 제대로 알지 못했었다.

"앤섬은 너를 말할 때 꽤나 친분이 있는 듯하던데. 진법을 개발할 때 너의 힘이 있으면 좋겠다고 말야."

"공국의 공작들이야 하나같이 머리가 빈 자들뿐이었으나 그는 달랐으니까요. 비록 저희와는 뜻을 같이하지는 않았으나 똑똑한 자답게 언제나 저희 힘을 이용하려 하였습니다."

"신뢰로 이어진 사이는 아니란 말이군."

"어설픈 정보다는 이용할 수 있는 능력이 있는 것이 더 나은 법이니까요. 저희도 앤섬 그자와는 서로 도움을 받고 있습니다. 근래에는 여러 가지 일 때문에 연락이 되지 않았으나……."

데릴은 들고 있는 낡은 고서를 가볍게 두들기면서 말했다.

"자유국 역시 저희들에게 빚이 있으니 이제는 카릴 님과 좋은 거래를 할 수 있으리라 생각되어 만나러 왔습니다."

"빚? 얼굴도 본 적이 없는 네게 나도 모르는 빚이 있다는 헛소리가 먹힐 것 같나?"

"그건 곧 아시게 될 겁니다. 빚이란 단어가 조금 격했습니까? 약간의 도움이라고 하지요. 하나 빚을 진다는 것이 꼭 강제를 의미하는 것은 아니니까요."

"헛소리."

"물건을 보신 뒤에 마음이 생기신다면 거래는 그 이후에 계속 진행하셔도 됩니다. 어차피 이 거래는 대륙의 주인이 되신 이후의 문제니까요."

카릴은 데릴 하리안을 바라보며 살짝 눈을 흘겼다. 마치 제국과의 전쟁에서 그의 승리를 이미 확신한다는 말투였으며 그 이후의 일을 준비한다는 말에 있어서 꼭 신탁 전쟁을 가리키는 것 같은 느낌을 받았기 때문이었다.

"여기."

"······흠?"

데릴 하리안은 카릴에게 낡은 고서를 건넸다.

"대마도서인 폴세티아입니다. 가짜는 아니니 신뢰의 선물로 드리겠습니다."

"언제는 어설픈 신뢰보다 능력이 낫다면서?"

"어설픈 것이 아니니까요. 이 유물은 신화 시대 이후 만들어진 물건입니다."

"이걸 얻기 위한 황금마법회이지 않은가? 정말로 내게 이걸 줘도 되는가?"

"애초에 저희들은 쓰지 못하니까요. 위대한 마법에 도달하기 위해서는 한쪽으로만 치우쳐서는 안 됩니다. 폴세티아는 그 자체로도 강력한 마법입니다. 카릴 님의 검술처럼요."

섬격(殲擊), 카릴이 천년빙동에서 얻은 블레이더의 검술.

"하지만……."

"네. 신을 죽일 만큼은 아니죠."

데릴 하리안은 마치 그의 생각을 읽은 것처럼 그보다 더 빠르게 대답했다.

"마법 역시 마찬가집니다. 그 자체로도 강력하지만 그 이상은 아니죠. 하지만 아쉽게도 저희는 그 마법조차 익히지 못합니다. 인간의 육체로는 감당할 수 없는 것이니까요. 용마력을 가진 카릴 님이 아니면 안 됩니다. 그런 그릇을 가진 카릴 님께서 마침 신살의 검술마저 익히고 계셨으니 저희로서는 오히려 감사할 따름이겠지요."

그는 그렇게 말하면서 쓴웃음을 지었다.

[마법사란 마법을 탐하는 존재. 감사는 개뿔. 자신의 한계를 알기에 못하는 것일 뿐이지.]

알른은 그런 그를 보며 코웃음을 쳤다.

"그 말도 틀리진 않습니다."

"너는 이 마법으로 무엇을 하려 했지?"

황금마법회는 대마도서 폴세티아를 찾기 위해 만들어진 단체였다. 단순히 최강의 마법을 구현하고 하는 욕망에서 탄생한 것이라면 이토록 쉽게 마법서를 카릴에게 줄 리가 없었다. 무슨 방법을 찾아서라도 자신들이 이 마법을 구현하고자 했을 터였으니까.

"카릴 님과 같은 것."

데릴은 가볍게 어깨를 으쓱하면서 대답했다.

"일단은 그 정도라고만 해두겠습니다."

애매모호한 답과 함께 그는 더 이상 이야기할 수 없다는 듯 작별을 고하는 인사를 했다.

"부디 잘 사용해 주시기 바랍니다. 선혈동굴에서 그 책을 찾는 과정에서 꽤나 많은 일이 있었으니까요."

"잠깐."

"어디서 이 책을 얻었다고?"

돌아선 데릴이 마치 기다렸다는 듯 멈춰 섰다. 마치 뒷모습이 웃는 것 같은 기분이 들었다.

"다른 건 보지 못했나?"

"글쎄요? 무엇을 말씀하시는 것인지……."

콰아아아앙--!!

카릴이 데릴 하리안의 뒷덜미를 있는 힘껏 바닥에 찍어 눌렀다. 마력이 뛰어난 마법사라 할지라도 육체까지 단련을 시킬 수는 없는 법. 여타의 마법사라면 그 일격에 머리가 터져 나갔을 것이다.

츠으으으으……

하지만 바닥에 찍혀 눌린 데릴의 몸이 가루가 되며 사라지고 그 앞에 멀쩡한 모습으로 서 있었다.

"수안 하자르와 이스라필."

이미 알고 있다는 듯 두 사람의 이름을 말했고 카릴은 그런 그를 노려봤다.

"재수 없는 새끼."

"믿으실지는 모르겠지만 저희가 선혈동굴에 갔을 때 두 사람은 없었습니다. 하나 그 안에서 재배되던 마계의 열매들도 사라졌습니다. 그 덕분에 우든 클라우드가 동굴을 떠났고 저희들은 수월하게 동굴을 조사할 수 있었습니다."

"그 말도 믿을 수 없는걸. 수상쩍은 것은 우든 클라우드나 네놈이나 똑같으니까. 이 책이 정말 폴세타아인지 확인이 된 것도 아니고."

"그건 정령왕들이 알 겁니다. 그리고 너무 걱정하지 않으셔도 됩니다. 두 사람의 소재는 곧 아시게 되리라 생각됩니다. 아닌가…… 그건 또 다른 걱정거리가 생기는 것일지도 모르겠군요."

데릴 하리안은 조금은 즐겁다는 듯 말했다.

"어째서지?"

"교단이 움직일 겁니다."

"그거라면 특별할 것도 아니지. 제국이 전쟁을 일으키고 올리번이 그 힘을 그냥 썩힐 리 없을 테니까. 그게 언제인지가 중요하겠지."

카릴은 차갑게 대답했다.

"그전에 백금룡을 죽이십시오."

"끝까지 건방지군. 그건 네가 말하지 않아도 내가 알아서 할 일이야."

은은하게 흘러나오는 카릴의 기백에 그 옆에 있던 지그라는 숨을 쉬기 어려울 정도였다. 마치 더 이상 주제넘은 소리를 하지 말라는 경고 같이 느껴졌다.

"빛의 정령왕은 세상에서 가장 안전한 곳에 봉인되어 있습니다. 바로 그의 심장 안에."

"……!!"

"그럼."

그 말을 끝으로 그는 어둠 속으로 사라졌다. 빛을 발하던 새하얀 털의 작은 사슴마저 그와 함께 자취를 감추자 숲 안에는 타들어 가고 남은 모닥불의 불씨만이 남았다.

[실로 이상한 놈이로군. 정체가 뭐지?]

"글쎄."

[그건 그렇고 아직 전쟁이 끝나지 않았다. 백금룡은 아마 자유군을 치러 움직였겠지. 그래, 이제 네가 말한 함정은?]

카릴은 그가 자신에게 건넨 고서를 바라보며 낮은 목소리로 말했다.

우우우웅…….

낡은 고서가 용마력에 반응을 하는 듯 페이지를 펼치자 빛이 나기 시작했다. 빼곡하게 쓰여 있는 글자들을 바라보며 카릴의 눈빛이 가볍게 떨렸다.

"마침 준비되었군."

그는 옅은 미소를 지었다.

[크아아아아아아……!!]

백금룡의 날카로운 표효와 함께 전장의 전투 소리가 요란하게 울렸다.

"마법병대는 전력을 다해서 실드를 펼쳐라! 하루만 있으면 불멸회의 지원군이 온다! 그때까지 무슨 수를 써서라도 놈의 브레스를 막아내야 한다!!"

톰슨은 상공을 날며 여기저기에 불꽃을 뿌려대는 백금룡을 바라보며 소리쳤다.

쾅!! 콰아아아앙!!

울카스 길드의 마법사들이 전력을 다해 보호 마법을 펼치자 타투르 주위에 거대한 반구 형태의 실드가 생성되었다.

요란한 포격 소리와 함께 제국군이 점차 타투르 주위를 조여 오자 전장은 더욱 긴박하게 흘러가기 시작했다.

'됐다.'

티렌은 백금룡의 합류에 이제 자신 쪽으로 승기가 넘어왔다는 것을 확신했다.

"전군!! 강을 건너 진격하라!!"

넘어온 승기를 절대로 놓치지 않겠다는 일념으로 그가 소리쳤다.

"타투르엔 아직 마법병대가 남아 있다. 속도를 내기 위해 저희는 기사단과 일반 병사 위주로 구성되어 있어. 후방 부대가 합류하고 난 뒤에 진격하는 것이……."

"이건 촌각을 다투는 싸움입니다. 북부의 방어성과 남부의 디곤 그리고 후작령에서 이동 중인 대형 골렘까지 이곳으로 집결하게 되면 더욱더 성을 공략하기가 어려워집니다."

"티렌의 말이 맞다. 지금이야말로 타투르가 약한 유일한 순간이야."

마르트의 조언에 크웰은 오히려 티렌의 편을 들어주었다. 협곡의 중앙을 함락시킨 뒤 높이를 장악하고 나서 그는 쉬지 않고 말을 몰아 가장 먼저 타투르에 진격했다. 몸을 사리지 않는 그의 전투에 제국군의 기세는 어느 때보다 높아진 상태였다.

"제 생각도 그렇습니다. 형님. 놈들에게 마법병대가 있다 한들 저희는 드래곤의 비호를 받고 있습니다. 대마법사라 할지라도 드래곤에 비한다면 새 발의 피인 것을 고작 용병 나부랭이들의 마법을 걱정하십니까."

하지만 두 사람과 달리 카릴에 대해서 잘 알고 있는 마르트는 뭔가 석연찮음을 감출 수 없었다. 특히나 백금룡의 날개에

난 상처가 자꾸만 눈에 밟혔다.

'후방에서 무슨 일이 있었던 거지? 분명 카릴이 저지른 일인게 분명해.'

틱-

그때였다. 고민을 하는 마르트의 어깨를 크웰이 붙잡았다.

"생각이 많으면 싸울 수 없다. 지금은 타투르를 공략하는 것에만 집중해라."

"……죄송합니다."

마르트는 고개를 떨구며 대답했다.

"티렌. 책략을."

"이 전쟁이 속도전이라고 말한 이유는 단순히 지원군 때문만은 아닙니다. 타투르로 빠른 진격을 위해 저희는 물자를 후방에 맡기고 최소한으로 여기까지 왔습니다. 남은 물자는 기껏해야 하루."

티렌의 말에 모두가 긴장된 표정으로 바라봤다. 물자가 없다는 것은 심리적인 불안감으로 작용할 수밖에 없었고 그건 곧 병력의 사기와 직결된 문제였다.

"하지만 백금룡이 도착했다는 것을 봐서는 후방 부대가 합류하는 데 걸리는 시간은 약 이틀. 그 정도라면 충분히 버틸수 있습니다."

"그렇군."

그제야 사람들은 안도의 한숨을 쉬었다.

"답은?"

"총공격입니다."

티렌은 눈빛을 빛내며 말했다.

"주군은?"

"아직 소식이 없으십니다."

"백금룡을 치러 후방으로 가셨는데 지금 백금룡이 여기에 있다는 건……."

앤섬 하워드는 불안한 듯 말했지만 두샬라는 그런 그를 향해 고개를 저었다.

"쓸데없는 소리. 전장을 지휘하는 지휘관이 그딴 헛소리를 지껄인다면 내가 네 목을 베겠어."

지금까지 존대하던 모습과는 달리 날카롭게 쏘아붙이는 그녀의 말에 앤섬은 당혹스러운 눈빛으로 두샬라를 바라봤다.

"낄낄, 그래야 암시장의 여왕답지. 애송이."

캄마는 그 모습이 그리웠다는 듯 히죽 웃기 시작했다.

"말씀했던 지원군은?"

"곧 올 겁니다."

가네스는 두샬라의 대답에 더 이상 묻지 않고 비룡 위에 올라탔다.

"알겠습니다. 그럼 지휘를 부탁합니다."

기사가 해야 할 일은 결국 전장에 나가서 싸우는 일 그리고 책사가 해야 할 일은 그들이 이길 수 있도록 전략을 짜내는 일이었으니까.

앤섬은 정신을 차리려는 듯 스스로 두 뺨을 손으로 때리며 고개를 흔들었다.

"놈들이 상류 쪽에 강을 틀어막아 수량이 약해졌습니다. 포나인이 자랑하던 거센 물살도 더 이상 무의미해졌습니다. 강의 높이는 기껏해야 허벅지 정도. 아마 전군이 진격해도 될 정도일 겁니다."

"총공격이라는 말인가."

드래곤이 합류한 50만 군이 타투르를 향해 일제히 돌격한다는 것은 상상만으로도 끔찍한 일이었다.

"하지만 그들의 유일한 약점이라면 물자가 없다는 것. 그들의 물자는 후방 부대에 집중되어 있습니다."

앤섬은 지도 위에 타투르 뒤에 있는 숲을 가리켰다.

"그리고 지금까지 후방 부대를 타격하지 못한 것은 그들을 백금룡이 보호하고 있었기 때문입니다."

"한데 그놈이 지금 화가 머리끝까지 치밀어 올라서 우리의 앞마당에서 난리를 피우고 있지."

캄마는 기다렸다는 듯 말했다.

"그 말은 후방 부대가 비었다는 뜻이군요. 그럼 비룡부대가 그들을 타격하도록 하겠습니다."

가네스는 이해했다는 듯 고개를 끄덕였다.

"아닙니다."

"백금룡이 빠졌다고는 하지만 그들은 제국군의 마법병대가 집중적으로 배치되어 있습니다. 비룡이 상공에 나타나면 그들의 타깃이 되기 십상입니다. 게다가 현재 드래곤을 막을 수 있는 전력이라 함은 비룡이 유일하기도 하고요."

"그럼……?"

두샬라는 그의 물음에 고개를 뒤로 뺐다.

"난 싸움하고는 거리가 먼 사람이야."

그녀의 시선이 멈춘 곳은 다름 아닌 캄마였다. 으름장을 놓는 그와 달리 그녀의 시선은 계속해서 그에게 머물러 있었다.

"……하아. 요는 걸리지 않고 음식을 못 먹게 만들면 된다 이거지?"

"맞아."

결국 캄마는 머리를 긁적이며 말했다.

"음식 가지고 장난치는 거. 누구보다 당신이 가장 잘하는 일 아냐?"

그는 어깨를 으쓱하며 대답했다.

"빈민가에선 흔한 일이지."

"공격하라!!"

"하루다!! 단 하루만 버티면 된다!!"

타투르의 자유군은 필사적으로 제국의 돌진을 막기 위해 전력을 다해 성벽에서 싸우고 있었다. 포나인 상류를 막아 버린 제국군에 의해서 더 이상 타투르는 거센 물살로 인해 보호받는 천애의 요새가 될 수 없었다.

두두두두두두두……!!

제국군의 기병을 필두로 수많은 병사들이 일제히 타투르를 향해 달려들었다.

[크아아아아아아--!!]

"드래곤이 온다!!"

상공에서 떨어지는 날카로운 포효에 타투르의 수비군은 다시 한번 몸을 부르르 떨었다.

"제2군과 3군은 나를 따라 전방을 막는다! 비룡 부대는 오직 백금룡에 집중한다!!"

상위 포식자가 날리는 공포(Fear)에도 카일라 창은 위축되지 않은 듯 소리쳤다.

"네!!"

그녀의 모습에서 창 일가의 전사들은 호기롭게 외쳤다. 열세에 몰린 상황 속에서 군사를 지휘 할 수 있는 자는 가네스와 그녀뿐이었다. 창 일가의 수장이라지만 지금까지 다른 수장들에 비해 연약한 모습을 보여줬던 그녀는 이번 전투를 통해 확실히 가주로서 성장한 모습이었다.

"나머지 군들은 분대로 나누어 성벽과 성문을 수비한다. 포나인의 물살이 사라졌다 하더라도 진흙으로 인해서 속도가 늦춰질 터!"

카일라는 검을 들어 올리며 소리쳤다.

"맹화진(猛火陣)을 펼쳐라!!"

두두두두두두……!!

그녀의 외침과 동시에 타투르의 성문이 열리며 창 일가의 전사들이 쏟아졌다.

"반격하라!!"

선두에 선 제국군의 지휘관이 소리쳤다.

쾅!! 콰아앙!! 콰가가가강!!

하지만 질주하는 말이 포나인의 강가에 닿는 순간 요란한 폭음이 터져 나왔다.

"히이이잉!!"

기사들이 타고 있던 말의 다리가 폭발에 휩쓸려 부러지며 선두에 있던 기사들이 포나인의 강물로 떨어졌다.

"으악!!"

"머, 멈춰!! 아아악!!"

속도를 이기지 못하고 그 뒤에 따르던 수십만의 병사들과 뒤엉키며 밟히며 기사들의 비명이 울려 퍼졌다.

"마법병대!! 공격!!"

톰슨은 자신이 심어놓은 마법 함정이 작동하는 것을 확인하고는 마력을 끌어올리며 소리쳤다. 성벽 위에서 쏟아지는 맹렬한 불꽃이 뒤엉킨 제국군을 덮쳤다.

화염이 닿는 순간 마치 기름을 부은 것처럼 포나인의 강물 위로 한 꺼풀 뜨거운 열기가 넘실거렸다.

"적의 반항이 거세군."

"그래봐야 20만도 채 되지 않는 병력입니다. 그중에 주요한 전력인 비룡 부대는 백금룡을 상대하기 위해 빠진 상태. 이제 곧 결과가 날 겁니다."

티렌은 불타는 포나인을 바라보며 차갑게 말했다.

"내가 가지. 이 이상 기사들을 소모하는 것은 헛된 낭비일 뿐이니까."

크웰은 그 말을 끝으로 말의 고삐를 잡아당겼다.

"너희들은 나를 따라오거라."

엘란과 파이만 그리고 마그토는 기다렸다는 듯 크웰의 뒤를 따랐다.

"저도 함께 가겠습니다!"

무공을 세우고 싶은 욕심이 짙은 셋째 엘리엇은 검의 저택의 제자들과 함께 황급히 그를 따랐다.

하지만 마르트만은 우두커니 그 자리에 서 있었다.

"티렌."

"네, 형님."

"협곡에서 란돌을 보았다."

"보고 받았습니다. 아버지를 막아섰다죠?"

"그래. 그리고 그곳에서 팔을 하나 잃었다."

"자업자득입니다."

마르트의 말에 티렌은 눈 하나 깜빡이지 않고 오히려 차가운 목소리로 말했다.

"제국의 기사란 자가 이민족을 돕고 있으니 그 죗값은 목숨으로 갚아도 모자란 일이지요. 피가 섞이지 않아도 형제란 사실만으로도 수치스럽습니다."

"그런가."

티렌의 대답에 마르트는 뭔가 공허한 듯 낮은 목소리로 중얼거렸다.

"어디 가십니까?"

뒤를 돌아서는 마르트를 향해 티렌이 물었다. 그러자 그는 쓴웃음을 지으며 대답했다.

"전장으로. 기사가 있을 곳이 그곳 말고 어디겠어."

[크르르르르르……!!]

하늘에서 마치 붉은 빗방울이 떨어지는 것처럼 핏물이 타투르의 병사들 머리 위로 쏟아졌다.

쿵!! 철푸덕……!! 부르르르……!!

하늘에서 떨어지는 것은 비단 핏물만이 아니었다. 수차례 추락하는 비룡의 시체들을 바라보며 타투르의 수비군은 두려움에 몸을 떨 수밖에 없었다.

"불을 지펴라!! 속도를 늦추지 마라!!"

그런 와중에 유일하게 카일라 창은 창 일가를 이끌고 고군분투하고 있었다.

"흐아아압!!"

카일라 창이 휘두르는 검은 얼마나 많은 제국군을 죽였는지 셀 수 없을 정도였다. 그녀의 검은 핏물이 엉겨 붙어 기사의 갑옷을 내려치는 순간 부러졌다.

"거기까지다. 이민족의 여식이여."

부러진 검날의 끝에 서 있던 기사가 차갑게 그녀를 바라보며 말했다.

"저…… 저자는."

창 일가의 전사들은 기사의 등장에 당혹감을 감추지 못했다. 카일라는 그의 얼굴을 본 순간 자신의 공격을 막아내지 못한 것이 아니라 일부러 받아준 것임을 깨달았다.

"크웰 맥거번!!"

그녀는 이를 악물며 그의 이름을 외쳤다.

"후, 후퇴해야 합니다!! 적은 대륙제일검입니다!!"

"가주님!!"

전사들의 외침에 그녀는 입술을 깨물었다. 비릿한 피 맛이 목을 타고 넘어가며 그녀는 바닥에 너부러진 검을 뽑아내며 소리쳤다.

"대륙제일검? 그래서 뭐!!"

카일라 창은 검을 들어 있는 힘껏 내려쳤다. 하지만 그녀의 공격을 크웰에게 닿지 않았다. 그 이전에 엘란이 그녀의 검을 튕겨내며 손바닥으로 허리를 짓눌렀다.

"크윽……!! 컥!"

갈비뼈 서너 대가 부러지는 둔탁한 소리와 함께 그녀의 입에서 비명이 터져 나왔다.

"더러운 이민족의 입에 담을 이명이 아니다."

"지랄……!!"

그녀는 입가에 흐르는 피를 닦으며 말했다.

"뭘 기죽어 있는 거냐!! 네들이 모시는 주군이 누군지 잊어버릴 것이냐! 이 머저리 같은 놈들!!"

하지만 그녀의 호기로운 외침과 달리 엘란은 무자비하게 그녀의 어깨에 검을 박아 넣었다.

"컥!!"

쇄골을 뚫고 박힌 엘란의 검을 카일라가 양손으로 움켜쥐었다. 검을 뽑으려고 잡아당겼지만 억센 힘에 뽑히지 않자 엘란은 살짝 당혹스러운 듯 그녀를 바라봤다. 그녀가 입고 있던 갑옷의 사슬에 걸려 엘란의 검이 달그락거리는 소리를 냈다.

"우스운 꼴 보이지 말란 말이다!!"

두 팔에 힘줄이 도드라지며 그녀의 외침과 함께 검을 찍어 누르자 놀랍게도 엘란의 마력이 담긴 검날이 쨍그랑하는 소리와 함께 부러지고 말았다.

이민족 부족의 수장들 중에서도 가장 어리고 약하다고 평가되는 그녀가 이 정도의 무위를 보여줄 것이라고는 제국군을 떠나 자유군조차도 생각지 못한 일이었다.

위기가 성장을 만들어내듯 놀랍게도 그녀는 죽음을 불사르는 지금 이 순간조차 성장을 멈추지 않고 있었던 것이다.

"우린 5대 일가의 수장!! 창 일가다!!"

와아아아아아--!! 와아아아--!!

창 일가는 그녀의 일갈에 얼어붙었던 정신이 돌아온 듯 사기를 높여 외쳤다.

"미천한 것이 감히……!!"

엘란은 뺨을 씰룩이며 기분 나쁜 듯 소리쳤다.

"이민족들의 고함에 귀가 썩을 지경이로군. 엘란, 뭘 하고 있는 거냐."

사아악……!!

그 순간 그의 뒤에 있던 파이만이 날카로운 창대를 뱀처럼 휘어잡으며 그녀를 노렸다.

"조심하십시오!!"

전사들의 외침이 들렸지만 마력을 담은 그의 창날은 믿을 수 없는 속도로 빠르게 그녀의 목을 향해 찔러 들어갔다.

"가주님……!!"

반응할 수 없는 속도였다. 누구 하나 그를 막을 겨를 없이 그저 파이만의 창이 그녀의 목에 닿는 순간까지 지켜볼 수밖에 없었다.

슉-!!

그 순간, 파이만의 투구와 갑옷 사이 미세한 틈으로 박혀 들어가는 화살이 그의 목을 노려왔다.

"커…… 컥!!"

파이만은 황급히 자신의 뒤에 있던 병사를 들어 올리며 화살을 막았다. 병사는 신음과 함께 몸을 부르르 떨더니 숨이 끊어졌다. 파이만은 아무렇지 않은 듯 죽은 병사의 시체를 바닥에 던졌다.

"……!!"

카일라는 자신의 앞으로 쓰러지는 병사를 보며 화살이 날아온 방향으로 황급히 고개를 돌렸다. 하지만 육안으로는 도무지 어디서 날아온 것인지 알 수가 없었다.

다만.

"그 말 한번 잘했다. 5대 일가를 맡은 수장으로서 그 정도 담력은 있어야지. 애송이가 이제 조금은 어른이 된 모양이야."

마치 속삭이듯 뒤에서 귓가를 스치는 목소리를 느낄 뿐이었다. 동시에 카일라 창의 머리카락이 가볍게 흔들렸다.

타다다다닥……!!

달리는 걸음은 멈추지 않았다. 유려한 검날은 마치 바람을 일어 내는 것 같았고 그 바람이 지나가는 자리엔 붉은 핏방울이 공중으로 솟아 흩뿌려졌다.

디곤 쌍검술 1결 - 홍월풍(紅月風).

두 자루의 검이 움직일 때마다 제국군의 시체가 기하급수적으로 늘어났다.

"그리고 부하를 아낄 줄 모르는 네놈은 죽어 마땅할 것 같고."

파이만은 어느새 자신을 향해 날아오는 검날에 황급히 뒤로 물러섰다.

"함성을 질러라."

성문이 뚫리기 직전 사선으로 쇄도하는 일대의 무리에 한순간에 제국군의 진형이 무너졌다.

"감히!!"

밀리아나는 자신을 향해 창을 찌르는 파이만의 어깨를 밟고 올라 그대로 그의 어깨에 검을 박아 넣었다.

"크아아악!!"

엄청난 속도를 자랑하던 파이만조차 그녀의 속도는 넘어설 수 없었다. 고통에 무릎을 꿇으며 바닥에 주저앉자 밀리아나는 발판처럼 그의 머리에 한 발을 올리며 소리쳤다.

"디곤이 왔다."

그리고 그 말에 대답하듯 그녀의 주위에 있던 제국군의 병사들은 어느새 날아온 화살이 이마에 정확히 박혀 시체가 되어 있었다.

"진격하라!!"

멀리서 들려오는 베이칸의 외침과 함께 어깨에 사선으로 활을 멘 키누 무카리의 자유군이 제국군의 포위를 허물었다.

와아아아아아아--!!

그 광경에 타투르의 수비군이 소리쳤다.

"성문을 열어라!! 디곤을 맞이하라!!"

앤섬은 그녀를 확인하자마자 소리쳤다. 밀리아나는 성문이 열리기도 전에 타투르의 벽을 달려 성벽 위로 뛰어올랐다.

"포나인 초입에 도착했을 때 척후병에게 대충 보고를 받았다. 캄마 늙은이가 후방을 노린다지?"

"네. 분수령이 되는 시간은 오늘. 이 하루가 될 것입니다."

"하루라……. 이제 겨우 해가 떨어졌을 뿐이니 꽤나 시간이 많이 남았군."

"네. 가혹한 시간이 될 겁니다."

아무렇지 않게 성루에 도착한 밀리아나의 등장에 앤섬은 자신도 모르게 입꼬리를 씰룩였다.

"걱정 마라."

하지만 밀리아나는 여전히 여유로운 얼굴이었다.

"지원군은 우리만이 아니니까."

그때였다.

콰아아아앙……!! 콰아앙!!

타투르를 포위한 제국군의 왼쪽 1, 2진에서 검은 연기가 솟구쳐 오르더니 일순간 폭음이 터져 나왔다.

"아아아악!!"

연이어 이어지는 비명과 함께 제국군은 저마다 자신의 얼굴을 부여잡으면서 나뒹굴기 시작했다.

"어둠에 타죽기 싫으면 꺼져라."

바다가 갈라지는 것처럼 검은 연기가 지나간 자리엔 제국군의 시체들만이 남아 있었고 그들을 밟고 지나가는 사내는 내리깔린 어둠이 즐거운 듯 기분 좋은 목소리로 말했다.

"불멸회다!! 불멸회의 지원군이 도착했다!!"

눈이 좋은 비궁족의 전사 중 한 명이 나인 다르혼의 모습을 보자 소리쳤다. 그의 뒤로는 수백 명의 검은 로브를 입은 마법사들이 서 있었다.

"타투르의 초입에서 그들이 오는 걸 봤습니다. 그래서 좀 더 속도를 높여 따로 오게 되었습니다."

"네?"

"밀리아나 님께서 공적을 함께 나눌 수 없다 하셔서……."

키누 무카리의 말에 앤섬은 어이가 없다는 듯 그녀를 바라봤다.

[크아아아아아--!!]

백금룡은 그들의 등장에 거대한 입을 벌리며 포효를 내질렀다.

"전장의 주인은 오직 디곤이다. 녀석들에게 시선을 빼앗길 수 없지. 여봐라, 선물을 보여줘라!!"

"네!!"

일사불란하게 디곤 일족의 전사들이 거대한 수레를 밀고 들어왔다. 수레 위는 두꺼운 천으로 가려져 있었는데 전사들은 강물이 줄어 진흙탕이 되어버린 포나인에다가 수레를 들이부었다.

쿠웅……!!

묵직한 소리와 함께 천에 가려져 있던 뭔가가 포나인으로 떨어졌다.

"말뚝을 박아라."

[크악!! 크아아아악……!! 아아악!!]

목줄이 채워진 크루아흐의 날개에다 디곤 일족의 전사들이 거대한 쇠못을 박기 시작했다. 쇠못은 날개살을 뚫고 바닥에 꽂혔지만 진흙이라 박히지 않고 빠지자 전사들은 당연한 듯 쇠못을 뽑아 상처가 나지 않은 곳에다 새로 박기 시작했다.

[카아아악!! 크……크아아악!!]

그럴 때마다 크루아흐의 비명이 전장에 울려 퍼졌다.

"전쟁의 분수령이 될 날이 오늘 하루란 말이지?"

하루를 지켜내느냐 못 지켜내느냐의 싸움.

"좋다."

모두가 가혹한 시간이 될 것이라고 생각했지만 밀리아나만
은 그 시간을 다르게 보고 있었다.

[크아아악……!!]

그녀는 신경질적으로 크르아흐의 배에 검을 박아 넣었다.

"아주 좋아. 밤은 기니까. 해가 뜰 때까지 끔찍하게 귀여워
해 주지."

그리고는 하늘 위에 있는 백금룡을 향해 말했다.

"어디 넘어올 수 있으면 넘어와라. 네놈도 똑같이 만들어줄
테니."

▶Chapter 4◀

콰앙-!!

"어떻게 벌써 디곤 일족이 이곳으로 올 수 있었던 거지? 게다가 불멸회까지……. 도대체 여명회와 자르반트 경은 무엇을 하고 있는 거야!"

티렌은 갑작스럽게 찾아온 타투르 지원군의 등장에 화를 감출 수 없었다.

"말을 삼가거라. 뭔가 변고가 있을지도 모르는 일. 그래 봐야 10만도 채 되지 않는 병력이다. 대세에 큰 변화를 줄 순 없다."

크웰은 밀리아나의 등장에 사기가 떨어진 것은 사실이었다. 그는 그 순간 몰아치지 못한 것이 아쉬움으로 남았다.

"어쩔 수 없는 일입니다. 디곤 그 자체는 어려운 상대가 아니지만 현재 제국군에는 불멸회의 마법을 감당할 수 있는 마법병대가 없으니까요."

엘란이 쓸쓸한 표정으로 대답했다.

"파이만은?"

"다행히 목숨을 부지했으나 전투에 합류하기는 어려울 듯 싶습니다."

"치유에 전념하라 하거라."

"알겠습니다."

검의 저택에서 직접 크웰이 데리고 온 3인방 역시 소드 마스터의 반열에 오른 자들이었다. 하지만 한 명이 순식간에 당해 버린 것은 크웰로서도 충격이 아닐 수 없었다.

"걱정 마십시오. 이민족들의 속도가 빠르지만 그에 못지않게 저희들도 빠르니까요."

그때였다. 막사의 문이 열리며 한 남자가 들어왔다.

"세르가……!!"

"후방 지원 부대가 막 도착하였습니다. 물자를 가지고 왔으니 이제 걱정하지 마십시오."

티렌은 반가운 얼굴로 그를 맞이했다.

"물자가 있었는데 어찌 계획보다 속도를 높일 수 있었습니까?"

"보급 수레에 경량화 마법을 걸었습니다. 병량의 양이 많아 마력의 소모가 큰 데 비해 유지 시간이 길지 않아 하지 않으려 했던 방법인데 상황이 급박한 듯싶어 강행하였습니다. 다만 마법사들의 마력 고갈로 오늘 밤에 당장 지원은 무리일 듯

싶습니다만……. 물자가 보충되었으니 온전히 전투에 집중하
시면 될 듯합니다."

세르가는 아무렇지 않은 듯 말했지만 50만이 넘는 군대의
군량에 전부 마법을 건다는 것은 아카데미의 마법사들의 실력
이 얼마나 대단한 것인지를 알려주는 대목이었다.

"여명회에선 소식이 없었습니까?"

"불멸회가 상아탑을 습격했다는 것을 듣고 카딘 경께서 직
접 상황을 조사하러 가셨습니다만……. 아직 확인 불가합니
다. 솔직히 불멸회가 이곳에 나타날 줄은 정말 예상 밖의 일이
었습니다."

"타투르 안에는 그들뿐만 아니라 울카스 길드의 마법병대
도 함께 있습니다. 세르가 경, 그들을 맡겨도 되겠습니까?"

"걱정 마십시오."

세르가는 나인 다르혼을 상대로 거침없이 대답했다.

"다만 한 가지 걸리는 것이라면 카릴 맥거번이 이곳에 없다
는 것입니다. 그가 후위를 돌아 저희를 공격했습니다."

"피해는 없었습니까?"

"마법사 몇이 죽기는 했지만 소수에 불과합니다. 그는 백금
룡과 싸웠으니까요."

"……혼자서 말입니까?"

"네."

티렌은 그 말에 자신도 모르게 몸을 가볍게 떨었다. 황궁을

침범했을 때도 그랬고 카릴의 무위는 더 이상 자신들이 어찌할 수 있는 것이 아니라는 생각이 들었기 때문이다.

"하지만 결국 백금룡에게 패하여 도망쳤습니다. 저희들로서는 어려운 일이지만 신은 공평하게도 저희에게 드래곤의 수호를 주셨으니 충분히 상대할 수 있습니다."

"그가 무슨 꿍꿍인지는 모르겠지만 수작을 부리기 전에 타투르를 점령하는 것이 이 전쟁을 끝내는 가장 확실한 방법일 걸세."

막사의 문이 다시 열리며 사람들은 한 남자의 등장에 모두가 고개를 숙였다.

"오셨습니까. 닐 블랑 경. 백금룡의 상태는 어떻습니까? 경께서 오시길 기다렸습니다. 유일하게 수호자와 소통을 나눌 수 있는 종속자이시니까요."

티렌은 기대를 하는 듯한 눈빛으로 닐 블랑을 바라봤다. 4공작 중 유일하게 베일에 싸여 정체를 알 수 없었던 그를 올리번이 처음 귀족들에게 소개할 때 지금껏 모습을 드러내지 않았던 이유를 말해줬다. 대대로 블랑 가문은 백금룡을 보좌하는 선택 받은 가문이었으며 그로 인해 지금껏 모습을 드러내지 않고 오직 드래곤의 영토인 약속의 땅에 머물기 때문이라 하였다.

인간의 발길이 허락되지 않은 금역. 그곳에 사람이 살았다는 것은 제국 그 누구도 알지 못한 일이었기에 납득을 할 수 있었다.

이에 대한 증명일까. 올리번의 말대로 제국에 나타난 백금룡은 오직 드래곤의 모습으로만 존재했고 자신의 의사를 직접 표출하는 다른 드래곤들과 달리 닐 블랑을 통해서만 그들과 대화를 나누었다.

"그는 우리에게 크루아흐를 구출하는 것을 명하셨습니다."

"닐 블랑 경. 외람되오나 나르 디 마우그 님을 직접 뵐 수는 없는 일입니까."

"아시다시피 그분은 제국의 수호룡이긴 하나 인간들과의 대화를 꺼려 하십니다."

"하지만 그때는 직접 말씀하신 듯싶습니다만."

"언제를 말씀하시는 것인지?"

닐 블랑은 아무것도 모르겠다는 듯 세르가에게 되물었다. 순간 그의 눈빛이 마치 사람이 아닌 것 같은 오싹함을 느꼈다. 그리고 이 느낌을 세르가는 나르 디 마우그와 카릴이 싸우던 순간 닐 블랑을 구하기 위해 그의 몸에 손이 닿았을 때 똑같이 느꼈다는 것을 깨달았다.

"송구하옵니다."

세르가는 닐 블랑의 대답에 고개를 끄덕였지만 살짝 미심쩍은 표정을 감추지 못했다.

"크루아흐를 구출할 강습대를 구성하겠습니다. 세르가 경의 특기인 안개 마법으로 타투르 전역을 감싸면 아버지께서

부대를 이끌고 진격하십시오. 적의 시선을 끄는 겁니다."

"알겠습니다."

"안개가 깔리면 엘란 님과 마그토 님께서는 진격하는 부대에서 나뉘어 구출 계획을 실행하시기 바랍니다. 드래곤을 구속하는 구속구만 풀면 됩니다. 그 뒤는 본대에 합류하여 적을 소탕합니다."

간단명료하지만 확실한 계획이었다.

"물자가 도착한 이상 더 이상 하루라는 시간의 족쇄는 저희들에게 채워지지 않습니다. 대신 더욱 전투에 집중하여 확실한 승리를 따내야 할 것입니다."

크웰은 그의 말에 고개를 끄덕였다.

"출진 준비를 하라."

"백금룡에 대한 계책은?"

"그건 이 녀석이 맡을 것이다. 크루아흐를 인질로 삼고는 있지만 과연 녀석이 얼마나 효용 가치가 있는지는 사실 모르니까. 이왕이면 목을 따버리면 좋겠지."

밀리아나는 그녀의 뒤에 서 있는 에이단의 등을 가볍게 두들기며 앞에 나오게 세웠다. 두샬라는 의외라는 눈빛으로 두 사람을 바라봤다. 당연하게도 현재 가장 강력한 전사인 밀리아나가 백금룡을 맡을 것이라고 여겼기 때문이다.

"믿어도 돼. 이 녀석과 암연의 살수들은 이제 남부의 사냥꾼들보다 더 몬스터를 잘 잡을 테니."

그녀의 말에 에이단은 쓴웃음을 지었다.

"나는 크웰을 맡는다. 그를 죽이지 않고 제압할 수 있는 사람은 나뿐일 테니까."

그제야 두샬라는 이해가 가는 듯 고개를 끄덕였다. 싸움에 있어서 죽이는 것과 죽이지 않고 이기는 것 중에 어려운 것은 당연하게도 후자였으니까.

"대륙제일검이라 불리던 크웰을 상대로 그를 죽이지 않고 제압할 자신이 있나 보군요."

"언제적 대륙제일검이야? 5대 소드 마스터라는 개념 자체가 이미 무너진 지 오래니까. 저치만 해도 이제 소드 마스터의 반열에 올랐는데."

밀리아나는 에이단을 가리키며 말했다. 그녀의 말대로 그녀 본인과 에이단 두 사람을 비롯해서 전 이스트리아 삼국의 그레이스 판피넬, 에이단 하밀, 검의 저택에 3명뿐만 아니라 란돌까지 수십 년 동안 정체되어 있던 검의 영역이 신기할 정도로 비약적인 상승을 보였다.

"그야말로 검의 시대군요."

"글쎄. 꼭 그렇지만도 아니지."

그때였다. 그들의 말에 언짢다는 듯 나인 다르혼은 팔짱을

긴 채로 말했다.

"저기 내 뒤에 있는 꼬맹이들도 7클래스에 견주어도 손색이 없다. 미하일 저놈은 아직 멀었지만 공격술만큼은 드래곤의 비늘을 뚫을 만큼 대단하지. 카이에 에시르와 같은 마법인 중첩술을 쓸 수 있으니까."

그의 말에 모두가 깜짝 놀란 듯 미하일을 바라봤다.

"뿐만 아니라 제국의 세르가란 녀석도 대마법사의 반열에 올랐다. 검의 길만큼 마법의 길도 발전하기는 마찬가지란 말이지."

나인 다르혼이 손바닥을 들어 올리자 작은 검은 구체가 나타났다. 구체는 빙글빙글 주위를 돌며 점차 줄어들더니 손톱만큼 작아졌다.

"마력압축……."

미하일은 그 광경을 보며 놀란 듯 자신도 모르게 중얼거렸고 세리카 로렌은 마치 또 넘어야 할 산을 본 것처럼 입술을 씰룩였다.

"그리고 나 역시 그의 덕을 봤지."

나인 다르혼은 손에 있던 마력구를 흐트러뜨리며 나지막한 목소리로 말했다.

"이렇게 엮는다면 억측일지도 모르겠지만……. 지금까지 정체되어 있던 검과 마법의 비약적인 발전은 카릴이란 사람이 등장하면서부터 이루어졌다."

"그래. 우리는 그를 모시는 자 이전에 그에게 받은 도움에 대한 보답을 해야 한다. 그것이 타투르를 온전히 그에게 돌려주는 것이겠지."

밀리아나는 고개를 끄덕였다.

"앤섬 하워드."

"네."

"듣자 하니 제국군의 후위를 카릴이 공격한 뒤에 그가 자취를 감췄다고 했지?"

"그렇습니다."

"나는 타투르로 향하던 도중에 교도 용병단의 비공정이 해협을 건너 북상하고 있는 것을 봤다. 비공정의 속도는 지금까지와는 전혀 다를 정도로 빨랐지."

"그 말씀은 고든 파비안이 칼립손 님을 만났다는 말씀이군요."

"아마도. 그 할아범이 만든 시동석을 고든이 받았다는 건 노움국과 접촉이 있었다는 뜻이겠지."

"맞습니다."

앤섬은 그녀의 말에 고개를 끄덕였다.

"어째서 비공정이 전쟁의 중심인 이곳이 아닌 북쪽으로 향하고 있는 걸까. 그리고 타투르가 위협을 받고 있는 상황에서 카릴이 나타나지 않을까."

밀리아나는 눈빛을 빛냈다.

"그게 내가 조금 전 타투르를 온전히 지켜 그에게 돌려줘야 하는 것이 우리의 임무라고 한 이유다."

"설마……."

그는 떨리는 눈으로 밀리아나를 바라봤다.

"카릴은 이곳에 오지 않을 거야."

순간 홀 안이 혼란스러운 듯 웅성거림이 느껴졌다. 디곤과 불멸회의 지원군이 왔다고는 하지만 여전히 백금룡과 제국군의 힘은 강맹했고 열세인 상황은 같았다.

"그는 수백 년 동안 그 어떤 왕국도 끝을 내지 못했던 이 대륙의 전쟁을 정말로 혼자서 끝낼 생각인 거지. 거기에 비한다면 우리가 맡은 일은 너무나도 하찮은 것 아닌가?"

하지만 그녀의 이어지는 말에 모두가 자신도 모르게 헛웃음을 짓고 말았다.

"우리가 맡은 일은 고작 지키는 것과 싸우는 것. 너무나도 단순한 일이지. 하지만 그가 하는 일은 새로운 역사를 쓰는 일이다."

그녀는 주위를 훑었다.

"혼자서 전쟁을 끝내겠다는 말이 절대로 허풍이 아니란 말이다. 우리는 그저 믿고 싸우면 된다. 이 전쟁의 종지부를 찍는 것은 전장에 있는 우리가 아니니까."

짙은 어둠은 더욱더 깊어지고 있었다.

"카릴."

밀리아나는 이곳에 없는 그의 이름을 자신도 모르게 기쁜 듯 격양된 목소리로 불렀다.

쾅-!!

그는 검을 들어 지도 위에 그려진 황궁에 박아 넣으며 소리 쳤다.

"그는 황제의 목을 베어 제국을 손에 넣고 우리에게 돌아올 것이다."

"주군."

"응?"

"외람되오나 아무리 생각해도 이건 미친 짓입니다."

단 한 번도 카릴의 결정에 토를 단 적이 없던 지그라는 무척 이나 송구스러운 듯 난감한 표정으로 대답했다. 하지만 카릴 은 대수롭지 않은 듯이 말했다.

"황궁을 친다는 것 말이지."

그의 말에 지그라는 굳은 얼굴이 되었다.

"하긴. 맞는 말이야. 대군이 타투르로 몰려가 있다고는 하지 만 아직 이곳엔 베릴 발렌티온의 금기사단을 비롯해서 약 10 만의 병력이 주둔하고 있지."

카릴은 지그라가 모아 둔 나뭇가지에 마법으로 불을 지피며 말했다.

"전쟁 중이지만 제국의 수비는 두터워. 게다가 후작령에서 후퇴한 병력까지 합쳐졌으니 20만 정도의 병력이겠지. 아마도 그들 중 일부는 또다시 타투르의 중원군으로 준비 중일 테고."

"맞습니다."

"누가 봐도 안전한 곳이지."

지그라가 카릴이 피워 놓은 불에 말린 고기를 가볍게 데우고서 그에게 건넸다.

"하지만 그렇기 때문에 더욱 완벽한 함정이 되는 것이다."

"……네?"

카릴은 고기를 거칠게 입으로 뜯어내며 말했다.

"백금룡은 자신이 타투르를 공격하면 내가 그곳에 자연스럽게 발이 묶일 수밖에 없을 거라 생각하겠지. 놈을 상대할 수 있는 사람은 나뿐이니까."

둘의 싸움을 직접 목격했던 지그라는 확실히 자신이 감당할 수 있는 영역의 싸움이 아니라는 것을 느꼈다.

"놈은 더욱더 타투르를 몰아칠 거야. 내 소재를 파악하지 못했으니 제 발로 나오게 말이지."

카릴은 입꼬리를 올렸다.

"하지만 반대다. 나는 타투르를 놈이 엉망으로 만들게 두지 않아. 놈이 오히려 제 발로 내 쪽으로 오게 만들어야지."

그는 말린 고기를 질겅질겅 씹었다.

"스스로 목을 들이밀도록. 그러기 위한 준비였다. 에이단과 암연의 정예인 스나켈을 마물들이 득실거리는 드래곤의 섬에 둔 것과 미하일과 세리카 그리고 밀리아나의 성장까지. 그들이라면 최소한 이기긴 힘들어도 결코 백금룡에게 쉽게 지진 않을 테니까."

"아……."

지그라는 자신도 모르게 탄성을 지르고 말았다. 지금까지 일련의 준비들은 단순히 자신의 권세를 강하게 만들기 위함이 아닌, 하나의 확실한 목표를 이미 그는 세워뒀던 것이다.

"그리고 너에게만 맡기는 건 아니니까 너무 걱정 마."

"예?"

"네 말대로야."

카릴의 말에 지그라는 못 당하겠다는 듯 고개를 가로저었다.

"검은 눈 일족이 모였다."

그의 말이 끝남과 동시에 아홉 명의 인영이 어둠을 뚫고 나타났다.

"꼴이 말이 아니군."

처절한 전투를 증명하기라도 하는 듯 그들의 몸은 성한 곳이 없었다. 팔과 다리가 부러진 상태로 여기까지 쫓아 온 것만으로도 대단한 일이었다.

"표식을 찾는 데 시간이 걸려 늦었습니다. 죄송합니다."

찾아온 아홉의 월야(月夜) 중에 가장 선두에 있는 안대를 찬 외눈의 전사가 고개를 숙이며 말했다.

그의 오른쪽에 있어야 할 팔이 없었다. 감아 둔 천은 이미 붉게 변하다 못해 검게 굳은 피들이 덕지덕지 붙어 있었다.

상처의 고통은 정신을 잃을 만큼 이루 말할 수 없는 것일 테지만 다른 동료들과 함께 끝까지 속도를 늦추지 않았고 여기까지 함께해 왔다.

"이름이?"

"차미드이라고 합니다."

"팔을 다시 붙여줄 능력은 되지 않지만 적어도 싸울 수 있도록 치료를 해주마."

"소, 송구하옵니다."

카릴의 말에 차미드는 화들짝 놀란 듯 대답했다. 날카로운 인상과 다부진 체격과 어울리지 않게 쑥스러운 듯 고개를 숙였다.

"걱정 마라. 이 정도는 일도 아니니."

그의 어깨를 잡은 카릴의 손등을 타고 뜨거운 마력이 차미드의 전신을 휘감았다. 놀랍게도 이렇다 할 주문을 외우는 것도 아니었는데 차미드의 상처가 빠른 속도로 나아갔다.

알른은 그 모습을 흥미로운 듯 지켜봤다.

[회복 마법을 시전한 게 아니라 마력 자체로 생체 재생을 도운 거로군. 그놈과 같은 술법아냐?]

알른은 차미드의 모습을 보며 백금룡이 잘려 나간 날개를 다시 만들었을 때를 떠올렸다.

"맞아. 아직 나르 디 마우그만큼은 아니지만 나 역시 신력과 용마력을 가지고 있으니까. 내가 말했잖아. 놈의 마법을 읽었다고."

카릴은 알른의 말에 가볍게 대답했다.

"정확히는 읽었다기보다는 느꼈다고 해야겠지. 아이러니하게도 7클래스가 된 이후 혈맥을 타고 몸 곳곳에 용마력이 회전하면서 좀 더 명확하게 신력을 느낄 수 있게 되었다."

[마력이 아니라 신력을?]

"대전사의 시험을 치를 때 마엘의 신력을 사용했던 것 기억나지?"

[그 늑대 여자와 싸웠을 때를 말하는 거지?]

"맞아."

[마엘의 독기를 쓰기 위해서 정령왕들의 힘을 빌려 신력을 끌어올렸던 것으로 기억되는데.]

알른은 기억을 더듬으며 말했다. 그 당시 처음 신력을 사용했을 때 카릴은 마엘의 힘을 담은 검술에서 그는 뭔가 잡힐 듯 말 듯 한 묘한 기분을 느꼈었다.

억겁의 시간을 걸려 완성했던 다섯 가지 검의 자세를 뛰어넘을 수 있을 것 같았던 간질거리는 기분. 카릴은 그 이후에도 계속해서 그 느낌을 찾기 위해 노력했었다.

"그리고 녀석을 만나서 다시 찾게 되었지. 검술의 문제가 아닌 마력의 문제. 단순히 용마력 하나로는 부족하다. 그건 나르디 마우그 역시 그리 생각했을지도 모르지. 그렇기에 신의 힘과 같은 속성인 라시스의 힘을 먹어 치운 것일지도."

[어째서?]

"이유는 나도 모르지. 놈에게 직접 듣지 않는 이상은 말야. 신이라도 되고 싶은 건지…… . 녀석의 시커먼 속내는 신화 시대부터 지금까지 아무도 모르는 일이니까."

[흐음…….]

알른은 카릴의 말에 고개를 끄덕이면서도 낮은 한숨을 내쉬었다.

[어쨌든 놈을 만난 덕분에 한 걸음 더 나아갔다는 말이로군.]

"그리고 나는 놈보다 더 나아갈 거다."

[음?]

"내가 마엘의 힘을 쓸 때, 그 당시엔 독기를 제어하는 데에 있어서 정령왕들의 힘을 썼었지. 그 덕분에 위력이 반감되었지."

[어쩔 수 없는 일이었지. 폭염왕의 열기로 독성을 중화시켰으니까. 그렇지 않다면 검술을 쓰기도 전에 네가 먼저 독에 당했을 테니.]

"맞아. 하지만 내가 완벽하게 신력을 다루게 된다면 그것과 별개로 정령력을 온전한 내 힘으로 쓸 수 있게 되겠지."

카릴은 옅은 미소를 지었다.

[너는 블레이더도 백금룡도 하지 못한 유일무이한 일을 하려는 것이로군.]

[미친놈인 줄 알았지만 이렇게까지 장대한 계획을 세우고 있을 줄은…… . 나 참.]

라미느와 에테랄은 어이가 없다는 듯 말했다.

[클클……. 좋다. 그 정도는 되어야 내 신력을 다루는 자라할 수 있지.]

반면에 마엘은 홍분한 듯 대답했다.

[신령대전을 이끌었던 최초의 블레이더라 불리던 주덱스는 검과 마력 그리고 정령술을 다루는 자였다. 그리고 그 대전에 함께 참여했었던 백금룡의 이명은 영령지배자. 즉, 그 역시 주덱스와 마찬가지로 정령의 힘을 다룰 수 있었다. 하지만 그 둘은 결정적인 차이가 있다.]

"어째서?"

[백금룡은 그 이전부터 이미 빛의 정령왕인 라시스와 계약을 했던 존재다. 그렇기 때문에 다른 드래곤과 달리 특별할 수 있었지. 하지만 그는 신력을 다루지 못했지.]

마엘의 말에 카릴은 고개를 끄덕였다.

[반면 주덱스는 신력을 사용할 수 있었지만 그 힘을 쓰지 않았지. 그가 계약한 정령왕은 다름 아닌 어둠의 정령왕인 두아트였으니까. 내가 가진 신력과 어둠의 힘은 극상성의 속성이기 때문이지. 뿐만 아니라 그는 두아트가 가진 어둠의 힘이 율라를 벨 수 있는 유일한 힘이라 여겼기도 했고.]

[한쪽은 빛을 다른 한쪽은 어둠을. 그렇기 때문에 오히려 완벽하지 못했던 거로군. 하지만 카릴은 두아트와 계약을 했음과 동시에 마엘, 너의 신력까지 쓸 수 있단 말이지.]

[그래. 바로 당신 덕분이지. 카릴이 두아트와 계약을 한 것

은 맞지만 실질적으로 그 힘을 발현할 수 있는 본체는 카릴이 아닌 알른, 당신이니까. 객체가 나뉜 덕분에 카릴은 어둠의 힘을 유지하면서도 신력을 쓸 수 있게 된 것이지. 그것이 운이든 계획이든 간에 말야.]

[클클클⋯⋯. 이 몸의 위대함이 빛을 발하는 것이로군.]

알른은 마엘의 말에 피식 웃었다.

[하나 백금룡도 마찬가지다. 놈이 닐 블랑이라는 새로운 객체를 둔 이유가 나와 같은 생각이라면 그는 자신이 가지지 못했던 속성의 힘을 얻으려 하겠지.]

"두아트의 힘."

[맞다. 네가 라시스를 탐하는 것처럼 그 역시 두아트의 힘을 원할 터. 2대 광야(光夜)는 원래 함께 공존할 수 없는 것이니까. 하지만 그 둘이 있어야 진정한 광야가 이뤄지는 것이지.]

[하나는 결국 죽어야 답이 나오는 싸움이라는 말이군.]

마엘의 말에 알른이 나지막하게 말했다.

"싸움이란 원래 그런 거니까."

카릴은 담담한 목소리로 대답했다. 그러고는 저 아래 건물의 불빛들로 가득한 거대한 황도를 바라보며 말했다.

"주덱스는 위대한 마법에 도달했으나 신을 죽이지 못했고 백금룡은 라시스의 힘으로 신에 도달하려 했으나 결국 신의 종속자에 불과하지."

쩌억-

그는 주먹을 쥐었다.

"나는 그 둘이 도달하지 못한 영역으로 갈 것이다. 인간의 검술, 드래곤의 마력, 정령의 계약 그리고 신의 힘까지……. 모두를 내 것으로."

마치 다짐하는 듯한 그의 말에 월야의 전사들은 자신도 모르게 등골이 오싹한 전율을 느꼈다.

[그럼 한 가지만 묻지.]

"뭔데?"

알른이 나지막한 목소리로 물었다.

[너는 그날 황제가 죽은 혜임에서 올리번을 죽이지 않았지. 그 이유는 단순히 그의 목숨을 끊는 것만으로는 제국의 충심을 얻을 수 없다는 이유였잖느냐.]

"맞아."

[하지만 그 과정에서 결국 대전쟁이 시작되고 많은 것을 잃기도 했다. 그중엔 유능한 자들도 분명 있었겠지.]

카릴은 고개를 끄덕였다.

[과연 이 정도의 수고와 희생을 해서 황제를 죽이기 위한 무대를 만드는 것이 정말 가치가 있는 일인 것이냐. 네가 신살자의 후예로서 주덱스와 백금룡이 가지 못한 높은 영역을 도전한다는 것은 이해되지만 그것과는 별개로 이 전쟁의 승리만으로는 네가 처음 약속했던 제국의 인재들의 마음을 사로잡진 못한다.]

앤섬 하워드 역시 그러하였으니까. 자신이 모시던 자들의 무능함과 어긋난 모습을 보여 더욱 확실하게 자신에게 미래를 걸도록 만들었다.

반면에 브랜 가문트는 달랐다. 그는 끝까지 제국에 충성을 맹세하고 죽음을 선택했으니까. 대전쟁이 끝나고 승리를 한다 한들 그저 충성을 강요한다면 그와 같은 결정을 택하는 자들이 많을 것이다.

"내가 틀렸을 수도 있지. 하지만 적어도 나 스스로만큼은 내 행동에 확신을 가진다. 헤임에서 내가 올리번을 죽였다고 해서 제국이 거저 내 손으로 들어오지 않아. 결국 전쟁은 일어나겠지. 크엘 맥거번을 비롯하여 검의 저택에서 탄생할 무수한 검사들은 내 적이 될 테고 브랜 가문트와 같은 자들이 생겨나겠지."

알른은 어깨를 으쓱했다.

[그건 지금과 별반 다르지 않지 않으냐.]

"다르지. 올리번은 어차피 죽여야 할 적이다. 하지만 언제 죽어도 되는 것은 아냐. 내가 헤임에서 살려준 이유가 바로 이 전쟁에서 녀석이 살아 있어야만 했기 때문이지."

카릴은 눈빛을 빛냈다.

"그래야 놈과 백금룡 그리고 우든 클라우드와 교단을 한꺼번에 타진할 수 있을 테니까. 그들을 제물로 나는 제국군의 마음을 빼앗을 것이다."

[네가 그린 큰 그림의 대미를 장식하기 위한 제물이로군.]

"그래. 이 두 눈동자의 색깔이 가지고 보란 듯이 그들의 마음을 얻기 위한 도구. 올리번은 그것을 위해 존재하는 것이니까."

[그래서였군. 이민족인 네가 제국인을 아래에 두기 위해서는 폭력만으로는 안 되지.]

그의 검은 눈동자가 칠흑 같은 어둠 속에서 오히려 더욱 짙게 느껴졌다.

"이 전쟁은 단순히 과거 이민족의 오명을 씻기 위함이 아니니까. 아니, 씻을 필요도 없지. 그들이 어찌 생각했고 어찌 생각되었든 과거일 뿐."

카릴은 절벽 아래에서 황궁을 내려다보며 말했다.

"동이 틀 때 역사는 새로이 시작될 테니까."

파앗-!!

그는 망설임 없이 황도를 향해 질주했다.

콰아앙--!! 콰가가가가강--!!

요란한 폭음과 함께 거대한 황도의 성벽이 와르르 무너져 내렸다.

"적습이……으아아악!!"

희뿌연 모래먼지와 함께 무너지는 잔해에 휩쓸려 보초를 서고 있던 병사들이 아래로 떨어지며 비명을 질렀다.

"허둥대지 마라!! 성벽이 완전히 무너진 것도 아니다!! 절대로 적이 오르지 못하도록 막……!!"

서걱-

우왕좌왕하는 병사들 사이에서 수비군의 지휘관이 소리쳤지만 그마저 끝까지 이어지지 못했다. 잘린 목이 바닥으로 떨어졌지만 무너지는 성벽으로 인해 뿜어져 나오는 먼지에 그의 죽음을 병사들은 알아차리지 못했다.

"칼이 무디군."

검날에 핏물조차 묻지 않을 정도로 지그라는 깔끔하게 지휘관의 목을 베었음에도 불구하고 썩 마음에 들지 않는다는 듯 혼잣말을 중얼거렸다.

부웅-

데릴이 검을 재로 만들어 버려 성벽 병사들의 것을 쓰게 되는 바람에 손에 익히려는 듯 그는 가볍게 검을 돌렸다.

"1차 성벽 이후 2차 성벽부터는 마법 결계가 쳐져 있다. 우리는 주군께서 2차 성벽을 무너뜨릴 때까지 소란을 만들어 적의 주의를 끈다."

"알겠습니다."

황도의 높은 성벽 따위는 아무런 상관이 없다는 듯 첫 폭음과 함께 월야의 10인들은 이미 황도의 성벽을 넘어 그 위에 있었다. 지그라의 명령이 떨어지자마자 그들은 각자의 품 안에서 작은 환을 꺼내었다.

휙-!!

수십 개의 구슬을 있는 힘껏 던지자 뒤에 서 있던 한 명이 가느다란 바늘을 사방으로 뿌렸다.

펑!! 펑!! 퍼어엉--!!

놀랍게도 수십 개의 구슬들에 정확하게 바늘이 꽂히며 매캐한 연 구름이 공중에 생성되었다.

"불을."

월야 중 또 다른 한 명이 지그라를 향해 고개를 끄덕이고는 어깨에 메고 있던 활은 꺼냈다. 거대한 활은 거의 그의 키만큼 컸는데 활을 가로로 잡은 뒤 한쪽 다리를 들어 활대를 잡아당기자 활대가 부러질 듯 휘었다.

슈우우욱--!!

거대한 만곡궁의 시위를 타고 화살이 날아오르는 순간 번뜩이는 스파크가 일더니 엄청난 속도로 연기를 뚫고 지나갔다.

콰앙!! 화르르륵……!!

그와 동시에 화살이 닿자마자 공중에서 연기가 붉은 화염을 내뱉었고 불꽃들이 작게 분열되면서 황도의 건물 지붕 곳곳으로 불이 번졌다.

"불이다!!"

"서둘러라!! 불이 옮겨붙지 않도록 방어하라!!"

"수 속성의 마법사들의 지원 요청을……!!"

병사들은 광장의 분수대에 있는 물부터 곳곳에 있는 소화관들을 황급히 돌렸다.

치이이익…….

하지만 놀랍게도 맹렬하게 탈 것 같던 화염은 지붕에 닿자마자 바람처럼 사라졌다.

"어?"

"이게 무슨……."

화공(火攻)이라 여겼던 제국의 수비군들은 갑자기 사라진 불씨에 당혹스러운 듯 서로를 바라봤다.

"하하, 실패다!! 놈들을 제압하라!!"

"모두 성벽으로 올라가!!"

수비군들이 몰려들기 시작했다. 하지만 지그라는 그 모습을 보며 오히려 계획대로라는 듯 고개를 끄덕였다.

"모두 코와 입을 막아라. 잔나비의 독은 지독하니까."

성벽 위로 병사들이 몰려오기 시작했지만 그들은 그저 미동도 없이 병사들을 바라볼 뿐이었다.

"쿨럭……. 어?"

선두에 선 병사가 낮은 기침을 하더니 바닥에 떨어진 핏덩이를 보며 입을 가렸다. 그리고 그게 자신의 입에서 튀어나온 것이라는 걸 알기까지는 그리 오랜 시간이 걸리지 않았다.

"컥…… 커억……. 쿨럭!!"

"풉!! 푸아악!!"

월야를 향해 밀려 올라오던 병사들이 순식간에 바닥에 주저앉으며 피를 토하기 시작했다.

"시, 실드 마법을!!"

"아냐! 회복부터!! 쿨럭……! 커컥……!!"

뒤이은 마법사들의 다급한 외침이 들렸지만 그들의 사정 역시 병사들과 별반 다르지 않았다. 실드 마법으로 보호받고 있다고 생각했던 마법사들조차 피를 토하자 수비군은 순식간에 패닉에 빠졌다.

"독이다!! 성벽 위에 독이 뿌려졌다!"

"사, 살려줘!!"

성벽 위로 올라간 병사들이 순식간에 죽어버리자 병사들은 황급히 아래로 내려가려 했다. 그로 인해서 계단 아래는 밀려오는 병사들과 내려가려는 병사들이 뒤엉켜 아수라장이 되어버렸다.

"으아아아……!!"

몇몇 병사들은 이리저리 치이다 못해 결국 바닥 아래로 추락하고 말았고 비명과 함께 우드득! 거리는 뼈가 부러지는 소리가 사방에서 들렸다.

"계획대로 움직인다."

지그라는 그런 병사들에게 힐끔 시선을 주었다가 떼면서 어둠 속으로 사라졌다.

"쉽군. 란돌 덕분에 황도의 뒷길을 알게 되니 잠입이 한결 수월하군."

카릴은 낡은 건물 아래 지하문을 열며 혼잣말을 중얼거렸다. 창밖은 이미 소란스러웠고 병사들의 발걸음 소리가 요란하게 들렸다.

[너 정도라면 애초에 잠입이 의미가 없는 것 아닌가? 굳이 이렇게 들어올 이유가 있나?]

알른의 말에 카릴은 묘한 미소를 지었다.

'아버지를 비롯해서 제국의 소드 마스터들은 이미 전장에 투입되었다. 황궁에 남아 있는 방해꾼이라고 해봐야 벨린 발렌티온의 금 기사단과 카딘 루에르 정도겠군.'

제국 최강의 기사단이자 황실 친위대인 금 기사단의 실력은 뛰어나지만 이미 노쇠한 단장이 이끄는 기사단으로 카릴을 막을 순 없었다. 세르가가 떠오르기 전만 하더라도 제국의 유일한 대마법사였던 카딘이 그나마 카릴을 상대할 수 있는 실력자였지만 그래봐야 7클래스. 그가 애지중지 키워낸 아카데미의 마법사들과 함께 협연했던 다중봉인진을 이미 본 카릴은 그의 수준이 자신을 위협할 수 없음을 알았다.

'굳이 따진다면…… 그놈들이겠지.'

카릴은 뭔가를 기다리는 듯 눈빛을 빛냈다.

탈칵-

건물의 문을 열자마자 그는 빠른 속도로 골목길을 질주하기 시작했다.

"……재밌군."

골목을 지나 광장 앞에 섰을 때 그는 잠시 발걸음을 멈춰 섰다. 그의 앞에 세워진 커다란 기둥을 바라보며 그는 냉소를 지었다. 그의 눈에는 기둥에 죄인처럼 꽁꽁 묶여 있는 여인이 들어왔다. 창백한 얼굴은 이미 핏기가 보이지 않아 살아 있는 자가 아님을 알 수 있었다.

[고약하지만 본보기로는 확실하겠군. 한때는 대륙을 호령하던 황후가 지금은 반역의 제물이 되어 있으니 말이야.]

알른은 기둥에 매달린 그녀의 시체를 바라보며 쓴웃음을 지었다.

[10만의 목숨으로도 제 목숨은 구할 수 없었나 보군.]

올리번은 후작령에서 10만의 병력을 회군하여 돌아온 황후를 끝내 살려두지 않았다. 이유는 굳이 어렵게 생각할 필요가 없는 일이었다. 효용 가치가 없었기 때문일 터.

"한없이 자상한 황제이나 배신자는 절대 용납하지 않겠다는 의미를 보여준 것이겠지."

[황후 한 명을 희생해서 돌아온 병사들에겐 자비를 황궁의 귀족들에게는 두려움을 주었으니 남는 장사로군.]

"브랜 가문트라는 천재를 잃고 얻은 것이 고작 자신에게 반기를 들었던 황후의 목숨. 10만의 병력보다 그의 죽음이 놈을 더 분노케 했을 테니 당연한 결과야."

카릴은 그녀의 모습을 바라보며 왠지 전생의 마지막 자신을 죽이려고 했던 올리번의 모습이 떠올랐다.

'나 역시 그러했던 건가. 너를 위해 싸웠던 신탁의 10인들. 그럼……. 너는 우리를 죽이고 나를 버리면서 취할 수 있었던 이득이 무엇이었지?'

쩌악-

한없이 차오르는 분노에 카릴은 라크나의 손잡이를 쥔 손에 힘이 들어갔다.

탁- 타닥-!!

목표는 황궁(皇宮). 카릴은 황후의 시체가 걸려 있는 기둥을 뒤로 한 채 올리번이 있을 태양홀을 향해 망설임 없이 달렸다.

"막아라!! 적은 한 명이다!!"

콰아아앙--!! 콰강--!!

"으아악! 사, 살려줘……!!"

호기롭게 외치던 기사들의 함성은 비명으로 순식간에 바뀌었고 복도를 향해 달려오는 발걸음 소리는 점차 태양홀에 가까워졌다.

"제길……. 그놈은 전쟁을 뭐라고 생각하는 것인가!"

벨린 발렌티온은 단신으로 황궁에 당당히 침입한 카릴에 대한 보고에 어이가 없다는 듯 소리쳤다. 70만 대군이 자신의 영토를 포위하고 있는 상황이었다. 그런데도 카릴은 아랑곳하지 않고 오히려 뒤를 쳤다. 그야말로 유린당하는 기분이었다.

빠득-

대륙에서 가장 강하다 자부했던 황궁을 아무렇지 않게 두 번이나 급습했고 또 그를 막을 수 있는 자가 지금 아무도 없다는 것에 벨린은 제국의 기사로서 수치스러운 감정을 참을 수 없었다.

콰아앙……!!

태양홀의 문이 거칠게 열렸다. 수미터에 달하는 높다란 문 한쪽이 카릴의 발길질에 부서지며 요란한 소리와 함께 바닥에 떨어졌다.

"……."

황좌 위에 앉아 있는 올리번이 태양홀을 걸어 들어오는 카릴을 바라봤다. 그의 옆에 카딘 루에르와 벨린 발렌티온이 긴장 가득한 얼굴로 서 있었다.

"올리번."

카릴은 앞을 내다보며 그의 이름을 불렀다. 마력이 담긴 그의 목소리는 홀에서 500미터나 떨어져 있는 그의 귀에까지 선명하게 들렸다.

저벅- 저벅- 저벅-

그는 천천히 걸음을 옮겼다. 기억을 곱씹듯 태양홀의 주위를 한번 훑었다.

황제와의 절대간극(絶對間隙). 250미터라는 먼 거리는 사실 올리번의 모습이 제대로 보이지도 않을 정도였으니 제국의 태양홀이 얼마나 거대한 건축물인지 실로 가늠하는 것도 어려운 일이었다. 하지만 이 거리가 단순히 위엄을 보이기 위함만은 아니었다. 제국인은 태어날 때부터 마력을 가지고 있었다. 마력을 담아 이야기를 할 수 있기에 이렇게 멀리 떨어져 있어도 대화만은 가능했다.

그러나 의사소통은 가능하되 태생적으로 마력을 가지고 있다는 것은 마력을 살인 도구로 쓸 수 있도록 태어났다는 것이기도 했다.

결국 이 거리는 황제의 안위를 위한 것. 그러나 이제 그에게 있어서 이 절대간극은 아무런 의미가 없었다. 250미터가 되었든 500미터가 되었든 그가 앞으로 걷는다면 그를 막을 수 있는 자는 없을 테니까.

그야말로 일기당천(一騎當千). 카릴은 태양홀에 배치되어 있는 살수들과 숨겨져 있는 마법 함정 따위는 아무래도 상관없다는 듯 서슴없이 걸어갔다.

스르릉-!!

그가 허공에 검을 긋자 궁정마법사인 카딘 루에르는 당혹스러운 표정을 감추지 못했다.

"태양홀에 있던 모든 함정들이 해제되었다……?"

수십 년을 걸쳐 완성된 방어 마법진들이었다. 결계에 관하여 일가견이 있던 그가 구제국시대부터 내려온 함정들을 보완하고 수정하며 만들어낸 작품이었다. 하지만 그의 그 노력을 비웃듯 카릴은 단 한 번의 손짓만으로 그것들을 해제해 버렸다.

"나오는 놈들은 죽는다. 상대가 안 된다는 것은 네놈들이 더 잘 알 터. 곧 죽을 황제 때문에 목숨을 희생하지 마라."

카릴은 시선을 돌리지도 않았다. 곳곳에 배치되어 있던 살수들은 그 한마디에 그 누구도 당긴 활시위를 놓지 못했다.

"네놈!!"

침묵이 흐르는 와중에 들려오는 날카로운 외침. 벨린 발렌티온이 검을 뽑아 들며 그를 향해 달려왔다. 마력이 가득 실려 있는 마나 블레이드는 혼신의 힘을 다한 일격이라는 것을 알 수 있었다.

하지만 카릴의 눈에는 그저 힘만 실려 있고 한없이 느린 검격일 뿐이었다. 그렇다고 그 실린 힘마저 그리 대단해 보이지 않았다. 카릴은 벨린의 일격을 바라보며 감흥 없는 차가운 표정으로 그의 공격을 가볍게 피했다.

퍼억-!!

손바닥으로 그의 턱을 올려치자 벨린의 몸이 공중으로 부웅 떠올랐다. 카릴은 얼음 발톱을 검집째 휘둘렀다.

"커…… 커억!!"

공중에 떠오른 벨린의 척추가 그 충격에 꺾이며 숨을 토해내는 소리가 들렸다. 그가 입고 있던 단단한 갑옷은 마치 유리가 깨지는 것처럼 산산조각 부서졌다.

"벨린 경!!"

카딘 루에르는 바닥을 구르는 그의 모습을 보며 황급히 소리쳤다. 하지만 그런 그를 올리번이 손을 들어 올리며 막아섰다.

"여기까지 혼자서 쳐들어오다니 정말 너의 교만은 드래곤을 넘어서는구나."

"교만이라니 실력이지. 닥치고 죽을 준비나 해. 네가 했던 말 그대로 이제 이 전쟁을 끝낼 때도 되었으니까."

"글쎄. 내가 아무런 준비도 하지 않았을 것 같은가?"

올리번은 카릴을 바라보며 낮게 말했다.

차르르릉……!! 촤아아아아아아악--!!

그 순간 카릴과 올리번 사이에 마치 빛나는 장막이 내려쳐지는 것처럼 가로막는 투명한 벽이 나타났다. 장막의 크기는 점차 커지더니 올리번이 있는 주위를 완전히 감싸고 나서 다시금 몇 겹이나 더 두텁게 생겨나며 카릴을 밀어냈다.

카릴은 올리번을 감싼 장막을 가볍게 손가락으로 튕기듯 두들겼다.

파직……!!

그러자 날카로운 스파크가 튀면서 전류가 흐르듯 지지직!! 거리는 소리와 함께 그의 손이 충격과 함께 뒤로 튕겨져 나갔다.

[교단인가.]

알른은 그 광경을 지켜보며 낮은 목소리로 말했다. 회심의 미소를 짓는 올리번을 카릴이 차가운 눈으로 바라봤다.

"네가 믿는 마지막 카드가 고작 신이었나."

카릴은 코웃음을 쳤다.

즈즈즈즈즉……!! 즈즈즈즉……!!

그러고는 오히려 이것을 기다렸다는 듯 자신을 막아선 장막을 향해 검을 박아 넣었다.

"그럼 좋지. 듣던 중 반가운 소리니까."

즈즉……!! 즈즈즉……!!

라크나가 장막에 박히자 요란한 소리를 내며 요동치기 시작했다. 절대로 장막이 부서질 리 없다 믿는 올리번이 여유로운 눈빛으로 그를 바라봤다.

콰드득!! 콰드드드득……!! 즈즈즈즈즈즉……!!

하지만 그럼에도 불구하고 카릴은 더욱더 깊게 라크나의 검날을 장막 안으로 쑤셔 넣었다. 아주 조금, 아주 조금씩이지만 검날은 확실하게 안쪽으로 파고들고 있었다.

"……"

올리번의 눈빛이 흔들렸다.

"잘 봐."

카릴은 그런 그를 향해 한 글자 한 글자 목소리에 분노를 담아 말했다.

"네가 믿는 신의 힘이 내 손에 부서지는 꼴을."

▶**Chapter 5**◀

　파즉……! 파가각……!!

　카릴이 있는 힘껏 라크나를 장막 아래로 집어넣자 빛을 뿜어내던 장막이 유리에 금이 가는 것처럼 서서히 갈라지기 시작했다.

　"율라(Yula)의 지배가 있으리!!"

　그때였다. 태양홀의 안쪽에 있는 양쪽 문이 거칠게 열리며 그 안으로 수십 명의 사제들이 쏟아져 들어왔다.

　우우우우웅……!!

　그들은 저마다 어깨에 특수한 견대를 차고 있었는데 팔리움(Pallium)이라 불리는 이것은 전투 사제와는 별개로 교단에서 주술적인 힘에 특화되어 있는 특급 사제들에게 주어지는 상징이었다. 지팡이를 비롯해서 검, 창 등등 각자의 주구(呪具)들을 카릴을 향해 겨누며 그들은 기도하듯 낮은 목소리로 주문을 외웠다.

"펜타르(Pentar)."

쿠광--!!

그러자 중력이 거세지는 것처럼 보이지 않는 힘이 카릴의 어깨를 짓누르기 시작했다. 하지만 카릴은 그들의 등장을 이미 알고 있었기에 신의 속박에 굴복하지 않았다. 오히려 그의 주위로 빛의 힘을 밀어내듯 검은 연기가 피어오르기 시작했다.

사제들은 장막에 찔러 넣은 검에 오히려 더욱 힘을 주는 그의 모습에서 당혹감을 감추지 못했다.

"저, 저건⋯⋯."

"어둠의 힘이다!!"

사제들은 자신들의 마법을 튕겨내는 두아트의 힘을 바라보며 소리쳤다.

[이 녀석들은 내가 맡지.]

"조심하는 게 좋아. 두아트의 힘은 신력과 상극의 속성이라 타격을 줄 수 있는 것은 맞지만 결국 신의 힘을 죽일 수 있는 건 같은 속성뿐이니까."

[알고 있다. 어둠이 빛을 이기는 것은 어려운 일이지. 하지만 신령대전에서 저놈들은 신이 아니지. 고작 신의 힘을 빌려 쓰는 인간에게 내가 질 리 없다.]

카릴의 말에 두아트는 살짝 기분이 나쁜 듯 말했지만 그 분

풀이를 눈앞의 사제들에게 제대로 하려는 듯 으르렁거리는 눈빛을 빛냈다.

"전투 사제 앞으로!!"

특급 사제들 뒤로 갑주를 입은 전투 사제들이 튀어나왔다. 일반적으로 전투 사제들이라 하여도 갑옷 대신에 로브를 입는 것이 대부분이었다. 하지만 태양홀에 투입된 사제들은 모두 황금색의 갑옷을 입고 있었다.

[빛의 속성이 들어간 무구들이로군. 신의 힘만으로는 자신들도 안 된다는 걸 안 거지.]

알른은 그들의 모습을 보며 피식 웃었다.

"율라(Yula)의 축복이 있으리. 아그누스(Agnus)."

무구를 자신의 가슴에 세로로 세우며 전투 사제들이 기도문을 외우자 그들의 주위에 새하얀 빛이 흘러나왔다.

"율라(Yula)의 기쁨이 있으리."

전투 사제들 중에서도 선두에 선 남자가 떨리는 목소리로 외쳤다.

"리뎀션(Redemption)······!!"

그러자 붉은 기운들이 다시 한번 사제들 발아래에 원을 그리며 피어올랐다. 카릴은 결의에 찬 목소리로 소리치는 남자의 얼굴이 무척이나 낯익다는 것을 알았다.

유린 휴가르였다.

"전에도 물었을 텐데. 설마 나와 싸울 생각인가? 진심이라면 이번엔 정말로 죽는다."

그는 뒤도 돌아보지 않고 말하는 카릴의 모습에 자신도 모르게 어깨를 움찔거렸지만 새로이 받은 메이스를 머리 위로 솟구쳐 올리면서 소리쳤다.

"공격하라!!"

와아아아아아--!!

전투 사제들의 외침과 함께 신성력을 머금은 사제들 특유의 홀리 블레이드가 빛나는 무구들이 일제히 카릴와 알른을 향해 쏟아졌다.

퍼엉!!

사제의 메이스에 닿기 직전에 알른의 몸이 연기처럼 사라졌다가 그의 뒤에 나타났다.

"흐아아아……!!"

있는 힘껏 찌른 또 다른 사제의 창이 알른에 닿자 이번에는 창을 쥔 사제의 그림자 속으로 스며 들어갔다.

"아아악!"

"컥……!! 커허헉!!"

메이스를 휘두르던 사제와 창을 찌른 사제들이 갑자기 비명을 지르며 고꾸라졌다.

"회, 회복 주문을!!"

뒤에서 카릴에게 속박 마법을 쓰고 있던 특급 사제들이 갑자기 쓰러진 전투 사제들을 바라보며 소리쳤다. 바닥에 쓰러져 바둥거리는 그들의 다리가 날카로운 뭔가에 잘려 나간 듯 날아가 있었기 때문이었다.

"율라(Yula)의 성령이 있으리……!!"

치지지지직……! 치익!!

사제들이 회복 주문을 외치며 빛이 닿는 순간 잘려 나간 두 다리가 마치 타들어 가듯 연기를 뿜어내며 오히려 그들의 몸을 잠식해 들어갔다.

"으악!! 으아아아악!!"

전투 사제들은 어떻게든 살기 위해 바둥거렸지만 잘린 다리에서부터 시작된 검은 연기가 전신을 휘감자 그들의 몸은 마치 재가 된 것처럼 부서져 버렸다.

[독식(獨食).]

알른은 바스라지는 사제들의 시체를 바라보며 클클 거리는 웃음과 함께 말했다. 지금껏 시간이 흐르며 성장을 한 것은 카릴만이 아니었다. 마법 쪽으로 더 이상 오를 수 없는 경지에 올랐던 알른 자비우스였으나 그는 두아트의 어둠의 힘과 융합하면서 인간이었거나 혹은 순수한 영체였을 때는 할 수 없었던 새로운 마법의 경지를 새로이 구축했다.

그리고 보란 듯이 신의 힘을 행사하는 사제들 앞에 어둠 마법을 선보였다.

[와라. 닿는 놈은 모두 저렇게 될 테니까. 사지가 잿가루로 변할 때까지 아주 끔찍하게 괴롭다가 죽을 게다.]

그의 으름장에 전투 사제들은 밀려오는 공포감으로 자신도 모르게 몸을 부르르 떨었다.

[안 온다며 내가 가지.]

스아아아악--!!

알른이 몸을 돌리자 그의 몸이 위로 주욱 커지면서 사제들을 덮쳤다.

"모두 피해!!"

"연기에 닿지 마라!!"

사제들은 자신의 보호마법이 그에게 통하지 않는다는 것을 알고서 황급히 물러섰다.

"흐아아아!!"

하지만 그들 중에 한 사람, 유린 휴가르만은 오히려 메이스를 들고 알른이 만든 장막 안으로 뛰어들었다.

[호오……. 그래도 깡다구가 있는 놈이 있군? 그렇군. 네놈이 카릴이 말한 그놈이렷다.]

알른은 빛의 망치를 휘두르며 자신의 본체를 찾으려는 그를 바라보며 나지막하게 웃었다.

[너는 특별히 오래 살려주지. 독식의 불꽃이 아주 천천히 네 몸을 태워 버리도록.]

"멈춰라!!"

교단의 빛 장막이 점차 갈라지는 것을 바라보며 카딘 루에르는 지팡이, 무한의 숨결(Infinite Breath)을 위로 치켜세우며 주문을 외웠다.

"νωοκ υφχχ φ!!"

다른 마법사들과 달리 고대어인 룬어를 연구한 카딘은 순수한 마법의 파괴력만을 놓고 보자면 단연 최고위 마법사라 할 수 있었다. 그가 영창을 하자 등 뒤에서 마치 붉은 레이저와 같은 마력이 수십 갈래로 카릴을 향해 쇄도했다.

지잉……!! 즈앙! 팡! 팡!! 파아앙!!

카딘 루에르가 쏟아낸 빛들이 카릴의 몸을 뚫고 지나갔다. 하지만 카릴은 장막을 찢는 것을 멈추지 않았다.

"말도 안 돼……! 옥염(獄炎)의 눈을 맞고도 멀쩡히 살아 있다니?!"

"이름 한번 거창하군. 기껏해야 화염계 마법에 바람 속성을 섞은 것일 뿐이면서. 나름 머리는 썼다만 블레이더의 무구가 없으면 시전도 불가능한 것 아닌가?"

"……뭐?"

카딘 루에르는 카릴의 말에 얼굴을 붉히며 할 말을 잃은 듯 말했다. 자세히 보니 옥염의 눈이 꿰뚫고 지나간 곳은 그의 몸이 아니라 모두 옷가지뿐이었다.

'제대로 명중이 된 것이 없다. 설마 모두 굴절이 되어버렸다는 말인가……?'

찢어진 옷가지 사이로 보이는 은은한 빛이 카릴의 전신에 보호 마법이 걸려 있다는 것을 알 수 있었다. 카딘 루에르는 자신이 개발한 공격 마법이 이토록 쉽게 튕겨 나갔다는 것에 허무감이 느껴졌다.

"그럴 수 없다!!"

그는 부정하듯 외치며 다시 한번 주문을 외우려 했다.

퍼억!!

하지만 그 순간 그의 오른쪽 어깨가 휘청거리면서 마치 누군가가 뒤에서 잡아당기기라도 하는 듯 어깨가 먼저 뒤로 튕겨 나가며 몸이 부웅 떠올랐다.

"컥…… 커억……!!"

수십 미터를 튕겨 홀의 기둥에 부딪히며 멈춘 그는 거친 신음을 토해냈다. 카딘은 자신의 어깨에 박힌 아그넬을 바라보며 믿을 수 없다는 듯 고개를 들었다.

마법사라면 누구나 보호 마법을 하고 있는 것은 당연한 일이었지만 혼신을 다해 만든 자신의 마법은 모조리 튕겨 나간 것에 비해 고작 일 합의 공격에 자신의 방어 마법은 산산조각이 나버리고 만 것이었다.

"방해하지 마라."

카릴은 그런 그를 바라보며 차갑게 말했다.

"크윽……!"

카딘이 일어서려 했지만 카릴의 마력이 담긴 아그넬은 안간힘을 써도 벽에 꽉 박혀서 뽑히지 않았다.

"아…… 안 돼!!"

고통에 흐릿해지는 시야에도 불구하고 카딘은 카릴을 저지하고자 팔을 들어 올렸지만 아그넬이 박힌 팔은 맥없이 바닥에 떨어지고 말았다.

짱그랑……!

들고 있던 무한의 숨결이 홀 바닥에 구르는 소리가 요란하게 들렸다.

그야말로 충격이었다. 대륙 10강이라 불리며 인류 중에서 가장 강력한 자로 불렸던 자신이 이토록 허무하게 무너질 줄이야.

그뿐이겠는가. 고작 한 사람의 침입을 막지 못해 제국의 황제가 위험에 처했으니 압도적인 무력 앞에서는 숫자의 우위도 상식의 수준도 모두 부질없는 것이었다.

파카아앙--!!

끝내 장막이 깨지고 오로지 두 사람만이 대치한 상황에서 카릴은 황좌에 앉아 있는 그를 내려다보며 말했다.

"고작 이런 장막 하나가 신의 힘이라 여긴다면 그저 우스울 따름이로군. 널 지켜줄 것이 아직도 남았나? 그렇다면 빨리 꺼내는 게 좋을걸. 이제 네 목이 떨어질 테니까."

카릴은 라크나를 들어 올리번의 목에 겨누었다. 하지만 여전히 올리번은 여유로운 표정이었다.

"당신은 결국 이곳에 오고 말았군요."

그때였다. 부서진 장막 너머 올리번을 향해 검을 그으려는 순간 나지막한 목소리가 들렸다.

촤르르륵……!!

그와 동시에 황금빛 밧줄이 날아 들어와 카릴의 라크나에 감겼다.

치직……! 치지지직……!!

카릴은 손잡이에 감긴 줄을 끊기 위해 밧줄을 잡자 그 순간 불에 덴 것 같은 엄청난 열기와 함께 고통이 밀려왔다. 하지만 그는 줄을 잡은 손을 놓지 않고서 있는 힘껏 당겼다.

파앙!!

그러자 팽팽하게 당겨졌던 줄이 끊어지며 바닥에 떨어졌다. 조금 전까지만 하더라도 빛을 뿜어내던 줄은 너부러지자 평범한 밧줄로 변해 버렸다.

[신력이로군. 뭐지? 사제의 것과는 다른 진짜 신의 힘이다. 마스터 키가 아닌 이상 그 힘을 쓸 수 있는 자는 없을 텐데.]

마엘은 그 광경을 보며 의아한 듯 말했다.

"……네가 왜 여기에 있지?"

카릴은 자신을 향해 밧줄을 던진 자를 바라보며 어이가 없다는 듯 물었다.

"주교님이시다!!"

"주교님께서 오셨다!!"

"율라의 힘이여……!!"

그 순간 사제들의 함성이 태양홀에 울려 퍼졌다.

"주교?"

카릴은 고양되는 그들의 모습에서 인상을 찡그렸다. 잔뜩 불쾌한 그의 얼굴과 달리 눈앞의 여인은 차분하고 도도한 표정이었다.

"미치겠군. 라엘 스탈렌. 네가 교단의 수장이라고?"

그는 그녀의 이름을 불렀다.

"이건 또 무슨 개 같은 경우야?"

전생에 있어서 교단에 반하는 블루 로어라는 광신교를 이끌었던 그녀가 지금은 교단의 수장이 되어 있었으니 카릴로서는 어처구니가 없을 수밖에 없었다. 그뿐만이 아니라 블루 로어는 우든 클라우드의 또 다른 형태였으니 무슨 일이 있어도 그들을 멸살하려고 했던 것이었다.

그런데 지금 우든 클라우드의 수장이 자신의 눈앞에 떡하니 나타난 것이었다. 그것도 교단의 수장이라는 이름으로.

"그래. 찾아갈 필요 없이 나와주니 고맙지."

카릴은 시커멓게 그을린 자신의 손바닥을 바라보며 그 고통마저 즐기는 것처럼 회심의 미소를 지었다.

"다 죽여주마."

"율라(Yula)의 속죄양이여."

라엘은 카릴에게 깔린 채 성문을 외웠다. 카릴이 그녀의 입을 움직이지 못하도록 꽉 붙들었으나 그녀의 목소리는 입이 아닌 머릿속에서 울리고 있었다.

"그 죄를 참하여라!!"

콰아아아아아앙--!!

라엘의 전신에서 뿜어져 나오는 빛과 함께 카릴의 몸이 광풍에 휘말리며 밀려 나갔다. 카릴이 꽉 붙들고 있었던 손을 결국 놓치자 주교의 로브를 입고 있던 라엘은 기다렸다는 듯 커다란 성구(聖球)가 달린 지팡이를 위에서 아래로 긋고 다시 삼각형을 그리듯 허리 쪽에서 위로 쳐올렸다.

"아토네멘트(Atonement)!!"

라엘의 지팡이 끝에 달린 성구가 빛을 발하면서 날카로운 번개가 카릴을 향해 떨어졌다.

콰가가가강……! 콰가가강!! 콰가강……!!

태양홀의 천장이 무너져 내리며 쏟아지는 빛은 조금 전 카딘 루에르가 쏟아낸 화염과는 비교도 할 수 없는 엄청난 마력이 담겨 있었다.

파강-!!

카릴은 황급히 검을 들어 머리 위를 베어냈다. 라크나가 라엘이 만든 빛과 닿는 순간 마치 묵직한 철 기둥을 치는 것처럼 둔탁한 소리가 울렸다. 특급 사제들의 속박 마법에도 한 발자국 움직이지 않았던 그의 몸이 휘청거렸다.

"싸워라! 율라의 전사들이여. 우리의 앞길에 빛이! 이단에게는 절멸(絶滅)을!!"

라엘의 카랑카랑한 목소리가 홀을 가득 채웠다. 백금룡의 레어 안에서 만났을 때 마치 감정이 없는 인형처럼 보였던 그녀의 모습과는 너무나도 상반된 것이었다.

쿠캉!! 콰아아앙--!!

그녀의 외침이 끝남과 동시에 알른과 대치하고 있던 사제들 사이에 거대한 직사각형의 방패가 떨어졌다.

[크윽?!]

홀 전체를 감싸는 불투명한 벽이 앞으로 좁혀 오자 알른은 그 힘에 고통스러운 듯 소리쳤다.

신의 방벽(Saint Barrier). 카릴은 그것이 무엇인지 잘 알고 있었다. 누구보다 그 힘을 빌려 타락과 전쟁을 싸웠으니까. 교단 특유의 버프(Buff) 마법 중에서도 오직 주교만이 쓸 수 있는 최상위 위계의 마법.

빛의 방패는 적을 밀어내고 통과해 지나간 아군들에게는 축복을 내린다. 신의 방벽에 닿은 사제들은 알 수 없는 고양감과 힘이 차오르는 것을 느꼈다.

"그야말로 축복이다!"

"율라의 믿음에 승리를!!"

전투 사제들은 조금 전 알른으로 인해 느꼈던 공포감이 사라진 듯 저마다 무구를 들어 올리며 소리쳤다. 단지 축복을 받았음에도 불구하고 유린 휴가르만은 여전히 몸을 움직이지 못했다. 교단 내 최고의 전투 사제인 그가 우두커니 있는 것은 다른 이들로 하여금 의아한 일이었지만 알른은 그 광경에 비소를 지을 뿐이었다.

어느새 부서졌던 올리번의 장막은 오히려 더욱 단단하게 압축되어 그를 보호하듯 구체의 형태로 생성되었다.

콰앙!!

카릴이 있는 힘껏 올리번을 감싸고 있는 구체를 내려쳤다. 하지만 장막을 벨 때와는 다른 단단한 소리가 울려 퍼졌다.

"……."

마력을 집중해서 부순다면 불가능한 것은 아닐 테지만 카릴은 그보다 더 빠르고 확실한 방법을 택했다.

파앗-!!

그는 올리번에게서 눈을 돌려 장막을 만든 라엘을 향해 달려갔다.

"막아라!!"

"율라의 단죄를!!"

고양된 전투 사제들이 카릴을 향해 뛰어들었다. 질주하던 카릴이 있는 힘껏 오른발로 바닥을 내려치자 그의 주위로 대리석 바닥의 잔해들이 부서지며 위로 솟아올랐다.

쿠캉-!! 타다다다다--!!

카릴이 마력을 모아 공중에 떠오른 대리석들을 손바닥으로 밀치자 마치 탄환이 쏟아지는 것처럼 엄청난 속도로 잔해들이 사제들을 향해 날아갔다.

"으악!!"

"컥!! 크어억!!"

사제들의 갑주를 뚫고 파편들이 그들의 몸에 박혔다. 7클래스 대마법사의 보호 마법도 뚫은 그의 힘이었다. 고작 갑옷 따위가 그의 공격을 막을 수 있을 리가 없었다.

카릴은 부서진 태양홀의 천장 기둥을 들어 올려 그들을 향해 있는 힘껏 던졌다. 기다란 기둥은 마치 바람개비처럼 회전하며 날아가 그들을 덮쳤다.

"으으아악!!"

조금 전 고양감은 온데간데없이 사라지고 전투 사제들의 비명만이 홀에 가득했다.

[피라미가 날뛰어 봤자 피라미지.]

엎친 데 덮친 격으로 알른이 펼치는 어둠의 안개가 기둥에 맞아 쓰러진 사제들 위에 깔리자 그들은 타들어 가는 고통에 몸부림치기 시작했다.

[클클클……]

알른의 웃음소리를 뒤로 한 채 카릴은 라엘을 향해 검을 내질렀다.

섬격(殲擊)-제1섬(殲).

그녀가 카릴의 공격을 막으려 손을 뻗자 손가락에 껴 있는 반지들이 형형색색의 빛을 내기 시작했다.

콰콰쾅--!!

굉음과 함께 라엘이 서 있던 자리가 충격으로 움푹 파였고 공격을 막은 다섯 손가락은 완전히 부러져 사방으로 뒤틀렸다.

"큭…… 크윽……!!"

그녀는 옅은 신음과 함께 자신의 손을 감싸며 주저앉았다.

충격 때문일까. 카릴을 바라보는 그녀의 눈동자에 실핏줄이 터져 시뻘겋게 보였다.

"그때보다 더 허접해졌군. 역겨워서 들을 수가 없어. 네 입으로 신을 담는 것 자체가 우습지 않나? 네가 모시는 자가 누군지 내가 잘 아는데."

저벅- 저벅- 저벅-

카릴은 그녀에게 천천히 다가갔다.

"퉷."

마치 더러운 것을 본 것처럼 기분 나쁘다는 듯 그는 거칠게 침을 뱉어냈다.

"형제들이여!!"

하지만 그녀는 아랑곳하지 않고 주교로서의 모습을 끝까지 지키며 소리쳤다.

"백금룡에게서 거지 같은 것만 배웠나 보군. 하나같이 거짓된 행동뿐이라니. 연기할 거면 제대로 해. 네가 신을 들먹일 자격이라도 있나?"

카릴은 그런 그녀를 향해 냉소를 지었다.

"엑소디아(Exordiar)!!"

그 순간 태양홀 주위가 어둠으로 휩싸였다. 시야가 흐릿해

지더니 카릴은 자신이 완벽한 어둠의 공간 속으로 빠져들어
갔다는 것을 깨달았다.

"……."

주위는 아무것도 보이지 않았다. 느껴지는 것은 계속해서
추락하는 것 같은 떨어지는 기분과 거리를 가늠할 수 없는 어
둠뿐이었다.

"후우……."

라엘은 우두커니 서 있는 카릴을 바라보며 낮게 한숨을 쉬
었다.

[네년……!! 무슨 짓을 한 것이냐!]

알른은 마치 석상처럼 굳은 카릴의 모습을 바라보며 다급한
목소리로 소리쳤다.

"무슨 짓이긴. 이단을 처단하려는 신성한 행위지."

하지만 그녀는 비릿한 웃음과 함께 바닥에 떨어진 메이스를
집어 들었다.

[어림없다!!]

"율라(Yula)의 속죄양이여."

알른이 그녀를 막기 위해 달려들려는 순간 그녀의 등 뒤에
서 빛들이 쏟아져 그의 몸을 꿰뚫었다.

[크아아악……!!]

빛이 관통된 자리에 타들어 가는 연기와 함께 알른이 고통에 찬 비명을 질렀다.

"처음부터 이랬어야지."

그녀는 자지러지는 알른을 바라보며 차갑게 말했다.

쨍그랑-!!

라엘이 카릴의 머리를 향해 바닥에 떨어진 메이스를 휘두르려는 순간.

"주군……!!"

지그라가 태양홀 천장의 창문을 깨며 바닥으로 착지했다.

콰아앙!!

그는 전신이 붉은 피로 뒤덮여 있었는데 적어도 그 자신의 것은 아닌 것만은 확실했다. 몇 명을 베었는지 얼마만큼의 잔혹한 전투를 벌이고서야 이곳에 도달한 것인지는 알 수 없지만 결코 순탄치 않은 길이었을 것이다.

"흐읍!!"

그는 숨을 들이마시며 있는 힘껏 메이스를 쥐고 있는 라엘의 손목을 쳐올렸다.

우드드득……!

그녀의 손목이 비정상적인 궤도로 꺾이며 휘청거리며 흔들렸다.

"크악!!"

황급히 지그라를 향해 메이스를 휘둘렀지만 어느새 그는 카릴의 몸을 들고 뒤로 물러난 후였다.

"이런 미천한 것들이⋯⋯!!"

라엘은 당장에라도 잡아먹을 듯 으르렁거리는 목소리로 외쳤다.

"⋯⋯어떻게 된 일입니까?"

[나도 모른다. 갑자기 그녀가 주문을 외우자 굳어버렸다. 뭔가 술법을 건 것 같은데⋯⋯. 외부에서는 알 수 없는 노릇이지.]

"해제할 순 없습니까?"

[마법이 아니라 사제의 주문이라 체계가 완전히 다르다. 나로서도 불가능한 일이야.]

알른은 미간을 찡그리며 대답했다. 그러고는 끝까지 입에 담고 있었던 마지막 말을 내뱉었다.

[⋯⋯작전은 실패다. 후퇴해야 한다.]

지그라 역시 그의 말에 빠득-! 하고 이빨을 갈았다. 팔만 뻗으면 황제의 목을 취할 수 있을 것 같은 거리에서 돌아가야 한다는 것은 말이 안 되는 일이었으니까.

'이렇게 된 상황이라면⋯⋯.'

지그라는 검을 쥔 채로 라엘을 경계하며 일어섰다. 그의 눈빛에서 뿜어져 나오는 살기는 그가 무엇을 생각하는지 단번에 알 수 있었다.

[동귀어진(同歸於盡)할 생각이라면 아서라. 네가 모시는 주군이 과연 그걸 원할 거라고 보느냐?]

알른이 그의 앞에 나서며 말했다.

그의 말에 지그라는 굳은 표정으로 앞을 바라봤다.

"쓸데없는 생각은 하지 않는 것이 좋을 겁니다. 신의 시련은 평범한 인간이 감당할 수 없는 것. 그 안에 들어간 이상 도망칠 수 없을 테니."

[도대체 무슨 술수를 부린 거지?]

"교단의 사제로서 그저 신의 힘을 이행했을 뿐입니다. 우리는 신의 의지를 위해 행하는 자들이니까요."

라엘이 헝클어진 머리를 쓸어 넘기자 뒤에 있던 사제들이 황급히 그녀의 부러진 손가락에 회복 마법을 걸었다.

[지랄 맞은 소리를 하는군. 신의 힘으로 카릴을 가둔 거라고? 홍…… . 평범한 인간은 부술 수 없는 결계? 너는 저놈을 보면서 정말 그리 생각하느냐?]

"전투 능력을 말하는 것이 아닙니다. 인간의 강함과는 별개의 문제니까. 이건 정신력의 감옥. 알른 자비우스. 당신에게 전하는 전언이 있습니다."

[무슨 헛소리를 지껄이려고?]

알른은 들을 가치도 없는 말이지만 계속해서 그녀와의 대화를 이어갔다. 시간을 벌기 위함이었다.

"당신이 가진 어둠의 힘은 위험하나 당신의 지식은 쉬이 버리기 아까운 것. 저희와 함께하세요. 다시 한번 그분에게 힘이 되어주길 바랍니다."

라엘의 말에 알른은 코웃음을 쳤다.

[이제야 알겠군. 하나가 아니라 둘이었어. 백금룡. 그놈은 라시스의 힘을 얻기 위해서만 인간을 쓴 게 아니로군? 실로 그놈의 욕심은 끝이 없구나.]

그의 말에 라엘의 얼굴이 굳어졌다.

[너 역시 한낱 도구에 불과해. 한쪽은 빛의 정령왕 다른 한쪽은 신의 힘을 얻기 위한 도구 말이지. 백금룡 그놈은 양쪽 모두의 힘을 가지려 했던 거다. 정말 내 주변엔 미친놈들투성이로군…….]

그는 허리를 천천히 펴며 말을 이어갔다.

[하지만 이왕 모두가 미친 거라면 가장 미친놈의 편에 서야지. 그게 재밌으니까.]

"……네?"

[신의 힘을 얻으려는 건 결국 신의 뒤를 쫓는 것일 뿐. 남의 뒤꽁무니에 있는 건 성에 차지 않아. 이왕이면 신을 죽이려 하는 놈이 이 구역에서 가장 미친놈 아니겠어?]

알른은 우두커니 서 있는 카릴을 향해 말했다.

[백금룡이 무슨 술수를 부려 네가 교단의 사제가 된 것인지는 모르나 신앙을 쌓은 지 얼마나 되었지? 신성력은 신앙의 깊이에 따라 달라진다. 카릴의 말대로 그따위 허접한 연기를 하

는 네가 충실한 사제라 생각되지 않는데?]

"무슨 소린지……"

[너보다 카릴이 신에 대하여 더 잘 알 거란 말이다. 신의 힘으로 놈을 가둬? 말 같잖은 소리. 안 그러냐.]

그때였다.

콰아아아아아앙--!!1

요란한 폭음과 함께 태양홀의 바닥이 진동을 했고 지그라는 자신의 옆에서 솟구치는 흙먼지에 깜짝 놀라지 않을 수 없었다.

"컥……!! 커컥……!!"

그 순간 흙먼지 뒤로 라엘의 비명이 들렸다. 그녀는 자신의 얼굴을 움켜쥐고서 짓누르는 카릴의 등장에 믿을 수 없다는 듯 눈빛이 흔들렸다.

"……주군!!"

지그라는 우두커니 굳어 있었던 자신조차 반응할 수 없을 정도의 빠른 속도로 튀어나간 카릴의 뒷모습을 바라보며 소리쳤다.

"어, 어떻게……. 어떻게 움직일 수 있는 거지?!"

바닥에 드러누워 한쪽 뺨이 카릴의 손에 짓눌리면서도 라엘은 고통보다는 지금 상황이 이해가 가지 않는 듯 물었다.

"그래. 알른, 당신 말이 맞아. 오랜만에 느껴보는 기분이었다. 시련? 확실히 내가 너보다 잘 알지."

카릴은 라엘의 얼굴을 움켜쥐며 차가운 미소로 대답했다.

"겪어본 적도 없는 놈이 아는 척 떠들지 마라."

[클클클······.]

그의 말에 알른은 나지막하게 웃었다. 내려진 신탁부터 시간을 거슬러 오르기 위한 파렐을 오르는 억겁의 시간까지. 그 모든 것이 그에게는 신이 내린 시련 그 자체였으니까.

"웁······ 우웁······!"

하지만 그 과거를 알 리 없는 라엘은 그저 의문 가득한 눈빛으로 그를 바라볼 뿐이었다.

"궁금하지? 걱정 마. 이제부터 내가 시련이 뭔지 제대로 느끼게 해줄게."

그는 차가운 냉기를 뿜어내는 세 번째 검, 얼음 발톱을 뽑으며 말했다.

"가서 율라에게 안부나 전해."

서걱-!!

카릴의 얼음 발톱이 바닥에 꽂혔다.

"으아악!! 아악!!"

라엘은 비명과 함께 바닥을 구르며 미친 듯이 소리쳤다. 다급한 마음에 카릴의 검을 막으려던 그녀의 손가락이 잘려 나갔다.

"레어에서 봤을 때의 그 여유로움은 어디 갔지? 실체를 만났을 때는 참으로 별 볼 일 없군."

"있을 수 없는 일……!! 어째서 신옥(神獄)을 빠져나올 수 있었지? 그것도 이렇게 짧은 시간에……?!"

그녀가 두려운 듯 경악에 찬 목소리로 소리쳤다.

우드득—

하지만 그녀와 달리 카릴은 좌우로 목을 꺾고서 어깨를 풀며 서서히 다가왔다.

"엑소디아를 신의 감옥이라 생각하는 건가?"

카릴은 라엘의 말에 코웃음을 쳤다.

'그렇군. 네가 엑소디아를 쓸 수 있을 줄은 예상치 못한 일이지만……. 확실히 이것으로 알겠어. 너는 율라에 대해서 알지 못한다. 그 말은 곧 네 힘이 진짜 율라의 것이 아니라는 뜻.'

카릴은 라엘의 잘린 손가락을 발로 차버리고는 천천히 걸음을 옮겼다.

"엑소디아에 대해서 제대로 알지도 못하면서 그 힘을 쓰다니. 바보 같군."

"……뭐?"

마치 잘 아는 것처럼 말하는 그의 모습에서 라엘은 의아함과 당혹감을 느꼈다.

"뭐, 가서 직접 물어보던지. 교단의 사제들은 죽으면 율라의 품으로 돌아간다고 하던데. 안 그래?"

"그, 그건……!!"

엑소디아(Exordiar). 카릴은 누구보다 그것에 대해서 잘 알고 있었다. 그건 감옥도 결계도 아니었다. 그저 일종의 시험 같은 것일 뿐이었다.

다름 아닌 신탁이 내려지고 신탁의 10인을 뽑는 데에 있어서 사용된 시련. 그곳에서 살아남은 자들만이 신탁을 이행할 수 있는 자격이 주어진다. 두 번 다시 하고 싶지 않은 끔찍한 시험이었지만 어쨌든 그는 그 시험을 통과했으니 다시금 그 시련이 닥친다 하더라도 그에겐 별반 어려운 일이 아니었다. 파렐 속에서 버텨 온 억겁의 시간을 생각하면 오히려 엑소디아의 시련은 우스운 일이었으니까.

"가까이 오지 마!!"

라엘은 엉금엉금 기다시피 뒤로 물러나며 바닥에 떨어진 지팡이를 잡으려 했다. 하지만 손가락이 잘려 버려 집을 수가 없어 그녀는 엉거주춤한 자세로 지팡이를 두고 허우적거릴 뿐이었다.

"꼴사납군."

카릴은 그 모습을 지켜보며 쓴웃음을 지었다.

"백금룡이 어째서 널 교단의 자리에 세워놨는지 알겠어. 인간이 사용할 수 있는 신의 힘이 어디까지인지 확인하고 싶었던 것이겠지."

라엘이 나르 디 마우그의 수하라는 것은 이제 확실해졌다. 하지만 전생의 그는 그녀를 교단의 자리에 두지 않았다. 오히려 반대인 광신교의 주인으로 임명했었다.

하지만 결국 교단과 광신교 둘 다 신을 섬긴다는 점에서는 같았다. 라엘이 만든 블루 로어라는 광신교가 있기 전 이미 제국은 대륙을 통일했다.

그 말은 곧 나르 디 마우그는 교단과 광신교 두 곳에서 신의 힘을 다른 방향으로 실험했을 수도 있다는 뜻이었다.

'다른 선택지가 있다는 것일지도 모르지. 나르 디 마우그가 블루 로어를 만든 것이라면 그녀가 아니더라도 광신교를 세울 대체자가 있을 수도 있다는 말이겠지.'

그 말은 나르 디 마우그를 살려둔다면 자신이 대륙을 통일하고 나서 신탁이 내려지는 시점에서 전생과 마찬가지로 똑같이 광신교가 창궐할 수 있다는 의미이기도 했다.

'녀석을 죽여야 할 이유가 한 가지 더 추가되었군.'

카릴은 날카롭게 그녀를 바라봤다.

'하지만 그전에 나르 디 마우그. 네가 신의 힘을 가지고 무엇을 하려고 하는 것인지를 알아내야겠지.'

"저리 비켜!!"

그녀는 잘린 손가락 대신에 양팔로 바닥에 떨어진 지팡이를 꽉 끌어안으면서 소리쳤다.

"뭐, 뭣들 하느냐!! 저자를 막아라!!"

전투 사제들이 그녀의 외침에 황급히 카릴의 앞을 막아섰다. 하지만 카릴은 걸음을 멈추지 않았다.

서걱-

그들이 무구를 휘두르기도 전에 이미 카릴의 주위에 있던 그들의 목이 잘려 나갔다. 신의 방벽에 의해 축복을 받은 사제들이 고작 그의 걸음 한 발자국도 막지 못하고 쓰러지는 것을 보며 태양홀의 사제들은 전의를 잃고서 침묵하고 말았다.

"더 이상 보여줄 것이 없나 보지? 참으로 비루한 신의 힘이로군."

카릴은 주위를 한 번 훑고는 말했다.

"유, 율라(Yula)의 해방자들이여……!!"

라엘은 이를 악 깨물며 비명에 가까운 소리를 질렀다.

'정말 연기인가? 아니면 레어 때는 실체가 없어 안전하다고 생각해서 나온 여유였던 건가. 이 정도로 감정을 내보이는 것이 더 이상한걸.'

카릴은 그녀를 보며 조금 의아한 기분이 들었다. 물론 백금룡의 레어에서 봤던 그녀보다 지금이 훨씬 더 인간다웠다.

하지만 문제는 그 인간다움이었다. 아이러니하지만 고통에 비명을 지르고 분노를 하는 모습이 오히려 너무나도 사람 같아 이질감이 느껴지는 것이었다.

"셀베이션(Salvation)!!"

우그글······!! 우극······!!

그 순간 그녀의 주위에 있던 사제들이 머리를 움켜쥐며 비명을 지르기 시작했다.

"으악······!!"

"아아아악······!!"

마치 머리가 풍선처럼 부풀어 오르더니 기포는 전신을 뒤덮으며 마치 끓어오르듯 온몸에서 수포가 터져 나오기 시작했다. 지독한 연기와 함께 시체에서 뿜어져 나오는 검은 안개에 그들의 몸이 시커멓게 변하기 시작했다.

[타락……?!]

알른은 그 광경을 보며 살짝 인상을 찡그렸다. 7인의 원로회 역시 백금룡에게 마법을 배우며 타락을 다루는 술법을 연구했었기에 누구보다 그것에 대해서 잘 알았다.

콰아아아아아아아아아앙--!!

그때였다.

"……!!"

믿을 수 없는 일이 일어나고 말았다.

[머저리 같은 계집.]

차갑게 들려오는 목소리. 짓눌린 라엘의 몸이 드래곤의 발에 밟혀 마치 풍선이 터지는 것처럼 터져 바닥에 붉은 피가 사방으로 흥건하게 튀었다. 너무나도 갑작스럽게 일어난 상황에 태양홀에 있는 모든 사람들은 어안이 벙벙한 모습으로 고개를 올려다봤다.

"배, 백금룡……."

사제들이 그의 등장에 몸을 부르르 떨며 어찌할 바를 몰라 뒷걸음질 쳤다.

"주교께서 돌아가셨다."

"말도 안 돼……!! 이런 끔찍한 일이……! 드래곤이 주교를 살해하였다!!"

"율라의 단죄를!!"

"신의 벌이 내릴지어다!!"

시체 조각조차 찾을 수 없을 정도로 산산조각이 나버린 라엘의 끔찍한 모습을 보며 사제들은 미친 듯이 외쳤다.

하지만 그런 사제들을 벌레 바라보듯 바라보며 나르 디 마우그가 날갯짓을 쳐올리자 그의 뒤에 서서 결계를 치던 사제들의 목이 단번에 날아가 버렸다.

촤아악--!!

태양홀의 기둥이 붉게 변했다.

"으, 으아악!!"

"아아악!!"

동료들의 피를 덮어쓴 사제들은 자신의 얼굴에 묻은 핏물에 소스라치게 놀라며 비명을 질렀다.

"백금룡이시여. 교단은 제국을 위해 힘을 빌려준 자들입니다. 이들을 이리 대하시면 곤란합니다."

올리번은 도망치는 사제들을 바라보며 낮은 한숨을 내쉬며 말했다.

[결국 또 네놈이로군. 쓸데없는 것까지 보이게 만들었어.]

백금룡은 올리번에게 시선을 주지 않고 카릴을 노려보며 말했다. 그의 목소리에서 분노가 느껴졌다.

"조금 전에 무슨 짓이지? 내가 잘못 본 게 아니라면 너. 손을 대지 말아야 할 것에 손을 댄 것 같은데."

카릴은 부글부글 끓다가 만 시체들을 바라보며 날카로운 눈빛으로 백금룡을 노려봤다.

시체의 부활. 그런 효과를 가진 마법은 이미 존재하지만 조금 전 라엘이 하려고 했던 것은 단순한 흑마법이 아니었다.

'불멸회의 나인 다르혼도 독자적인 방법으로 타락을 연구하긴 했었다. 하지만 그건 시체를 이용한 술법일 뿐. 살아 있는 사람을 즉시 타락으로 만들 수 있는 것은 아니었어.'

그것은 그야말로 생명 자체의 변환이었으니까.

"너…… 인간을 가지고 무슨 짓을 하고 있는 거냐."

카릴은 이를 바득 갈면서 백금룡을 향해 말했다.

[제국의 뒤를 친다는 것이 결국 혼자서 기습을 한 건가? 멍청한 수로군.]

하지만 백금룡은 그의 말을 무시하며 말했다. 어쩌면 일부러 대화를 돌리려는 것일지도 모른다.

"글쎄? 그것치고는 보는 바와 같은 결과인데. 끝내 네가 나를 막기 위해 돌아왔잖아."

카릴은 검을 들어 쓰러진 카딘 루에르와 벨린 발렌티온을 한 번씩 겨누고서 마지막으로 백금룡의 발에 밟혀 죽은 라엘을 가리켰다.

"이들 중에 나를 막을 수 있는 자가 있을까? 내 계획은 이미 성공이야. 너만 없으면 자유군은 인간끼리의 싸움에선 결코 지지 않을 테니까. 제국군이 50만이든 100만이든 말야."

[스스로가 미끼가 되었다는 말인가?]

"아니. 나 혼자서 빌어먹을 네놈들을 모두 쓸어버리겠다는 계획이라는 말이지."

[미친……. 잘도 허황된 소리를 지껄이는구나. 가뜩이나 열세인 상황에서 힘을 분산시키다니. 일전에도 나와의 싸움에서 패하였던 네가 날 이길 수 있을 것이라고 보느냐?]

나르 디 마우그는 카릴의 말에 코웃음을 쳤다.

[오히려 반대의 결과가 될 것이다. 너는 황도에서, 너의 자유군은 타투르에서 패할 테니.]

"길고 짧은 것은 대봐야지."

[어리석은…….]

나르 디 마우그는 천천히 발을 들어 올렸다. 그의 발아래 붙어 있던 라엘 스탈렌의 살점들이 쩌억- 하는 소리와 함께 떨어져 나갔다.

일말의 의심조차 이제는 완전히 사라졌다. 저 모습만으로도 백금룡이 인간을 어찌 생각했던 것인지에 대한 충분한 답이 되었다. 자신의 편에 섰던 라엘마저 망설임 없이 죽여 버리는 그는 결국 인간을 자신의 도구 그 이상으로 생각하지 않는 것이었으니까.

[만용에 부린 것을 후회하게 만들어주마!!]

콰아아아아아아아--!!

백금룡은 거대한 입을 벌리며 카릴을 향해 포효를 질렀다. 처음 만났을 때와는 비교도 할 수 없는 엄청난 드래곤 피어 (Dragon Fear)는 황도 전역을 휩쓸 정도였다.

"헉…… 허억……."

"쿨럭!!"

태양홀에 아직 남아 있던 사제들을 비롯해 황도 안에 대피를 못한 시민들은 그의 일갈에 압박을 이기지 못하고 주저앉아 버리고 말았다.

"……."

카릴은 시끄럽다는 듯 살짝 인상을 찡그리고는 귀를 만지작거리며 고개를 돌렸다. 창밖으로 여명이 서서히 비춰오기 시작했다. 동이 트기 시작했다.

"아침이로군."

기나긴 하루가 끝이 나는 이 시각. 카릴은 드디어 정말 길고 길었던 대전쟁의 매듭을 지어야 할 때라는 것을 직감했다.

[둘 중 한 명만이 완연한 태양을 볼 수 있을 것이다. 무덤에서 통곡하거라. 미천한 인간이여.]

"말이 더럽게 많군. 그런데 하려면 똑바로 해야지. 둘이 아니라 셋이다. 오늘 너희는 모두 죽어."

카릴은 드래곤을 눈앞에 두고도 마치 당연하다는 듯 황제 살해에 대한 의지를 표출했다.

"나르 디 마우그. 네가 무슨 짓을 꾸미고 있었던 것인지는 그 뒤에 명확하게 묻지. 비늘 하나하나까지 고통을 느끼도록 만들어줄 테니까."

[건방진 놈⋯⋯!!]

나르 디 마우그가 카릴을 향해 거대한 날개를 쫘악 펼쳤다. 카릴에게 의해 당했던 상처는 어느새 깨끗하게 나아 새하얀 백금의 비늘이 부서진 태양홀에서 번뜩였다.

[고작 인간 따위가 나를 이길 수 있으리라 생각하느냐!!]

그때였다. 나르 디 마우그와 카릴이 붙기 일보 직전, 부서진 태양홀의 천장에서 그림자가 드리워졌다.

밝아 오는 여명이 무색하리만치 어두워진 태양홀의 변화에 두 사람은 고개를 들었다.

쿠그그그그그⋯⋯.

하늘에서 들려오는 낯익은 엔진 소리에 카릴은 자신도 모르게 입꼬리를 올리고 말았다. 뚫린 천장 사이로 보이는 거대한 비공정의 날개 뒤 분출구에서는 여러 개의 속성석을 섞어 사용하던 예의 그 무지개 색깔이 아닌 새하얀 빛이 뿜어져 나오고 있었다. 속도를 줄이지 않고 오히려 빠른 속도로 상공에서 선회를 하는 비공정의 아래엔 거대한 상자 하나가 달려 있었다.

갑판 위에서 가볍게 손을 흔드는 한 남자.

"여어."

고든 파비안은 카릴을 향해 옅은 미소를 짓고는 비공정의

아래를 가리키며 말했다.

"배달 왔다."

[무…… 무슨?!]

백금룡은 갑자기 나타난 비공정에 지금까지 냉정을 유지했던 것과는 달리 당혹감을 감추지 못했다.

"포격 준비."

고든 파비안이 손을 들어 올리자 비공정의 양쪽 측면에서 포문이 열렸다.

우우우우웅…….

포신의 끝에서 새하얀 빛이 응축되면서 빛의 입자들이 한곳으로 모였다.

콰앙-!! 쾅! 쾅!!

측면 하나당 5개씩 돋아난 포문에서 요란한 굉음과 함께 백금룡을 향해 폭발이 일어났다. 백금룡이 날개를 얼굴 위로 가리듯 덮자 그 앞으로 보호막이 생겨났다.

[이런 걸로 감히…….]

비공정의 폭탄이 보호막에 닿자 엄청난 위력으로 태양홀의 나머지 잔해들을 깡그리 부숴 버릴 정도였지만 정작 드래곤의 보호막은 건재했다.

"사, 살려줘!!"

"으아아악……!!"

조금 전까지만 하더라도 위풍당당했던 사제들은 무너지는

태양홀을 빠져나갔다.

[죽으면 신의 곁으로 가는 것 아닌가? 그게 너희들의 일생의 소원일 텐데. 살려고 도망치다니 웃긴 놈들이군.]

알른은 도망치는 그들을 비웃으며 말했다.

"고든. 저와의 계약을 어기시려는 겁니까."

보호막 뒤에서 올리번이 백금룡을 향해 포격하는 비공정을 향해 소리쳤다.

"어기다니. 그저 호기심이었을 뿐이다. 드래곤이란 존재가 궁금해서 말이지. 계약에도 우선순위가 있는 법이니까."

"당신……!!"

"우린 기사가 아냐. 용병단이다. 먼저 한 계약을 이행하는 것이 교도의 규율이다."

고든은 부서진 태양홀의 올리번을 향해 으르렁거리듯 말했다.

"그리고 용병은 밑바닥 인생이지만 언제든 죽음을 감수하고 살아간다. 언제 죽어도 이상할 게 없는 삶이란 말이다. 그 길을 걸으려고 하는 자의 가족이라면 그들 역시 용병과 다르지 않지."

철컥-!!

그 말이 끝남과 동시에 비공정의 하단 부위에 달려 있던 상자의 연결 고리가 해제되며 무서운 속도로 태양홀을 향해 떨어졌다.

"알겠나? 애송이 새끼야. 용병의 가족 역시 언제든 죽음을 받아들일 마음으로 하루하루를 산다. 가족을 가지고 협박하는 건 너희들 같은 귀족에게나 통하는 저열한 짓이다."

쿠웅……! 쾅!! 철컥! 드르르륵……!!

쿵! 쿵! 쿵! 쿵!!

상자는 엄청난 무게 때문에 태양홀의 천장을 완전히 부숴 버리며 세로로 떨어졌다. 바닥에 닿자마자 잠금쇠가 풀리는 소리와 함께 상자의 4면이 각각 바닥으로 펼쳐지듯 열렸다.

상자 속에 모습을 드러낸 묵색(墨色)의 거신. 백금룡의 새하얀 비늘과 대조되어 그의 모습은 아이러니하게도 어둠 속에서 오히려 더 빛나는 것 같았다.

[아스칼론……?]

알른 자비우스는 그 모습에 믿을 수 없다는 듯 거대한 골렘을 바라보며 중얼거렸다.

"카릴. 사냥에는 모름지기 걸맞은 도구를 써야지. 안 그래?"

철컥-!!

드르르륵……!!

아스칼론의 가슴 쪽의 갑주가 열리자 카릴은 뛰어올라 익숙한 듯 조종석의 레버를 당겼다.

지이이잉……!!

그 순간, 용 살해자의 눈이 빛났다.

[너 골렘을 조종할 줄도 아는 거냐.]

"물론. 전생에 레볼의 조종사가 나였으니까."

[허…….]

카릴은 옅은 미소를 지었다.

"일전에 칼립손에게 아스칼론을 재건한다면 내부를 최대한 레볼의 형태로 만들어달라고 했었거든. 그렇다면 내가 아니더라도 윈켈이 대신 쓸 수도 있을 테니까."

[하여간 더 이상 놀랄 게 없다고 생각했는데…… 끝을 알 수가 없는 녀석이라니까.]

알른은 아스칼론의 조종석에서 바라보는 바깥 풍경이 신기한 듯 두리번거리면서 탄성을 질렀다.

[마도 시대에도 결국 완성하지 못한 골렘인데 도대체 어떻게 부활을 시킨 거지? 그 노움의 실력이 제법 훌륭하다는 건 알겠지만…….]

"시동석을 정제하는 것은 단순히 손재주가 있다고 가능한 게 아냐. 노움의 세공 마법(Magic Craft)만으로 가능한 일이었다면 마도 시대 때 완성하고도 남았겠지."

[흐음……. 그럼?]

"데릴 하리안. 그 녀석이 내게 자신들이 준비한 선물을 보낸다고 했었다. 아마도 그게 이것 같군. 황금마법회가 아스칼론의 시동석을 만든 게 틀림없어."

카릴은 조종석에 있는 수많은 레버를 아무렇지 않게 조종하면서 말했다.

[마도 시대의 마법사들도 할 수 없었던 시동석 정제를 지금 이 시대의 마법사들이 성공했다고? 그 말은 마도 시대보다 그놈

들의 마법 수준이 더 뛰어나단 소리더냐. 말도 안 되는 일이다.]

"하지만 데릴은 멸종되었다고 알려진 3대 위상 중 한 마리를 부활시켰어. 그의 말처럼 정말 죽은 신수를 되살린 것이라면……. 그들의 마법 수준은 쉽게 판단 내릴 수 없겠지."

[죽은 것을 부활시킨다라……. 꼭 타락(墮落) 같군.]

알튼은 조금 전 라엘이 사제들을 변형시키려고 했었던 모습을 떠오르며 쓴웃음을 지었다.

[시동석의 정제부터 위상의 부활까지. 황금마법회의 정체가 궁금해지는걸. 마도 시대에 실패한 것들을 성공시킨 그 녀석들의 마법 실력이 과연 어디까지 도달한 것인지 말야. 때에 따라서 우리의 걸림돌이 될 수도 있다.]

"7인의 원로회가 하지 못한 걸 성공시켜서 자존심이 상한 것은 아니고?"

[크음…….]

알튼은 카릴의 농담에 헛기침을 하면서 고개를 돌렸다. 카릴은 조종석 안의 마경을 바라보며 있는 힘껏 조종관을 잡아당겼다. 골렘의 전신에 장착되어 있는 회로에서 카릴의 마력이 흩어졌다.

즈즉……!! 즈즈즈즈즉……!!

그러자 아스칼론의 등에 장착되어 있던 대검에서 새하얀 빛이 뿜어져 나왔다.

[마나 블레이드의 출력만큼은 인간의 육체보다 더 효율적이

군. 마력을 방출해 낼 수 있는 최대 용량이 훨씬 더 많아.]

알른은 여전히 골렘을 분석하는 듯 말했다.

[7클래스의 벽을 뚫으면서 이제 용의 심장에서 나오는 엄청난 마력을 충분히 쓸 수 있다고 생각했지만 나의 오산이로군. 작은 육체에서 순간적으로 낼 수 있는 최대 마력보다 골렘의 시동석을 통해서 뿜어내는 것이 훨씬 더 강력하군.]

철컥-!!

아스칼론의 등에 고리가 풀리며 대검이 아래로 떨어졌다. 카릴은 그것을 오른손으로 붙잡았다. 등 쪽에 연결되어 있던 회로에서 마력이 검 안으로 충전이 된 것처럼 손잡이 바로 위쪽 검신에 박혀 있는 둥근 원판이 빠르게 돌기 시작했다.

치이이이익……!! 치익……!!

엔진처럼 원판이 더욱더 가속하며 회전할수록 대검의 검날에 마나 블레이드가 짙게 깔렸다.

[카아아아아악!!]

백금룡이 아스칼론을 향해 거대한 입을 벌리자 그의 입 주위로 수십 개의 마법진이 만들어졌다.

"이제 확실하게 보이는군."

응축되는 빛의 힘이 백금룡의 입안으로 모였다가 커다란 구체가 되어 쏟아졌다.

쿠웅……!! 카르르르르륵--!! 철컥!!

아스칼론이 대검의 손잡이를 양손으로 꽉 움켜쥐며 있는

힘껏 백금룡이 쏟아내는 브레스를 갈랐다.

퍼엉!! 퍼어어엉--!!

대검의 마나 블레이드가 브레스와 맞닿는 순간 브레스가 반으로 갈라지며 다시 한번 조각조각 잘려 나가기 시작했다.

1번째 왕관 자세(Crown Posture).

아스칼론으로 펼치는 카릴의 검격은 거대한 대검이라고는 믿을 수 없을 정도로 유려한 모습으로 브레스를 가르며 백금룡을 향해 질주했다.

"모두 대피하라!!"

벨린 발렌티온 백금룡의 난사되는 마법이 도시 곳곳을 파괴하자 황급히 일어나 소리쳤다.

"폐하, 이쪽으로⋯⋯!!"

카딘은 청린으로 만든 아그넬이 박혀 있던 어깨를 움켜쥐며 창백한 얼굴로 소리쳤다.

"아니. 나는 이곳에 있겠소."

"하오나⋯⋯!"

"교단의 힘으로 그를 막을 수 없다는 봤지 않습니까? 백금룡이 무너지면 어차피 제국엔 저자를 막을 수 있는 사람이 없습니다."

"그런 말씀 하지 마시옵소서. 100만의 제국군이 폐하와 싸울 것입니다!!"

"그전에 내 목이 땅에 떨어지겠지."

"폐하……."

올리번은 천천히 고개를 저었다.

"걱정 마십시오. 지지 않을 겁니다. 그는 제국의 수호룡이니까."

"그렇다면 저도 남겠습니다. 무슨 일이 있어도 폐하의 안위는 제가 지키겠습니다."

카딘 루에르는 마력을 빼앗겨 파랗게 변한 입술로 소리쳤다. 그때였다.

[크악!! 크아아아악!!]

백금룡의 비명에 카딘은 고개를 들었다. 그 순간 창백했던 그의 얼굴이 더욱더 파랗게 질리고 말았다.

"안 돼!!"

파득……! 파드득……!

두 사람의 시선이 꽂힌 곳에는 잘려 나간 백금룡의 꼬리가 마치 살아 있는 다른 생물마냥 파닥거리고 있었다.

츠으으으으…….

아스칼론의 양쪽 어깨에서 뜨거운 김이 뿜어져 나왔다.

철컥-!! 촤르륵-!!

마치 엔진을 다시 한번 가열하기라도 하는 듯 아스칼론의 허벅지 부분에서 기관이 움직이는 소리가 들렸다. 브레스를 가르는 것도 모자라 아스칼론의 대검이 백금룡의 보호막을 뚫고 일격에 그의 꼬리를 잘라 버린 것이었다. 단면은 무척이나 깨끗해 핏물조차 떨어지지 않았다.

[클…… 크클…….]

비명을 지르는 백금룡을 바라보며 소리치는 카딘과 반대로 알른은 자신도 모르게 영체인 것을 망각하고 전신에 소름이 돋는 전율을 느끼며 웃었다.

[대단하군!! 단순한 인간이었으면 이런 게 불가능했겠지. 골 렘도 결국은 조종사의 마력에 따라 달라지는 법이니까. 카릴, 네가 아스칼론은 조종하는 것이야말로 천운이로구나.]

"천운은 무슨. 모두 내 계획이지."

[크, 크하하!]

알른은 건방질 정도로 자신감 넘치는 그의 대답이 오히려 마음에 든다는 듯 큰소리로 웃었다.

[좋아. 이 정도 마력이면…….]

그것을 바라보며 알른은 말했다.

[드래곤의 사지를 갈라 버리는 것도 불가능한 일은 아니겠군.]

[크르르르르르…….]

백금룡은 번뜩이는 아스칼론의 대검을 바라보며 나지막하 게 으르렁거렸다.

"크큭."

비공정 위에 있던 고든 파비안 역시 그 모습에 헛웃음을 짓 는 것은 마찬가지였다.

"카릴. 너도 진짜 난 놈이로군. 스스로 미끼가 되어 드래곤 을 부르는 것이 남들이 보면 무모한 행동이라 여기겠지만 나를 이용해서 이곳으로 골렘을 보낼 줄이야. 정말로 상상도 할 수 없는 계책이로군."

쿠웅-!!

카릴은 잘린 드래곤의 꼬리를 발로 밟아버리며 대검을 가볍게 어깨 위로 들어 올렸다.

"예상보다 더 만족스럽군. 솔직히 말해서 아스칼론은 여기서 써볼 수 있을 거라고는 생각하지 못했는데 말야. 이 정도라면 이후의 있을 전쟁에서도 큰 도움이 되겠어."

[흠? 네가 준비한 게 아니냐?]

"당연하지. 데릴 하리안이 아스칼론의 시동석을 완성했을지 내가 어떻게 알겠어."

[허……. 그럼 대책도 없이 정말로 타투르에서 백금룡을 빼내기 위해 미끼가 될 생각이었단 말이더냐.]

알른의 말에 카릴은 안쪽 입꼬리를 올렸다.

"그럴 리가. 함정을 판다고 했을 텐데. 미끼는 내가 아냐. 아직 풀지도 않았고 내가 준비한 함정 역시 이게 아니지."

[그럼……?]

"단지 아스칼론 덕분에 내 함정이 더 완벽해졌을 뿐이지."

쿵……!! 쿵……!! 쿠우웅……!!

저 멀리 황도의 정문에서 지진이라도 일어난 것처럼 요란한 소리가 들렸다.

"막아!! 막아라!!"

"절대로 거신이 안쪽으로 들어오지 못하게 해라!!"

"으아아악……!!"

"사, 살려줘!!"

정문 안쪽에서 전투 소리가 들렸다. 황도 수비군들의 반항을 마치 비웃기라도 하는 듯 걸리적거리는 시가지의 건물들을 모조리 부수면서 직선으로 달리는 새하얀 골렘이 태양홀을 향해 질주하고 있었다.

[설마…….]

"그래, 저게 내가 준비한 함정이었지."

묵색의 아스칼론과는 대조되는 새하얀 거신의 등장에 제국의 수비군들은 아연실색을 하며 공포에 전의를 상실하고 말았다. 알른은 후작령에서 비밀리에 그가 윈젤에게 명령을 한 것은 알고 있었지만 그 목적지가 당연히 주전장인 타투르일 것이라고 생각했었다.

[이건 이것대로 허를 찌르는 계책이로군.]

"크…… 크큭!! 크하하하하!!"

고든은 레볼의 등장에 자신도 모르게 웃음을 터뜨리고 말았다.

"목을 베는 건 놈에게 너무 편안한 죽음이잖아."

철컥-!! 즈으아아앙--!!

달려오는 레볼이 있는 힘껏 지면을 박차고 뛰어오르며 팔을 뻗었다. 팔꿈치에서 새하얀 빛과 함께 엔진이 돌아가는 소리가 요란하게 들렸다.

콰아아아아앙……!!

엔진의 추진력과 함께 레볼의 주먹이 백금룡을 강타하는 순간 카릴은 차가운 목소리로 말했다.

"으깨 버려야지."

►Chapter 6◄

"언제나 그렇듯 완벽한 타이밍이로군."

카릴은 윈겔의 레볼을 향해 말했다.

[설마…… 아스칼론을 완성하신 겁니까? 시동석 문제로 결국 실패하고 레볼의 강화에 집중하기로 칼립손 님과 결정을 내렸었는데 말입니다.]

그의 칭찬에도 불구하고 윈겔은 어느새 아스칼론의 모습에 깜짝 놀란 듯 말했다.

"시동석을 제외한 나머지 부분들을 모두 완성을 해둔 덕분에 가동이 가능했다."

[주군께서 주신 설계도를 보자마자 매료되어서 눈을 뗄 수가 없었으니까요. 볼프강 슈마르는 실로 천재 중의 천재입니다.]

윈겔은 마도 시대의 아스칼론의 설계도를 남겼던 마도공학

자에 이미 매료되어 버린 것 같았다.

"글쎄. 나는 오히려 윈겔, 네가 강화한 레볼이 아스칼론에 비해서 얼마나 더 강할지 궁금한데."

그의 말에 윈겔은 머쓱한 듯 대답했다.

[그런 말씀 하지 마세요. 제가 만든 골렘이야 뭐…… 별거 없습니다.]

콰아아앙--!!

레볼이 한쪽 팔을 들어 얼굴을 가드하듯 들어 올렸다. 그러자 백금룡의 날카로운 날개가 그의 팔을 있는 힘껏 가격했다. 요란한 소리와 함께 레볼이 휘청거렸지만 곧바로 자세를 바로 잡으며 백금룡의 날개를 움켜쥐고 그는 민망한 듯 말했다.

[……?!]

하지만 정작 공격을 백금룡은 자신의 일격을 받아낸 백색의 골렘을 믿을 수 없다는 눈빛으로 바라봤다.

[드래곤의 공격 역시 별 볼 일 없긴 마찬가지네요.]

마치 비웃기라도 하는 것처럼 레볼의 눈빛이 빛나자 마치 기다렸다는 듯 두 거신이 백금룡을 향해 뛰어들었다.

즈아앙--!!

레볼의 손등에서 튀어나온 날카로운 탈론(Talon)이 백금룡의 날개에 박히자 레볼은 있는 힘껏 날개를 비틀며 찢어 버렸다.

[크아아아악--!!]

백금룡의 비명과 함께 찢어진 날개의 가죽이 너덜너덜하게 흔들렸다.

쿠웅! 콰가가강……!!

하지만 공격은 거기서 끝나지 않았다. 레볼이 백금룡을 붙잡고 있는 사이에 후방으로 돌아 나온 아스칼론이 그의 허리에 대검을 찔러 넣었다.

파직……!! 푸욱!!

백금룡을 보호하고 있던 보호 마법이 유리가 깨지는 것처럼 산산조각이 나면서 아스칼론의 대검이 그의 복부 깊게 박혔다.

촤아악……!!

대검의 날을 따라 백금룡의 피가 흘러나왔다.

[크아아아악--!!]

그의 비명과 함께 녀석이 사정없이 몸을 뒤틀며 고통에 몸부림쳤다.

[으아아아!!]

윈겔이 레볼의 주먹으로 금룡의 얼굴을 사정없이 두드려 팼다. 퍽! 퍽!! 하는 소리와 함께 백금룡의 살점들이 사방으로 뜯겨 나갔다.

[제아무리 신화 속의 대단하신 드래곤이라 할지라도 거신이두 기(機)나 붙으니 맥을 못 추는군.]

알른은 머리가 마치 갈대처럼 좌우로 꺾이며 휘청거리는 백금룡을 바라보며 웃었다.

"후읍……."

레볼이 백금룡을 붙잡고 있는 동안 카릴은 녀석의 허리에 꽂았던 대검을 뽑아 천천히 마력을 집중하기 시작했다.

우우우우웅……!! 카강……!!

대검의 날이 심하게 요동치며 떨리기 시작했다. 레버를 붙잡고 있는 카릴의 양손에서 혈관이 터질 듯이 부풀어 올랐다.

'조금 더…….'

육중한 대검이 부러질 것처럼 위태로워 보임에도 불구하고 카릴은 마치 한계에 도전하는 듯이 더욱더 용마력을 쏟아냈다.

[크으으으으으……!! 카악!!]

정신없이 두들겨 맞던 백금룡이 날개로 레볼의 주먹을 쳐내면서 날카로운 이빨로 골렘의 어깨와 목 사이를 물어뜯었다.

지직……!! 지지지직……!!

레볼의 어깨 갑주가 산산조각이 나면서 연결되어 있던 회로들이 끊어지면서 밖으로 튀어나왔다. 마치 근육들을 찢어버리는 것처럼 백금룡은 레볼의 회로들을 그대로 입으로 잡아당겼다.

[크윽?!]

중심을 잃고 쓰러지는 레볼의 오른쪽 다리를 백금룡이 있는 힘껏 밟자 관절 부분이 사정없이 부서지며 바닥에 팅기듯 굴렀다. 피투성이가 된 얼굴로 백금룡이 으르렁거리듯 소리쳤다.

[이 미천한……!! 놈들이!!]

마력을 담은 일갈에 귀가 찢어질 듯 고통스러울 지경이었다. 백금룡은 거칠게 레볼의 가슴 부위에 있는 갑주를 뜯어냈다. 조종석이 훤히 보였고 그 안에는 떨리는 눈동자로 그를 바라보는 윈겔 하르트가 보였다.

[살려 달라고 어디 한번 빌어봐라. 그렇다면 고통 없이 죽여주마……!!]

"미친."

윈겔 하르트는 조종석 안에서 그의 외침에 가운뎃손가락을 들어 보이는 것으로 대답을 대신했다. 공국전 때만 하더라도 전장을 나서는 것이 두렵기만 했던 공학자에 불과했던 그였으나 그 역시 다른 이들과 마찬가지로 변해 있었다.

[이……!! 이익……!!]

거침없는 그의 행동에 백금룡을 분노가 치밀어 오르는 듯 말을 잇지 못했다.

그가 윈겔을 향해 거대한 발을 들어 올리는 순간 윈겔은 레볼의 조종을 위해 쓰고 있던 헬멧을 집어 던지며 소리쳤다.

"지금입니다!! 주군!!"

쿠웅……!!

걸음을 내딛는 발걸음 소리. 단 한 번뿐이었지만 백금룡은 그 순간 분노에 시야가 좁아져 놓쳐 버린 아스칼론을 뒤늦게 떠올렸다.

2번째 외뿔 자세(Unicorn Posture).

아스칼론이 전광석화 같은 속도로 대검을 가슴 안쪽으로 잡아당겼다가 앞으로 뻗었다.

서걱-

조금 전까지만 하더라도 일갈을 내뱉었던 백금룡의 목을 꿰뚫으며 날카로운 검기가 허공을 갈랐다.

[컥……!! 커억……!!]

백금룡은 자신의 목을 꿰뚫은 대검을 믿을 수 없다는 듯 바라봤다. 뭔가를 말하려 했지만 그의 입에서 흘러나오는 피 때문에 그저 입을 뻐끔거릴 뿐이었다.

[간단하군.]

알른은 그런 그의 모습을 보며 차갑게 말했다. 카릴은 거기서 멈추지 않고 대검을 다시 한번 세로로 세워 그었다.

투웅……!!

대검이 움직이는 순간 백금룡의 머리가 잘려 허공에서 포물선을 그리며 바닥으로 떨어졌다.

"이겼다……."

눈을 부릅뜬 채로 잘린 머리가 둔탁한 소리를 내며 부딪히자 지그라는 자신도 모르게 탄성을 질렀다.

"주군께서 백금룡 사냥에 성공하셨다!!"

마력이 담겨 있지 않음에도 불구하고 지그라의 외침은 황도에 울려 퍼지는 것 같았다.

"와아아아아아!!"

부서진 레볼의 조종석에서 빠져나온 윈겔 역시 그의 외침에 두 팔을 하늘 높이 들며 소리쳤다.

그야말로 완벽한 전세역전. 이제 더 이상 자신들을 막을 사람은 제국 안에 없었으니까. 남아 있던 벨린과 카딘 루에르는 그들을 저지할 엄두를 내지 못하는 듯 망연자실한 표정이었다.

"폐, 폐하……"

카딘은 도망쳐야 한다는 일념에 조심스럽게 올리번을 불렀다.

"도망칠 생각은 하지 않는 게 좋을 거다."

하지만 그의 생각을 이미 읽은 듯 아스칼론의 조종석에서 카릴이 카딘을 향해 라크나를 겨누며 말했다.

"이제 결착을 지을 때로군. 이제 끝이다."

카릴은 여전히 황좌에 앉아 있는 올리번을 향해 차가운 목소리로 말했다.

"그렇다는군요. 당신 생각도 그러합니까?"

하지만 올리번은 오히려 여유로운 목소리로 대답했다. 그의 말이 자신을 향하지 않는 것이라는 것을 깨달은 카릴은 미간을 찌푸리며 천천히 고개를 돌렸다.

"정말 꼴사나운 모습을 보였습니다."

그때 부서진 태양홀의 끝에서 들리는 목소리.

"후우……. 드래곤 세 마리가 모두 머저리 같이 잡혀 있는 바람에 전장을 쉽게 비울 수가 없어 교단을 대기시키고 급하게 백금룡까지 보냈던 것인데."

결코 큰 목소리가 아님에도 불구하고 그의 목소리는 조금 전 있는 힘껏 외쳤던 지그라의 목소리보다 더욱더 크고 명확하게 울렸다.

"한 놈은 쓸데없는 짓을 저질러 버리려고 하질 않나 다른 한 놈은 어이없이 저런 장난감에 죽어버리질 않나……."

신경질적으로 머리를 흐트러뜨리듯 긁적이며 나타난 남자가 카릴과 시선이 교차되었다.

그러자 카릴은 굳은 얼굴로 그의 이름을 불렀다.

"……닐 블랑."

그는 바닥에 너부러져 있는 잘린 백금룡의 머리 위에 손을 얹고서 말했다.

"정말 믿을 수가 없군. 백금룡을 상대로 이 정도로 몰아칠 줄이야. 레볼이 올 것이라는 건 예상했지만 아스칼론은 내 실수로군. 아니, 운이 좋은 건가. 하지만 그래도 소드 마스터가 운용하는 골렘이라 할지라도 쉽게 지지 않도록 만들었는데……. 하필이면 골렘을 조종한 것이 너라니. 용의 심장이라면 무한에 가까운 마력을 낼 수 있으니 백금룡이 상대가 되지 않았겠지."

닐 블랑은 천천히 걸음을 옮기며 이번엔 잔해조차 찾을 수 없을 정도로 산산조각이 나버린 라엘의 시체 옆에 떨어진 성구를 주워 묻어 있는 핏물을 닦아내며 말했다.

"네가 골렘 조종법까지 알고 있을 줄이야. 그거야말로 정말 내 예측을 벗어난 일이었군."

"만들었다? 그게 무슨 뜻이지?"

카릴은 굳은 얼굴로 그의 행동을 주시하며 말했다.

"말 그대로."

닐 블랑은 성구를 들어 올려 자신을 향하는 제스처를 취한 뒤 다시 한번 잘린 백금룡의 머리를 가리키고는 똑같이 스스로를 가리켰다.

[설마…… 저놈이 백금룡과 라엘을 만들었다는 뜻은 아니겠지?]

알른은 그의 모습에 살짝 떨리는 목소리로 물었다.

"이상하다는 생각해 본 적 없는가? 다른 드래곤과 달리 백금룡은 언제나 드래곤의 모습이었지. 단순히 용족의 자부심이라고 넘길 수도 있지만…… 세상에 폴리모프도 하지 못하는 드래곤이 있겠는가."

우우우우웅…….

백금룡의 시체가 서서히 잿빛으로 변하며 부서지기 시작했다. 순식간에 사라지는 시체의 모습 속에서 알른의 말이 사실이라는 것을 깨달았다.

[말도 안 돼…….]

"불가능한 것은 아니지. 진짜 생명체가 아닌 눈속임일 뿐이니까."

그때였다.

"인형."

어둠 속에서 또 다른 목소리가 들렸다.

"로스차일드 가문의 인형은 실로 살아 있는 것과 비교해도 모를 정도로 완벽하지. 가문의 역사 속에 인형이 눈을 떴던 적은 단 한 번. 카릴, 당신이 없었다면 나조차도 영원히 인형이 살아 움직이는 것을 보지 못했을 테지. 하지만 가문의 후손이 아닌 자 중, 다른 한 명만이 유일하게 이 인형술을 목도한 자가 있지."

사박- 사박- 사박-

부서진 폐허의 잔해를 가벼운 발걸음으로 뛰어넘으며 나타난 여인은 닐 블랑을 바라보며 말했다.

"나르 디 마우그. 당신."

그녀의 말에 모두가 놀라지 않을 수 없었다.

"드래곤의 지혜라면 골렘을 만드는 것쯤은 어려운 일이 아닐 터. 하지만 모두가 간과하고 있는 것은 인형이 꼭 인간의 형태일 것이라고 생각하는 점이었어."

그녀는 천천히 손을 들었다.

"당신 말대로 폴리모프도 하지 못하는 드래곤이 있을 수 없지. 저건 당신이 만든 거대한 인형에 불과하니까. 안 그래? 나르 디 마우그."

[……결국 카릴, 너의 예상이 맞았던 건가. 닐 블랑이 나르 디 마우그였군. 드래곤이라는 겉모습에 현혹되어 정령왕들조차 착각을 하고 말았군. 저런 거대한 인형을 만들 수 있을 것이라고는 아무도 상상하지 못했으니까. 그때 느꼈던 이질감은 우리가 백금룡이라 여긴 드래곤을 그가 조종하고 있었기 때문

인 건가?]

알른의 말에 카릴은 옅은 쓴웃음을 지었다. 그 웃음 속에 가려진 분노가 얼핏얼핏 그에게서 느껴졌다.

[신의 힘과 정령의 힘. 그리고 용의 힘까지 가지기 위한 그릇이 필요했던 것이겠지.]

[그 그릇을 찾는 것이 아니라 스스로 만들어 버리다니……. 백금룡. 당신은 어디까지 어긋난 거지?]

정령왕들은 그를 바라보며 나지막한 목소리로 말했다. 그 목소리들 안엔 여러 가지 감정이 얽힌 듯 보였다.

"전장은 어떻게 하고 여기에 왔지? 케이 로스차일드."

그가 그녀의 이름을 불렀다. 밀리아나의 지원군으로 보냈던 사령의 여제는 어느덧 몰라볼 정도로 성숙해진 모습으로 카릴의 앞에 나타났다. 성숙해졌다는 것은 단순히 외형의 모습을 뜻하는 것이 아니었다.

전장을 겪었기 때문일까? 그녀에게서 풍기는 기운이 달라졌다.

"허락을 구하고 왔어. 백금룡이 급하게 황도로 날아가는 것을 보고 나서 밀리아나는 더 이상의 위험은 없으니 저자를 따라가도 좋다고 말이지. 덕분에 닐 블랑의 움직임까지 확인할 수 있었고."

케이는 자신의 뒤에 서 있는 또 다른 인형을 가리키며 말했다.

"잊은 건 아니겠지? 백금룡에게 원한이 있는 자는 카릴, 당신과 알른만이 아니거든."

그녀는 카릴을 향해 물었다.

"게다가 백금룡조차 알지 못하는 숲길을 잘 알고 있어서 덕분에 들키지 않을 수 있었지."

그녀의 입꼬리가 가볍게 올라갔다. 놀랍게도 가리키던 손끝이 향하는 곳에는 아무것도 없었다.

"그는 무슨 일이 있어도 이 자리에 와야 한다고 말했거든. 게다가 나는 이해가 가지 않는걸. 정령왕들조차 몰랐다니. 어떻게 그럴 수 있지? 그는 보자마자 알아차렸던데."

츠으으으으……

"복수자라면 원수를 놓쳐선 안 되잖아. 안 그래?"

케이 로스차일드는 한쪽 입꼬리를 올리며 말했다. 표정 변화가 거의 없는 인형 같은 얼굴에 처음으로 미소 드리워졌다.

[드디어 만났다.]

어느새 어둠을 틈타 닐 블랑의 등 뒤에서 날카로운 단검을 목에 겨누고 있는 엘프의 눈빛이 이글거렸다.

[단 한 번도 잊은 적이 없지. 엘프의 숲을 죽음의 땅으로 만든 네놈을.]

그가 당장에라도 검을 그을 듯 소리쳤다. 그러자 케이 로스차일드는 여전히 웃는 얼굴로 손가락에 감긴 그와 이어져 있는 줄을 망설임 없이 잡아당겼다.

"말이 많아. 그냥 그어. 자르카 호치."

서걱-

자르카 호치는 케이의 말이 떨어지기 무섭게 있는 힘껏 쥐고 있던 단검을 닐 블랑의 목을 향해 그었다.

파스슥······.

하지만 그가 쥐고 있던 검의 검날은 마치 데릴 하리안이 지그라의 검을 가루로 만들었던 것과 같이 검날이 닐 블랑의 목에 닿기 바로 직전 재가 되어 흩날렸다.

"······!!"

케이 로스차일드는 그 광경에 짐짓 놀란 표정을 지었지만 자르카는 이에 굴하지 않고 손등을 튕기듯 위로 올렸다.

촤르르륵--!!

그러자 손목에 감겨 있던 날카로운 날들이 마치 맹금의 발톱처럼 그의 손등 위로 튀어나왔다.

[흐읍······!!]

다섯 갈래로 갈라져 있는 자르카의 클로(Claw)는 마치 독을 머금고 있는 것처럼 잿빛이었다.

콰드드득······!! 콰득······!!

날이 닐 블랑의 보호막에 닿는 순간 날카로운 전격과 함께 사방으로 튀었다. 하지만 조금 전처럼 날이 쉽사리 부서지지 않았다.

"제법이군."

닐 블랑은 그런 자르카를 바라보며 마치 기특하다는 듯 말했다.

"로스차일드가의 인형술도 결국은 사령술의 일환. 망령의 성에서 가져온 것은 단순히 죽은 엘프 한 명이 아니었던 거로군"

휘이이잉……. 휘이이이이이……!!

날카로운 굉음 사이로 마치 귀곡성(鬼哭聲) 같은 울음소리가 들렸다. 소리가 들릴 때마다 자르카의 검은 클로의 날이 파르르 떨렸다.

[그럼. 혼자서는 못 오지. 네놈의 목을 따는 순간을 염원하는 망령이 이토록 많은데.]

자르카 호치는 그것을 자신의 업보라 여겼다. 스스로 만든 족쇄이자 죽은 엘프의 망령들이 자신의 영혼 속에서 날뛸 때마다 그는 그 고통을 감내하며 그는 엘프의 땅이었던 엘븐하임의 수도인 에리얼 우드를 파괴한 백금룡에 대한 복수심을 다짐했다.

스으으으으으……!!

그의 고통에 감응을 하는 것처럼 망령의 성에 갇혀 있던 엘프들의 영혼들이 나르 디 마우그의 보호막을 찢기 위해 날뛰었다.

[퓌렐(Furrel)의 원수를 갚겠노라!!]

자르카 호치는 엘프족을 이끌었던 왕가, 티누비엘가(家) 여왕의 이름을 끝내 참았던 울분과 함께 외쳤다.

퍼엉--!!

그 순간. 풍선이 터지는 듯 공기가 터지면서 자르카 호치의 얼굴을 스치듯 지나쳤다. 요란하게 날뛰었던 망령들이 연기처럼 온데간데없이 사라졌고 자르카는 갑작스러운 상황에 멍한 표정을 지었다.

"그래서 실패작인 거지. 너희 엘프란 종족은. 이미 멸족한 왕가를 잊지 못하고 구질구질하게 쫓고 있다니. 뭐……. 그 충심을 내게 돌린다면 쓸 만해 보였기에 가장 먼저 대상으로 삼았던 것이냐."

나르 디 마우그는 여전히 별것 아닌 일을 대하는 것처럼 말했다. 수백 년을 쌓아왔던 그의 분노와 벼르고 별렀던 복수의 칼날은 비참할 정도로 허무하게 나르 디 마우그 앞에서 별 볼일 없이 실패하고 말았다.

[너…… 너…….]

자르카 호치는 그토록 울부짖었던 죽은 엘프들의 귀곡성이 사라졌음을 깨달았다.

완전한 소멸. 손가락을 튕기는 것만으로 너무나도 어이없을 정도로 영혼이 죽어버리고 말았다.

"덕분에 그 가능성을 인간에게서 찾아보려 눈을 돌리는 계기가 되었으니 조금은 도움이 된 거려나."

[……뭐?]

인형 속의 자르카 호치는 그 말에 떨리는 목소리로 되물었다. 마치 그의 영혼 자체가 충격을 받은 듯 떨리는 것 같았다. 엘프인 자르카 호치, 하프 엘프인 알테만 그리고 인간인 7인의 원로회까지……. 마치 단계를 밟아 올라가는 것처럼 나르 디 마우그의 실험은 종족의 가능성을 찾아 차례차례 거듭되고 있었던 것이다.

"모두 죽었다고 생각했는데……. 나도 참으로 무르군. 한 놈은 북부에 숨어 자취를 감추고 한 녀석은 언데드가 되어 나타나고 또 다른 자는 영혼 그 자체로 남아 나를 찾아오다니 말야."

나르 디 마우그는 마치 귀찮다는 듯 그들을 바라보며 한심스러운 눈빛으로 말했다.

"정말……. 거슬려. 가치도 없는 폐기물들 주제에."

그때였다.

콰아아아아아아앙--!!

[이 썩을 놈……!!]

나르 디 마우그를 향해 맹렬한 검은 안개가 그를 덮쳤다. 검은 안개 속에 이글거리는 푸른 불꽃이 수십 갈래로 쏟아졌다.

[뚫린 입이라고 잘도 지껄이는구나……!! 네가……!! 네놈이 감히……!!]

안개 속 목소리가 떨렸다. 분노와 저주, 억눌렀던 슬픔과 벼르고 별렀던 살기가 한꺼번에 폭발하는 것 같았다.

언제나 냉정하게 상황을 보고 빈틈을 노리던 알른이 처음으로 자신의 감정을 여과 없이 보여주고 있는 것이었다.

[크아아아아아아……!!]

알른의 푸른 불꽃과 함께, 자르카 호치가 고함을 지르며 두 팔을 땅에 박아 넣어 마력을 끌어올렸다.

스아아아아……! 기이이이이……!!

그러자 그의 팔을 타고 흐르는 마력에 영혼들이 비명을 지르기 시작했다.

"제국의 황도는 대륙 그 어떤 곳보다 많은 죽음의 역사가 있는 곳이지. 섣불리 끝났다고 생각하지 마. 망령은 수없이 많으니까."

케이 로스차일드는 비통한 목소리로 말했다.

쿠그그그그……!!

지면 아래로 검은 핏물이 스며들자 마치 지진이라도 일어난 것처럼 땅이 갈라지기 시작했다.

갈라진 바닥을 짚고 서서히 올라오는 시체들은 어떤 것들은 완전히 살점이 썩어 뼈밖에 남지 않은 것들도 있었고 어떤 것은 죽은 지 얼마 되지 않은 듯 온전한 사람의 얼굴을 한 것도 있었다.

찌그덕…… 찌그덕…….

걸어 오는 시체 중에는 무척이나 아름다운 여인의 시체도 있었는데 다른 시체들과 달리 고급스러운 드레스를 입고 있었다.

"어머니……."

올리번은 뺨 쪽의 살점이 썩어 뜯어져 뺨 안쪽의 이빨이 여실히 보이는 여인의 시체를 바라보며 안타까운 목소리로 그녀를 불렀다. 양 손등과 발등에는 기둥에 박혀 있었던 자국인 듯 커다란 구멍이 뚫려 있었다. 비틀거리며 걸어오는 그녀의 주위에 죽은 자들에게 꼬이는 파리들이 날아다녔다.

철푸덕.

그 순간 자르카 호치가 만든 거대한 검은 핏물 웅덩이에 황후의 발이 닿았다.

[크아아아아아아!! 올리번!! 널 저주한다!! 제국은 내 것이었어!! 너희에게 제국을 넘겨줄 수 없다!!]

그러자 핏기가 전혀 없고 썩어 문드러졌던 황후의 얼굴이 마치 살아 있는 듯이 생기가 돌며 분노에 찬 외침과 함께 미친 듯이 달려오기 시작했다.

[죽어라!!]

[나는 억울하다……!! 나는……!!]

그녀뿐만이 아니었다. 무덤에서 살아난 시체들이 자르카의 마력에 닿는 순간 생기를 되찾기 시작했다.

"재밌군. 단순한 사령술만으로는 불가능한 일인 것을. 이건 로스차일드 가문의 비술인 건가."

나르 디 마우그는 그 광경을 흥미로운 듯 바라봤다.

"미천한 인간도 수백 년의 역사를 지내면 이따금 영역 밖의 일을 해내기도 한다는 것이로군. 역시……. 인간이야말로 가장 가능성이 높은 종족이라는 내 생각이 틀리지 않았군."

하지만 카릴은 생기를 되찾은 시체들의 모습을 보며 망령의 숲에서 엘프들의 망령들을 떠올렸다.

"혼자서는 불가능한 일이야. 그와 나의 힘을 합쳐 가능케 한 거지. 네놈은 평생 가도 모르겠지. 엘프와 인간의 가능성을 고작 피에서 찾을 뿐이었으니까."

"되지도 않는 동료애를 냉정한 로스차일드 가문의 후예가 말하니 우습군. 인형을 만들기 위해 가장 좋은 시체를 직접 만든 너의 선대가 들으면 통탄할 노릇이야."

"……뭐?"

"그 인형. 엘프잖나?"

그의 말에 케이는 얼굴이 굳어졌다.

[주인. 흔들리지 마라. 네 선대가 엘프를 죽였든 살렸든 그건 과거의 일일 뿐. 네가 그런 것이 아니다.]

자르카 호치는 으르렁거리듯 말했다.

[너는 내가 인정한 사령의 여제라는 것을 명심해라. 네가 태어나기 전의 죽은 자들의 죽음에 죄책감을 가질 필요 없다.]

크아아아아……!! 카아아--!!

여기저기에서 시체들이 날뛰기 시작했다.

[하나 네가 태어나기 전의 죽은 자들이 원망만큼은 들어주도록 해라. 그게 우리의 여제가 해야 할 일이니까.]

억울한 죽음. 시체들의 대부분은 귀족이 아닌 평민들이었으니까.

"막아라!!"

"절대로 주군께 다가가지 못하도록 해라!!"

"신이시여……."

태양홀을 방어하기 위해 도착한 기사들은 갑작스러운 공격에 언데들과 뒤엉켜 싸우기 시작했다.

"추악하구나!! 황후의 죄는 무거우나 더러운 사령술로 죽은 자를 부활시키다니……!! 그것이야말로 죽은 자들에 대한 모독이다!!"

올리번은 자리를 박차며 일어서서는 소리쳤다.

"싸워라!! 인간의 존엄을 지키고 제국의 명예를 수호하라!!"

와아아아아아--!! 와아아아--!!

그의 목소리가 태양홀에 울리자 기사들은 전에 없는 함성을 질렀다. 언령(言靈)의 힘이 담긴 올리번의 목소리는 사제의 축복과는 다른 의미로 본질적인 고양을 일으켰다.

서걱-!!

"컥, 커헉……!!"

자르카 호치는 기사의 뒷덜미를 날카로운 클로로 찍어 눌렀다. 비명과 함께 쓰러진 기사를 밟으며 그는 날카롭게 올리번을 바라봤다.

[죽은 자에 대한 모독? 지랄 맞은 소릴 하고 있군. 죽음이 무엇인지 알지도 못하는 애송이가.]

그러고는 케이 로스차일드의 앞에 서서 그녀의 다리를 잡고서 자신의 어깨 위에 앉혔다.

[싸우자, 케이. 우리의 힘은 비록 백금룡을 넘어 관철시킬

수 없지만 적어도 저놈들이 날뛰지 못하게는 만들어야지. 우리들의 검이 놈들의 심장을 찢어 버리게.]

케이는 그의 말에 피식 웃었다.

촤르르륵……!!

그와 동시에 마치 지휘를 하듯 가녀린 양팔을 허공에 휘젓자 자르카 호치는 탄환처럼 앞으로 질주하며 기사들을 향해 클로를 휘둘렀다.

"올리번."

치열한 전투가 눈 앞에 펼쳐지는 상황에서 카릴은 의외로 차분한 어조로 그의 이름을 불렀다.

"너는 그가 인간을 실험하고 있다는 것을 알고 있었나?"

"당연한 소리를 하는군. 제국의 일을 황제가 모른다면 누가 알고 있겠어."

"그렇다면 그가 인간을 실험 도구로 쓰기 위해 교단을 자신의 발아래 두고 인간에게서 찾을 수 없었던 실험의 대상을 준비하기 위해 우든 클라우드를 통해 마계까지 영역을 넓힌 것도?"

카릴은 올리번을 차갑게 바라봤다.

"선혈동굴(鮮血洞窟). 그 안에서 일어난 일에 대해서 너도 알고 있겠지?"

그는 말을 이어갔다.

"알고 있는 게 당연하겠지. 네가 그 안으로 들어가는 것을 봤으니까. 아니, 네가 일부러 보여준 것일 테지."

그러고는 고개를 좀 더 아래로 내렸다. 마치 올리번에게 속삭이는 듯이 낮은 소리로 물었다.

"……왜지?"

올리번의 눈빛이 살짝 떨렸지만 아무런 대답을 하지 않았다.

"단순한 도발이었나? 아니면……."

카릴을 바라보는 올리번의 얼굴이 순간 굳어졌다.

"너 스스로도 멈출 수 없을 만큼 백금룡이 하는 일이 두려워 도움을 요청한 건가? 내게 저놈을 막아달라고 말야."

하지만 그의 얼굴은 카릴이 등지고 있어 아무도 이 짧은 시간에 일어난 표정 변화를 눈치채지 못했다.

"네가 어떤 생각인지는 모르나 무엇이든 간에 너와 나는 적일 뿐. 결과는 다르지 않다. 너 그리고 저 뒤에 있는 놈은 내게 죽는다."

"헛소리."

카릴의 말에 대한 대답은 올리번에게서 나온 것이 아니었다. 고귀한 드래곤의 명예와는 어울리지 않는 값싼 욕지거리가 백금룡에게서 흘러나왔다.

"나르 디 마우그."

고개를 돌려 카릴은 뒤를 돌아봤다. 마치 감정이 복받쳐 오르는 듯 그는 자신을 두고 양쪽에 서 있는 두 사람을 번갈아 가며 바라봤다.

전생에 믿었던 친우이자 자신의 손으로 죽인 황제. 그리고 그러했던 현실을 바꾸기 위해 과거로 돌아올 수 있는 방법을 알려준 드래곤.

불현듯 올리번의 얼굴을 본 순간 어째서 그런 생각이 들었던 것일까. 전생에 자신의 동료와 그를 죽이려고 했던 것이 황제가 아닌 백금룡의 명령이었다면…….

겉으로는 여전히 신의 수족으로서 행동하는 그가 스스로 파렐 안으로 들어갈 수는 없는 법일 터. 끝까지 숨겨 왔던 신의 힘을 얻고자 했던 계획이 실패로 돌아갔을 때 그는 한 가지 가능성에 도박을 걸었던 걸지도 모른다.

올리번은 할 수 없고 오직 자신만이 할 수 있는 일.

바로, 재능(才能). 나르 디 마우그가 필요한 것은 인간의 권력도 재산도 핏줄도 아니었다. 검의 극의에 올랐으나 전생에 마력이 없음을 끝내 후회했던 카릴이었다. 용의 심장을 얻고 마력을 가지게 되면 자신이 검을 비롯하여 마법의 극의에 도달하고자 함을 백금룡은 기대했을 것이다.

"너는 그 가능성을 실험하기 위해 나를 이용한 것인가?"

카릴의 말에 그는 무슨 말이냐는 듯 고개를 살짝 갸웃거렸다. 하지만 정작 카릴은 자신의 말을 나르 디 마우그가 이해를 하느냐 못하느냐는 중요하지 않았다.

"그랬다면 넌 실수한 거야."

그저 이 말을 그에게 똑똑히 들려주고 싶었을 뿐이었으니까.

콰직……!!

그 순간, 올리번을 보호하고 있던 보호막이 부서지면서 카릴의 검이 그의 심장을 찔렀다.

"폐, 폐하……!!"

"안 돼……!!"

너무나도 순식간에 벌어진 일이라 그 누구도 그를 막을 수 없었다. 그것은 나르 디 마우그 역시 마찬가지였다.

"어떻게……."

설마 자신이 만든 절대에 가까운 보호 마법을 부술 수 있을 것이라고는 예상치 못했기 때문이었다.

"쿨럭……."

올리번은 자신의 가슴을 꿰뚫은 얼음 발톱의 차가운 푸른 검날을 떨리는 눈으로 바라봤다.

우우우웅…….

그 순간 카릴은 천천히 품 안에서 뭔가를 꺼냈다. 그의 손에 들린 낡은 고서가 빛을 발하기 시작했다.

"폴세티아……? 어떻게 인간이 저걸……?"

나르 디 마우그는 믿을 수 없다는 표정으로 그 책을 바라봤다.

"올리번."

카릴이 그의 이름을 불렀다. 지금까지 적의가 가득 담겼던 목소리가 아닌 어딘가 애틋함이 묻어 있었다.

"쿨럭……. 쿠륵……."

그의 말에 올리번은 뭔가를 말하려고 했으나 목구멍을 타고 흘러나오는 핏물에 그의 말은 끝내 들리지 않았다.

카릴은 그의 눈을 자신의 손바닥으로 가렸다. 죽음 직전 마지막 자비일까 아니면 차마 그의 눈을 마주치지 못할 것 같아서일까. 어떤 이유이든 그저 그에게 마지막으로 하고 싶은 말을 카릴은 내뱉었다.

"꼭두각시로 살지 마라."

푸욱-

그는 올리번의 가슴을 찌른 얼음 발톱을 더 깊숙이 밀어 넣었다.

휘이이이이…….

올리번을 보호하고 있던 보호막이 파괴되자 부서진 잔해 속에 남은 마력의 잔재들이 빨려 들어가듯 빛의 입자가 되어 카릴이 들고 있던 책 안으로 흡수되었다. 그러자 낡은 고서는 마치 살아 있는 것처럼 아주 잠깐이지만 생기가 도는 것처럼 보였다.

쩌적……. 쩌저적…….

얼음 발톱의 검날을 주위로 올리번의 가슴 언저리가 차갑게 얼어붙기 시작했다. 카릴은 그의 가슴에 꽂힌 검을 뽑지 않고 그대로 그를 바닥에 눕혔다.

"이…… 이놈……!!"

벨린 발렌티온은 눈을 감은 황제의 시신을 바라보며 분노에 찬 목소리로 카릴을 향해 외쳤다.

"끼어들지 마라."

하지만 카릴은 천천히 낮게 숨을 내쉬고서 고개를 돌리며 말했다.

"벨린 경. 당신이라면 알 텐데. 이제 인간의 범주에서 허용되는 싸움이 아니라는 걸. 제국과 자유국의 전쟁은 끝났다."

적막이 흘렀다. 그의 말은 절대로 승자의 거만이 아니었다. 황제의 죽음은 분명 큰 사건이겠지만 마치 나르 디 마우그가 그러하듯 카릴의 시선은 이미 인간끼리의 싸움을 벗어나 그 앞을 바라보고 있었기 때문이었다.

그저 하나의 지나간 관문에 불과할 뿐.

"하지만 매듭은 아직 짓지 못했지."

카릴의 시선을 따라 다른 태양홀에 있던 모든 이들이 나르 디 마우그를 바라봤다.

"역시."

그의 시선을 느끼며 나르 디 마우그는 처음으로 한 방 먹었다는 듯 카릴의 손에 들려 있는 고서를 바라보며 피식 웃었다.

"내 기대에 어긋나지 않는군. 인간의 가능성이란……. 실로 놀랍단 말이지. 폴세티아를 구축할 수 있는 자가 있다. 그 책은 인간이 쓸 수 있는 물건이 아닌데……. 어떻게?"

경악보다는 호기심 어린 목소리로 나르 디 마우그는 물었다. 이미 그는 올리번의 죽음은 안중에도 없는 듯 보였다.

제국의 수호룡이라는 규약도 어쩌면 인간을 이용하기 위한 수단에 하나에 불과할지도 모르는 일이었다.

"가능성? 아직도 그런 소리를 하고 있군."

카릴은 그의 말에 차갑게 웃었다.

"잘난 네놈은 그렇게 많은 가능성을 고려하는데 어째서 한 번도 그런 생각을 해본 적 없지?"

"어떤?"

"그 수많은 가능성 중에 도리어 네가 인간에게 잡아 먹힐 가능성. 한 번도 없겠지?"

나르 디 마우그는 그의 말에 눈을 동그랗게 뜨며 진심으로 놀랐다는 표정을 지었다.

"클, 크큭……."

하지만 그 표정 뒤에는 오히려 웃음이 드리워졌다.

"재밌군. 폴세티아……. 그걸 믿고 그런 재밌는 소리를 하는가 본데. 그래, 확실히 너의 검술과 그 책이라면 검과 마법, 두 힘을 합일(合一)하는 데에 있어서 가장 확실한 방법이겠지."

나르 디 마우그는 한쪽 입꼬리를 올리며 비웃듯 대답했다.

"네가 어찌 그걸 가지고 있는지 모르겠으나……. 아쉽게도 내게 그건 아무런 위협이 되지 않는다."

그는 고개를 살짝 꺾었다.

"나 역시 가장 먼저 그것을 생각했으니까. 하지만 그 실험은 실패다. 제아무리 용마력을 가진 너라도 폴세티아를 혼자서 발동시키는 것은 불가능하니까. 그 고서는 끊임없이 마력을 먹어 치우거든. 그전에 육체가 버티지 못해. 설령 드래곤이라 할지라도 할 수 없는 일이지."

"글쎄. 방법이 없는 건 아니지."

"……뭐?"

"확실히 네 말대로 이 책을 처음 봤을 때 이 안에 구축되어 있는 마법들은 믿을 수 없는 것들뿐이었다. 알른이 준 지식의 보고가 없었다면 이해조차 하지 못했을 거야."

"그럼 내게 고마워해야겠군. 그가 죽었기 때문에 네가 전수받을 수 있었을 테니까."

[개소리 집어치워.]

알른이 그의 말에 으르렁거리듯 대답하자 나르 디 마우그는 장난이었다는 듯 어깨를 으쓱했다.

"하지만 부족해. 마법 자체를 발동시키는 것만으로도 엄청난 마력이 필요하지만 설령 성공했다 하더라도 마법만으로는 너를 죽이기엔 역부족이지."

"그럼?"

"결국 답은 검이다."

나르 디 마우그는 살짝 입꼬리를 올렸다. 하지만 지금까지의 여유와는 달리 카릴이 내놓은 해답에 살짝 얼굴이 굳어졌다.

"참으로 다행이지. 네 목을 베기 위해서 필요한 것이 내가 가장 잘할 수 있는 일이라니 말야."

마치 선문답처럼 카릴을 바라보며 나르 디 마우그는 그가 지금까지 찾으려고 했던 실험에 대해 토론을 나누는 것처럼 대화를 이어갔다.

"폴세티아를 쓰면서 검까지 쓰겠다? 애초에 선행 조건이 충족될 수 없는 일인 불가능한 일을 너무나도 당연하다는 듯 잘도 말하는군."

그는 알른을 가리키며 말했다.

"폴세티아를 발동하기 위해서는 육체를 버려야 한다. 어디 너도 그와 같이 육체를 버리고 영체가 될 요량인가?"

"그럴 리가. 검을 쥐기 위해서는 이 몸이 필요한걸. 네 목에 이걸 박아 넣을 거거든."

카릴은 라크나를 들어 올렸다.

"나는 다른 방법으로 폴세티아를 쓸 거다. 이 책이 원하는 완벽한 마력을 충족시키기 위해서는 확실히 육체가 없어야 가능하니까."

"무슨 말인지……."

카릴의 말에 나르 디 마우그는 한쪽 눈살을 찌푸리며 말했다.

"육체 없이 마력만을 제공하는 방법."

카릴은 라크나의 검날로 나르 디 마우그의 가슴을 가리켰다.

"네 심장."

"……."

"네 심장을 빼내어 폴세티아를 발동시킬 것이다."

"크큭……."

나르 디 마우그는 카릴의 말에 어이가 없다는 듯 큰 소리로 웃었다.

"크하하하하!!"

허리를 기역 자로 꺾으며 배를 움켜쥔 그는 눈가의 눈물을 닦아내며 말했다.

"도대체 이렇게 웃어본 게 언제인지……. 정말 헛소리도 이런 헛소리가 없군. 내 심장으로 폴세티아를 발동시키겠다고?"

나르 디 마우그는 한심하다는 듯이 말했다.

"앞뒤가 맞지 않잖으냐. 너는 나를 죽이기 위해서 검과 마법의 힘이 필요한 것인데……. 폴세티아를 내 심장으로 구축하겠다면 너는 그전에 날 어떻게 죽이겠다는 거지?"

"모르는 건 너지."

저벅- 저벅- 저벅-

카릴은 천천히 걸음을 옮기기 시작했다. 싸늘하게 얼어붙은 올리번의 시체를 잠시 바라보고서 고개를 돌리며 그는 나르 디 마우그를 향해 말했다.

"너 역시 내게 있어 저 녀석과 별반 다르지 않아. 그저 지나가는 관문에 불과할 뿐. 나는 더 높은 자와 싸워야 하니까."

"미친……."

"드래곤의 자만심으로 대화를 나누기 이전에 너는 내가 올리번을 어떻게 죽였는지부터 생각했어야지."

"……뭐?"

철컥!! 즈아아아아앙……!! 쿵! 쿵! 쿠웅……!!

거대한 기관이 움직이는 소리와 함께 나르 디 마우그의 머리 위로 거대한 그림자가 드리워졌다.

[지금입니다……!!]

어느새 나르 디 마우그가 카릴과의 대화에 한눈팔린 사이에 부서진 레볼에서 나온 윈젤이 아스칼론을 움직였다.

크드드드드……!!

아스칼론이 머리 위로 대검을 들어 올렸다. 거신을 조종하는 것만으로도 버거울 정도였기에 카릴이 조종했을 때와는 달리 대검에는 마나 블레이드는 없었지만 수 미터에 달하는 검이 수직으로 떨어지는 파공성은 가히 귀를 찢을 듯싶었다.

콰아아아아아앙!!

굉음과 함께 두 사람이 있던 자리가 대검에 의해 폭발하듯 충격에 산산조각이 났다.

"생각해 낸 것이 고작 이건가? 기껏해야 내가 만든 인형도 가까스로 이긴 골렘 따위가 날 죽일 수 있는 카드라고?"

콰드드득……!! 콰직!!

놀랍게도 나르 디 마우그는 머리 위로 손을 들어 올리고서 떨어진 대검을 그대로 꽉 붙잡고 있었다.

콰각!!

그가 손가락에 힘을 주자 손가락이 대검의 날을 뚫어 버렸다. 그다음 팔을 아래로 잡아당기자 마치 맹수가 물어뜯은 것처럼 대검이 한 움큼 뜯겨 나갔다.

"해봐."

나르 디 마우그는 부서진 대검의 잔해를 털어내면서 카릴을 향해 도발했다.

스룽……!! 촤아악!!

그 순간 그림자 속에서 지그라의 단검이 그의 뒷목을 노렸다. 하지만 이미 그의 존재를 눈치챘다는 듯 그는 뒤를 돌아보지도 않았다.

콰가가가가강……!!

놀랍게도 검날이 닿는 순간 재가 되어버릴 것이라고 생각했던 지그라의 검이 맹렬한 폭음을 내며 나르 디 마우그의 보호막에 부딪혔다.

"……아그넬이었군."

그는 지그라의 손에 들려 있는 단검을 바라보며 낮게 중얼거렸다.

"시도는 좋았지만 마력도 없는 이민족 따위가 그 검을 들어봤자 돼지 목에 진주일 뿐이지."

"컥……!!"

나르 디 마우그는 지그라의 목을 움켜쥐었다. 반응을 할 수 없을 정도의 속도에 그는 피할 겨를도 없이 붙잡히고 말았다.

[크아아아아!!]

그 순간 지그라의 목을 붙잡은 채 뻗은 나르 디 마우그의 손목을 자르카 호치가 있는 힘껏 쳐올렸다.

콰앙……!!

충격과 함께 나르 디 마우그의 몸이 뒤로 밀리며 잡고 있던 지그라가 공중으로 튕겨져 올랐다.

"지금……!!"

케이 로스차일드는 있는 힘껏 인형의 줄을 잡아당겼다. 그러자 자르카 호치는 자신이 낼 수 있는 속도를 뛰어넘어 신속과 같은 움직임으로 지그라를 낚아채며 물러섰다.

"이 정도인가!! 고작 이걸로 뭘 할 수 있느냐!!"

나르 디 마우그는 있는 힘껏 주먹을 내질렀다.

콰아아앙……!!

그러자 아스칼론의 관절이 부서지면서 그대로 앞으로 고꾸라졌다.

파앗-

그와 동시에 그의 몸이 탄환처럼 튀어 나가더니 물러났던 자르카 호치의 목덜미를 붙잡아 바닥에 처박았다.

[컥……!!]

"꺄악!"

줄로 연결되어 있던 케이 로스차일드는 자르카와 함께 비명을 질렀다.

우드득……! 촤악!!

나르 디 마우그는 아무런 망설임도 없이 자르카 호치의 머리를 잡아 꺾었다. 둔탁한 소리도 잠시 그는 그대로 인형의 머리를 뽑아버렸다.

주르륵……!! 촤륵……! 콰라라락……!

인형의 몸 안에 있던 새하얀 척추가 머리와 함께 뽑혀 나왔다.

[크아아아아아!!]

인간의 것이라고 해도 믿을 만큼 똑같은 새하얀 뼈들이 몸 안에서 뽑히자 자르카 호치는 그대로 고통을 받는 듯 비명을 질렀다.

터억-

나르 디 마우그는 신경질적으로 뽑아낸 머리를 바닥에 집어 던지고는 케이 로스차일드를 향해 걸어갔다.

"너희들 따위가 뭘 할 수 있지?"

그는 바닥에 주저앉은 케이의 발목을 지그시 밟았다. 가녀린 그녀의 발목이 우득! 하는 소리와 함께 그대로 부러졌다.

"뭘 할 수 있냐고?"

하지만 그녀는 고통에도 불구하고 입술을 악물면서 그를 노려봤다.

"보면 알 거야."

"……뭐?"

"약자들에게 자신의 강함을 과시하는 것에 한눈팔려 네가 놓친 게 뭔지. 자만심으로 똘똘 뭉친 도마뱀 새끼. 인간을 졸로 보지 마."

케이는 나르 디 마우그의 얼굴을 향해 침을 뱉었다. 끈적한

침이 뺨을 타고 주르륵 흘러내리자 나르 디 마우그는 낮은 한숨을 내쉬었다.

"이년이 감히……!!"

그의 분노가 터져 나오며 있는 힘껏 그녀의 부러진 다리를 밟아 뭉갰다.

"아아아악!!"

비명과 함께 그가 케이의 뺨을 후려치기 위해 손을 들어 올렸다.

파직……!!

"……."

그때 나르 디 마우그의 손이 허공에서 멈췄다. 뒤에서 느껴지는 기운에 그는 고개를 돌렸다.

"한눈팔지 말라고 친절히 얘기해 줬는데."

"너라고 다를 것 같은가? 포식자의 눈엔 너나 그녀와 다를 바 없다."

카릴의 손목에 있던 탐욕의 팔찌가 금이 가며 빛을 발하기 시작했다.

창그랑……! 콰직!!

그와 동시에 그의 손가락에 있던 4개의 붉은 보석이 박힌 반지의 보석들이 모조리 깨졌다.

"그래. 나 역시 네 앞에선 약자겠지. 하지만 네가 놓친 건 내가 아냐. 내가 준비한 함정이지."

그러자 그야말로 마력의 폭풍이라 칭할 수 있을 정도의 엄청난 마력이 요동치며 폴세티아 안으로 흡수되기 시작했다. 탐욕의 팔찌와 네 개의 송곳니. 두 개의 물건은 모두 사용자의 마력을 빨아 먹는 저주받은 물건이었다. 당연한 소리겠지만 그 안에는 카릴의 용마력이 쌓여 있었다.

하지만 아무리 마도 시대에 만들어진 물건이라 하더라도 각각을 놓고 본다면 그 안에 흡수된 마력으로도 신화 시대에 존재한 블레이더의 무구인 대마도서를 발동시킬 수는 없었다. 그러나 카릴은 하나가 아닌 그 두 개의 물건을 모두 가지고 있었다. 쌓인 마력 역시 두 배.

아슬아슬하지만 이 엄청난 고서를 발동시킬 최저의 조건을 만족할 수 있게 된 것이다.

"딱 한 번이다."

카릴은 그 스스로도 감당할 수 없을 정도의 엄청난 마력에 조금은 긴장한 듯 말했다.

[그걸로 충분하다.]

스으으윽……!!

카릴의 손목을 타고 푸른 뱀이 폴세티아를 감싸며 그 안에 응축되는 마력을 마치 먹잇감을 먹는 것처럼 입을 벌려 삼키며 말했다.

[모기나 드래곤이나 어차피 목숨은 하나야.]

촤르르르륵……!!

그 순간 폴세티아가 펼쳐지면서 새하얀 빛이 책 안에서 뿜어져 나왔다.

파앙-!! 우우우우우웅!! 콰드드드드--!!

펼쳐진 폴세티아의 페이지 위로 수십, 수백 개의 마법진이 나타났다 사라지며 중첩되기 시작했다. 카릴은 그 마법진 안으로 손을 집어넣었다.

콰악-!!

그러고는 그 안에 손잡이를 있는 힘껏 움켜잡았다.

바로, 검(劍)이었다.

▶**Chapter 7**◀

콰드드드드드……!!

폴세티아의 마법진 속으로 손을 집어넣은 카릴은 있는 그 안에 잡히는 것을 있는 힘껏 뽑았다.

쩌적……!! 쩌저적……!!

천지가 개벽하는 듯한 엄청난 굉음과 함께 그의 주위로 새하얀 빛무리가 일렁였다.

우우우웅!!

책 속에서 뽑아낸 기다란 검은 처음에는 새하얀 빛으로 형태를 알 수 없었지만 점차 모습을 갖추기 시작했다.

"검이 연성되고 있다……?"

제국의 공작이기 이전에 대마법사인 카딘 루에르는 자신도 모르게 황제의 죽음도 망각한 채 생애 처음 보는 마법에 자신도 모르게 넋을 놓고 바라볼 뿐이었다.

스캉--!!

카릴이 손잡이를 움켜쥐자 빛이 검 끝에서부터 사라지며 서서히 은빛의 날이 서린 검날이 모습을 드러냈다. 라크나처럼 마력으로 검날을 만드는 것도 아니고 그의 손에 들린 것은 완벽한 하나의 검이었다.

"믿을 수 없군……."

카딘 루에르는 고개를 저었다.

"창조 마법이라니…… 연금술이라 할지라도 무에서 유를 만들어낼 수는 없는데. 단순히 마력만으로 검을 연성하다니."

충격을 받은 듯 그는 카릴의 손에 들린 검을 바라보며 중얼거렸다.

"재밌군……."

나르 디 마우그는 긴장하지 않은 척 말했지만 그의 목소리가 굳어 있었다. 카릴이 만들어낸 검은 신화 시대부터 살아온 드래곤인 그조차도 처음 보는 물건이었기 때문이었다.

'신화 시대의 그들도 검과 마법을 동시에 쓰는 자는 없었다. 애초에 신이 그들을 분리해뒀으니. 그런데…… 이런 식으로 폴세티아를 썼던 자가 있던가?'

없었다. 실제로 대마도서라 불리는 폴세티아에 담긴 궁극적인 마법은 대륙을 날려 버릴 만큼 강맹한 광범위 공격 마법이었다.

'검의 극의에 도달한 최초의 블레이더인 주덱스도 폴세티아의 주인이자 마법의 극의에 도달한 그자도 이런 식으로 두 힘을 함께 쓴 적은 없었다.'

그런데 지금 신의 도움도 없이 불가능을 가능케 한 자가 자신의 눈앞에 나타난 것이었다.

우우우웅…….

검이 마치 의지를 가진 것처럼 날을 파르르 떨면서 울었다. 빠져들 것 같은 아름다운 검날을 가진 은빛의 검은 차마 그 어떤 수식어로도 표현할 수 없을 정도로 매력적인 모습이었다.

꿀꺽.

카릴은 자신도 모르게 긴장된 얼굴로 검을 주시했다.

쏴아아아아아악--!!

동시에 산뜻한 바람이 카릴의 얼굴에 불어왔다. 전투 중임을 망각할 정도로 나른한 기운에 다시 눈을 떴을 때 그는 깊은 해저 속에 있는 듯한 어둠의 터널이 빠른 속도로 지나가고 있었다.

"……!!"

카릴은 황급히 고개를 돌리며 주위를 훑었다. 그러자 어둠의 터널은 엄청난 속도로 빛무리를 흩날리며 사라져 갔고 터널을 통과하고 나자 느껴졌던 속도감은 사라지고 마치 우주 속을 둥둥 떠 있는 기분이었다.

"여긴……."

카릴은 몽환의 기억들이 조각조각 흩어져 있는 망각(忘却)의 공간에서 갑자기 몸속이 뜨거워짐을 느꼈다. 심장에서부터 시작된 열기는 점차 손끝으로 모이면서 기다란 막대의 형태로 솟구쳐 올랐다. 불꽃이 형태를 갖추자 카릴은 그것이 무엇인지 깨달았다.

검(劍)이었다. 어느새 까맣던 공간에는 수많은 별과 같은 빛무리들이 흩어져 있었고 카릴은 이 공간이 어쩐지 낯이 익은 기분이었다. 억겁(億劫)의 시간을 거슬러 파렐의 마지막 문을 열었을 때 그의 앞에 있었던 무(無)의 영역.

이곳은 신의 영역이기도 했다.

"율라(Yula)……."

그때였다. 우주와 같은 적막한 어둠 속에서 들려오는 낮고 굵은 목소리에 카릴은 고개를 들었다.

그곳엔 두 사람이 있었다. 검은 눈을 가진 남자는 검을 들고 있었고 그 옆에는 황금빛의 머리칼의 남자가 있었다.

카릴은 그들이 누군지 단번에 알았다. 천년빙동에서 봉인되어 있던 두 사람이었다. 전생에는 볼 수 없었던 금발의 남자를 주시하며 카릴은 자신이 꺼낸 검이 어떤 것인지 깨달았다.

최초의 블레이더가 썼던 검. 그리고 이건 검에 남겨진 주덱스(Judex)의 기억이었다.

언제일지 알 수 없는 과거. 인류는 가늠할 수도 없는 까마득함에 그저 신화(神話)라는 수식어를 붙였다.

신화 시대에 일어난 일대의 반란(反亂). 이제는 그 전쟁이 이민족과 제국인의 핏줄을 나누게 되는 계기가 된 것임을 알았다. 그리고 지금 카릴은 그 시작의 순간을 목도하고 있었다.

"우리는 패배했다."

"배신자가 있었기 때문이지! 아직 우리의 싸움은 끝나지 않았어!!"

금발의 남자는 억울한 듯 손을 파르르 떨며 소리쳤다.

"네 잘못이 아니다."

하지만 그런 그의 마음을 이해한다는 듯 오히려 검은 눈의 남자는 그의 어깨를 다독였다.

[토스카.]

그때 어둠 속에서 빛이 일렁이더니 한 여인의 모습이 나타났다. 그녀의 뒤로 몇 명의 인영이 보였지만 빛에 가려져 얼굴을 확인할 수 없이 그저 그림자로만 보였다. 무(無)의 공간 속에 있던 두 사람 중 황금빛의 머리칼을 가진 남자가 고개를 들었다.

"배신자……."

그는 입술을 꽈악 깨물며 여인의 뒤에 있는 그림자들을 바라보며 소리쳤다. 그 광경을 본 카릴은 놀란 듯 금발의 남자에게 시선을 돌렸다.

'……토스카? 설마 황금룡 토스카가 바로 저자라는 건가?'

[네게 선택권을 주겠다.]

그녀의 목소리는 마치 머릿속에서 울리는 것처럼 생생하게 들렸다.

[넌 영원히 기억 속에서 지워질 것이다. 하나 폴세티아를 봉인하고 그에게서 검을 빼앗는다면 그 대가로 반란의 죗값을 경감해 주겠다.]

"헛소리……!!"

[비록 황금룡의 존재는 그저 드래곤의 시조로써 문헌에만 남게 될 것이며 그 실체를 아는 자는 모두 너를 망각하게 되겠지만 내 힘이 완전히 소멸되는 것은 막아주지. 어쨌든 너는 이들의 수장이니까.]

그녀는 만족스러운 듯 웃었다.

[너에 대한 기억은 모두 이 검 안에 봉인될 것이니 이 검은 또다시 너의 마법 속에 잠들게 되어 영원히 찾을 수 없게 될 것이다.]

"닥쳐!!"

토스카는 여인을 바라보며 소리쳤다. 그녀가 누구인지 설명할 필요는 없었다.

율라(Yula). 그녀의 뒤에 서 있는 자들은 블레이더를 배신한 자들일 것이었으니 그림자 중에는 백금룡도 존재할 것이었다.

"황금룡 토스카……."

카릴은 드디어 천년빙동에서 사라진 금발 남자의 정체를 알수 있었다. 그가 디곤 일족에게 축복을 내렸다고 알려진 드래곤의 시조일 것이라고는 전혀 생각하지 못한 일이었다.

'그가 천년빙동에 주덱스와 함께 봉인되어 있었을 줄이야. 그래, 그렇게 된 거군. 그리고 정령왕들이 그를 알아차리지 못했던 이유도…….'

그야말로 통탄할 일이었다. 목숨을 걸고 함께 싸웠던 동료를 눈앞에 두고도 그 누구도 알아차리지 못했으니 말이다.

또한 그는 어째서 디곤 일족이 이민족임에도 불구하고 마력을 가질 수 있었는가에 대하여 조금은 이해가 갔다. 디곤은 황금룡이 죽기 전 인간이 용마력을 쓸 수 있다는 증거로서 완성한 마지막 안배였던 것이다.

"해라. 너밖에 할 수 있는 자가 없다."

"이거 놔!!"

주덱스는 토스카에게 말했고 그런 그에게 싸울 듯이 소리쳤다. 그 모습이 마치 천년빙동에서 두 사람을 연상케 했다.

[결정은 났군.]

율라가 천천히 손을 들어 올리자 빛무리와 함께 토스카와 주덱스의 모습이 점차 사라져 가기 시작했다. 죽음 직전 토스카는 주덱스를 향해 마지막 말을 뱉어냈다.

"기억해. 꼭 기억해야 한다! 우리는……."

[카릴!!]

그때였다. 어둠이 순식간에 빛으로 바뀌었고 카릴은 마치 물에 빠졌다가 나온 것처럼 거칠게 숨을 들이마시며 눈을 떴다.

얼마의 시간이 흘렀을까. 황급히 카릴이 고개를 돌렸을 때 놀랍게도 찰나의 시간도 흐르지 않았던 것을 깨달았다.

"마엘. 그렇군⋯⋯. 주덱스의 마스터 키였던 너는 이 검을 알겠군."

카릴은 들고 있던 검을 바라봤다. 그의 시선은 마치 오랜 세월을 겪은 현자의 것같이 많은 의미가 담겨 있었다.

[끝내 여기까지 도달했군. 너란 녀석은⋯⋯.]

마엘은 검 안에 봉인되어 있던 기억이 어떤 것인지 예상한다는 듯 말했다.

"그래. 확실히 여기까지 왔다. 그럼 지금 내 머릿속으로 들어오는 이 많은 정보들이 무엇인지도 알겠지. 또 어떻게 다뤄야 하는지도."

[영역을 뛰어넘은 것이로군?]

카릴은 마치 처음으로 공기를 마시는 것처럼 천천히 음미하듯 숨을 골랐다.

"그래. 하지만 그렇기에 내 부족함을 안다. 내게 주어진 일격을 위해서라면 조금 더 힘이 필요하고 나는 그걸 시험해 보고 싶군."

[……뭐?]

그의 말에 오히려 마엘이 놀란 듯 되물었다.

"라미느. 힘을 보태."

[진심으로 하는 소리냐?]

담담하게 말했지만 폭염왕은 그 말에 마엘과 마찬가지로 어이가 없다는 듯 말했다.

[너는 지금 폴세티아를 발동시켰다. 팔찌와 반지에 저장되어 있던 마력 덕분에 시동이 가능했지만 유지를 하기 위해서는 결국 네 육체의 마력을 써야 한다.]

"알아."

[지금도 폴세티아가 끔찍하게 네 마력을 빨아들이고 있단 말이다. 그런 와중에 정령력을 쓰겠다고?]

"거기까지다!!"

파앗-!! 콰가가가가가-!!

지금까지와는 달리 뭔가 심상치 않게 흘러감을 깨달은 나르디 마우그는 더 이상 시간을 더 지체하지 않겠다는 듯 카릴을 향해 달려들었다.

"녀석이 오고 있다. 가만히 있을 거야?"

[너…….]

보이지 않을 정도로 엄청난 속도로 질주하는 나르 디 마우그였음에도 불구하고 카릴의 목소리는 차분했다.

그는 가볍게 뒤로 발을 차며 물러났다. 태양홀의 벽은 이미 무너져 있었고 싸움의 여파로 져 황궁의 건물들은 모조리 부서져 있었기에 단 한 걸음만으로도 카릴은 황도의 시내까지 순식간에 이동했다. 그 정도의 빠르기였다. 황도의 건물들이 카릴의 등을 지나치듯 빠르게 스쳐 갔다.

나르 디 마우그는 카릴과의 거리가 좁혀지지 않는다는 것을 깨달았다. 놀랍게도 카릴은 그의 속도에 맞춰 뒤로 물러나며 일정한 거리를 계속 유지하고 있었던 것이다.

콰앙!! 콰아아앙!!

나르 디 마우그는 이를 악물며 조금 더 속도를 높였다.

"어서. 라미느."

[……나도 어떻게 될지 모른다.]

카릴의 손등에 박혀 있는 아인트리거가 빛이 나자 폭염왕의 힘이 그의 전신을 훑고 지나가며 검 안으로 흡수되었다.

화르르르륵……!!

그러자 은색의 검날이 맹렬하게 타오르기 시작했다.

[놀랍군…….]

그 광경을 지켜보던 알른은 자신도 모르게 혀를 차며 말했다.

[도대체 저 검은 뭐지? 마력으로 검날을 만드는 라크나보다 훨씬 더 짙은 마력을 뿜어내는 것도 모자라 폭염왕의 힘을 흡

수해?! 카릴, 넌 정말로 마력과 정령력 두 힘을 한꺼번에 사용할 작정이냐.]

물론, 불가능한 일은 아니었다. 애초에 알른 자비우스의 비전력 역시 다른 속성의 마력을 동시에 사용하는 것이었으니까. 하지만 그의 마법은 빛과 어둠이라는 상극이 상충되며 나타나는 반발력으로 만들어지는 폭발의 힘이었다. 그러나 지금 카릴의 검은 속성을 떠나 마력을 흡수하여 더 강력하게 배출해 내고 있었다.

[더 많은 마력을 흡수하면 흡수할수록 위력이 늘어난다지만 그만큼 사용자의 부담은 말로 표현할 수 없는 일일 터. 괴물 같은 책이라고 해야 할지…… 아니면 카릴, 네가 괴물 같다고 해야 할지.]

알른은 그에게서 느껴지는 강맹한 마력과 압도적인 위압감에 자신도 모르게 몸을 부르르 떨었다. 드래곤을 앞에 두고도 느껴보지 못한 전율이었다.

뒤로 물러서던 카릴은 갑자기 반대로 튀어 나가더니 검을 쥐지 않은 반대쪽 손으로 나르 디 마우그의 턱을 올려쳤다.

퍼억-!!

갑작스러운 그의 공격에 나르 디 마우그는 방어를 하지 못한 채 컥! 소리와 함께 고개가 위로 젖혀졌다.

카릴의 공격은 거기서 끝이 아니었다. 올려친 팔을 그대로 꺾어 나르 디 마우그의 뺨을 주먹으로 후려쳤다.

콰아앙-!!

폭발이 일어난 것처럼 둔탁한 소리와 함께 나르 디 마우그의 몸이 주먹을 따라 주르륵 밀려 나갔다.

"크윽?!"

나르 디 마우그는 황급히 속도를 죽이며 자세를 잡으려 했다. 하지만 그보다 더 빠르게 그의 뒤를 따라 달린 카릴이 그의 머리카락을 움켜쥐고는 그대로 자신의 무릎에 찍었다.

퍼억!!

아찔한 충격과 함께 나르 디 마우그의 머리가 뒤로 젖혀졌다. 카릴은 나르 디 마우그의 뒷머리를 낚아채듯 잡아 바닥에 처박고는 나지막하게 말했다.

"에테랄, 두아트. 너희들의 힘도 내게 집중해. 아직 검을 쓰지 않았다."

[……뭐?]

[제정신이야?]

꽈악-!!

카릴은 바닥에 쓰러진 나르 디 마우그를 움직이지 못하도록 그의 뒷머리를 지그시 밟으며 천천히 일어섰다.

"내가 하는 말이 장난으로 보여?"

정령왕들은 그의 말에 아무런 말도 하지 않았다. 이미 그에게서 풍겨 오는 기운이 자신들이 알고 있던 카릴이 아니라는 것을 느꼈기 때문이다.

[빌려줘.]

[뭐?]

[그럼 알 거다.]

조용히 있던 라미느가 말했다. 여전히 나르 디 마우그는 그의 발아래서 움직이지 않고 있었다.

[라미느, 너까지……!]

[북부 때와는 달라. 폴세티아를 발동하고 있는 상황에서 지금도 마력이 소진되고 있는데 우리 셋을 쓰게 되면 그의 육체가 폭발할지도 모른단 말이다!!]

두아트가 신경질적으로 소리쳤다.

[그걸 알면 잔소리할 시간에 그 힘까지 카릴에게 보태라. 명령에 따라. 그는 우리의 계약자니까.]

[너…….]

하지만 의외로 차가운 라미느의 반응에 두아트는 당혹감을 감추지 못했다.

[그렇기 때문에 이런 말을 하는 거잖아! 너야말로 계약자를 죽게 만들 셈이야?]

[인간이라면 그렇겠지. 하지만 그는 안 죽어.]

라미느는 두아트의 말에 단호하게 대답했다.

[……네가 어떻게 확신하지?]

[그에게 힘을 빌려주면 알게 될 거다. 최초의 블레이더가 실패했던 일을 그가 이뤄냈다. 그는 더 이상 블레이더의 영역으

로 구분 지을 수 있는 강함이 아니다.]

[그게 무슨…….]

두아트는 믿을 수 없다는 듯 중얼거렸다.

[하나 나 역시 그를 뭐라 지칭해야 할지 모르겠다.]

반대로 라미느는 마치 환희에 찬 듯 떨리는 목소리로 대답했다.

[데미 갓(Demigod).]

혼란스러워하는 둘을 향해 마엘이 정리하듯 말했다.

콰아아앙--!!

카릴의 발아래에서 맹렬한 폭발이 일어났다.

"데미갓? 헛소리를 잘도 지껄이는구나. 마엘. 너는 신화 시대 때도 뱀의 혀로 블레이더들을 유혹해서 분란을 일으켰지."

뒤로 물러서자 조금 전까지 밟혀 있었던 나르 디 마우그가 얼굴에 묻은 잔해들을 쓸어 넘기며 신경질적으로 말했다.

[이거 왜 이래? 누가 들으면 신령대전의 패배가 나 때문이라고 알겠어. 너희 드래곤들이 수장인 토스카를 배신해서 일어난 일이잖아. 백금룡. 네놈이 배반을 주도하였으면서.]

마엘의 말에 정령왕들은 놀람을 감추지 못했다.

[토스카……? 황금룡 토스카가 블레이더였단 말인가?]

[말도 안 돼. 그는 그저 드래곤의 시조라 불리는 전설적인 용에 불과한 것을.]

두아트와 에테랄은 마엘의 이야기에 반박했지만 라미느만

은 그의 말에 아무런 대답을 하지 않았다.

[폴세티아의 봉인이 풀려도 망각의 기억은 돌아오지 않는 건가? 책 속 검의 봉인이 풀렸을 때 내 기억은 온연히 돌아왔는데…….]

오히려 그 둘의 반응에 마엘이 이상하다는 듯 말했다.

"내게 힘을 보내. 그럼 해결될 테니까."

그런 그들에게 카릴은 낮은 목소리로 말했다.

[그렇군……. 저 둘과 달리 라미느, 너는 기억이 돌아온 것이로군? 카릴의 영역에 닿아야 율라가 너희들에게 걸어놓은 금제가 풀리는 거였어.]

마치 지워져 있었던 기억들이 새로이 채워지는 듯 라미느는 여전히 말을 잇지 못했다.

우드득-

카릴의 발아래에서 빠져나온 나르 디 마우그는 목을 꺾으며 그를 노려봤다.

"감히……. 인간 주제에 반신(半神)을 칭하다니. 그런 쓸데없는 욕망이 너희를 패배와 치욕의 삶으로 이끈 것이다."

"그럼 넌?"

나르 디 마우그는 차분하게 되묻는 카릴을 바라보며 얼굴을 굳혔다.

"너는 왜 라시스의 힘을 탐하고 교단과 우든 클라우드. 더 나아가 인간을 가지고 실험을 했지? 무엇 때문에?"

저벅- 저벅- 저벅-

카릴은 나르 디 마우그를 향해 걸어갔다. 그저 평범한 걸음 속도였는데 어쩐지 순식간에 두 사람의 간격은 좁혀졌다.

"너 역시 신의 힘을 원했기 때문 아닌가?"

나르 디 마우그는 떨리는 눈으로 그를 바라봤다.

"신이 되고 싶은가?"

카릴은 그에게 검을 겨누었다.

"동료를 배신하고 신의 뒤나 닦으면서 그 뒤통수까지 치려는 너야말로 그저 욕심 많은 추악한 드래곤일 뿐이지."

[크아아아아아아아--!!]

나르 디 마우그가 드래곤 피어를 뿜어내며 있는 힘껏 카릴을 향해 손을 그었다. 마치 갈고리처럼 그의 손이 허공을 가르자 공기가 찢어지는 것처럼 다섯 갈래로 공간이 갈렸다.

서걱-!!

카릴이 황급히 몸을 꺾으면서 그의 공격을 피했지만 날카로운 바람은 그의 어깨를 스치며 베어 들어갔다.

스아아아앙……!!

나르 디 마우그가 반대쪽 손으로 아래에서 위로 올려치자 다시 한번 그의 손가락을 따라 세로로 날카로운 풍압이 카릴을 덮쳤다.

"닥쳐라!!"

콰강!! 콰가가가강……!!

그가 내뿜는 바람 칼날이 닿는 곳마다 잔해들이 잘려 나가며 부서졌다.

"에테랄! 두아트!! 뭐 하고 있어!"

카릴은 그런 그의 공격을 피하면서 소리쳤다.

"잃어버린 과거와 마주해야 할 현실을 대할 용기가 없는가? 그렇다면 왜 나와 계약을 했지?"

[흥, 건방지게 우리를 가르치려 하는군.]

[네가 대단한 것은 인정하지만 우리 역시 정령왕이다. 하나의 계(界)를 다스리는 주인.]

에테랄과 두아트는 그의 말에 다짐을 한 듯 대답했다.

우우우웅……!! 쏴아악!!

그러자 카릴의 전신을 훑으며 해일의 여왕과 어둠의 정령왕의 기운이 검으로 스며들었다.

[우리 힘을 받고 감당하지 못하지나 말거라.]

[안 죽어.]

그 순간 침묵을 하고 있던 라미느가 두아트의 말에 처음으로 대답했다.

[그런 녀석이거든. 우리의 계약자는.]

파카아아앙--!!

붉은 화염을 머금었던 검은 순식간에 얼어붙더니 다시 한 번 유리가 깨지듯 검에 달라붙어 있던 얼음들이 산산조각이 나며 새까만 묵색의 검날로 변했다.

"하여간 자존심은."

카릴은 완성된 검을 바라보며 만족스럽다는 얼굴로 피식 웃었다.

콰아아아아아앙--!!

나르 디 마우그의 공격이 카릴의 검에 의해 막혔다. 그 전이었다면 정면으로 막자마자 카릴의 몸이 날아갔을 터이지만 지금은 뒷걸음질조차 치지 않고 우두커니 서 있었다.

오히려 공격을 한 나르 디 마우그가 놀란 듯 고개를 들며 카릴을 바라봤다.

우우우웅……!

드래곤의 일격을 막은 것도 모자라 검은 나르 디 마우그의 마력에 반발하듯 그의 팔을 조금씩 밀어내고 있었다.

"왜 그랬지?"

카그그극!! 카그그그극……!!

쇠붙이가 서로 갈리는 소리가 들리며 나르 디 마우그와 손톱과 카릴의 검이 서로 엎치락뒤치락 서로를 밀고 당겼다.

카릴은 검 안쪽으로 고개를 숙이며 그에게 나지막하게 말했다.

"라엘을 왜 죽였지? 그녀가 마지막으로 쓰려고 했던 술법. 그건 분명 타락의 힘이었다. 네가 기껏 만든 그녀를 죽였던 것은 그 술법을 감추기 위함이지?"

"닥쳐……!!"

나르 디 마우그는 으르렁거리듯 소리쳤다.

"신과 정령의 힘도 모자라 타락까지 손을 대려고 했던 것이냐. 설마……. 너, 인간에게 타락을 실험한 것은 아니겠지?"

카릴의 말에 그의 낯빛이 굳어졌다. 그 짧은 변화를 놓치지 않은 카릴은 더 이상 들을 필요 없다고 여겼다.

백금룡의 레어에 있던 수많은 시체. 그들이 어쩌면 타락에 의한 실험으로 인해 소모된 것이라면…….

'신탁이 일어나고 세상에 타락이 쏟아졌을 때 너는 과연 무슨 낯짝으로 우리에게 싸우라 용기를 준 것이지? 네놈이 우리를 타락으로 빠지게 만든 장본인인 것을!!'

쩌악-

카릴은 검을 움켜쥐었다.

"이건 묻는 게 아냐. 경고지."

콰아아앙--!!

그리고 있는 힘껏 검을 들어 올리며 나르 디 마우그를 쳐올렸다.

"흡……!!"

분노에 찬 기합 소리는 없었다. 하지만 카릴은 오히려 짧게 숨을 들이마시며 그 분노를 더욱 차갑고 날카롭게 가다듬었다.

[아무것도 모르는 놈이 감히……!!]

튕겨 오르던 나르 디 마우그의 전신이 새하얀 빛이 감싸기 시작했다.

[내가 누구인 줄 아느냐!! 정령? 그따위 힘이 더해진다 한들

내게 위협이 될 것이라 여기느냐!! 네놈의 얕은 지식으로 내가 이루고자 하는 큰 뜻을 이해하려 들지 마라!!]

그의 목소리가 마치 확성기를 달아 놓은 것처럼 점차 커졌고 그와 함께 그의 몸도 거대하게 변하기 시작했다.

[라미느!! 에테랄!! 두아트……!! 모두 있었느냐!!]

인간의 모습으로 폴리모프를 하고 있었던 그가 본래의 드래곤의 모습으로 돌아가자 조금 전 카릴이 죽였던 가짜와는 비교도 할 수 없는 엄청난 위압감이 엄습해 왔다.

[나야말로 영령 지배자(英靈 支配者)로서 너희들을 다스릴 진짜 주인이란 말이다!!]

콰아아아아아아--!!

나르 디 마우그가 거대한 입을 벌리며 소리치자 대지가 진동하며 떨렸다.

[고작 저런 인간 따위가 아니라!!]

우우우우웅……!!

그의 브레스가 엄청난 열기와 함께 응축되기 시작했다. 분노가 담겼기 때문일까. 지금까지와는 다르게 카릴은 본능적으로 그의 브레스는 검으로 막을 수 있는 것이 아님을 직감했다. 그렇다고 피할 수도 없는 일이었다.

아스칼론의 조종석에 쓰러져 있는 윈켈과 바닥에 부서진 다리로 주저앉아 있는 자르카 호치와 케이 로스차일드가 그의 눈에 들어왔기 때문이다. 그가 피하는 순간 그들의 목숨은 백금룡의 브레스에 모두 사라질 것이 틀림없었으니까.

[너도 같은 생각인가 보군.]

알른 자비우스는 카릴의 눈동자가 그들을 스치듯 지나가자 나지막하게 말했다.

"답은 역시 공격이지."

우으으으그그그그그……!!

카릴의 주위가 중력이 역행이라도 하는 것처럼 발아래 파편들이 들썩이더니 떠오르기 시작했다.

콰가강!! 콰가강……!!

그와 동시에 검에 응축되었던 정령왕들의 힘이 폭발하듯 발산되자 그의 검이 거대한 태도처럼 변했다.

[어서!!]

마엘의 외침이 들렸다.

[그런데……. 어떻게? 힘의 충격으로 발생하는 섬격을 쓰려면 듀얼 블레이드가 필요한데. 나머지 한쪽은?]

쿠가가가가가……!! 콰강……!!

브레스가 지나가는 자리의 바닥이 사정없이 뒤집히면서 여기저기 잔해가 날아다녔다. 마치 소용돌이처럼 잔해들과 함께 휘몰아치며 자신을 향해 쏟아지는 브레스를 바라보며 카릴은 알른의 물음에 고개도 돌리지 않고 말했다.

"지그라. 일어났으면 움직여야지."

쓰러져 있던 동료들 사이로 알른은 그제야 지그라의 모습이 없다는 것을 깨달았다.

"늦었습니다."

카릴의 품 안으로 나타난 인영이 입가에 흐른 피를 손등으로 닦으며 그에게 뭔가를 건넸다.

날카로운 검날이 빛나는 단검. 아그넬이었다.

지체 없이 카릴은 단검을 움켜쥐고서 있는 힘껏 브레스를 향해 뛰어들었다.

섬격(殲擊).

콰강!! 콰가가가가가가─!!

아그넬의 검날에 지줏빛의 비전력이 머금는 동시에 카릴은 용마력과 정령력이 합쳐진 폴세티아의 검을 있는 힘껏 부딪쳤다. 엄청난 굉음과 함께 태양홀 주변은 새하얀 빛과 함께 폭발이 일어났다.

[모두 조심해라!!]

"폐…… 폐하!!"

알른이 검은 안개를 펼쳐 보호막을 만들었고 카딘 루에르는 쓰러진 올리번의 몸을 감싸듯 황급히 주문을 외웠다.

콰아아아앙─!! 콰가강─!!

맹렬한 폭음이 터져 나왔고 황도는 마치 태양이 떨어진 것처럼 빛으로 가득 채워졌다.

츠즈…… 즈즈즈즈……

홀을 가득 채웠던 연기가 천천히 가라앉으며 두 사람의 모습이 먼지 속에서 나타났다. 두 사람은 교차되어 조금 전과는 달리 서로의 위치가 바뀌어 등을 마주하고 있었다.

"조금 짧았나."

카릴의 손에 들려 있던 아그넬이 힘을 다한 듯 검은 재가 되며 바스라져 가루로 흩날렸다. 아버지 칼리악의 유물이 마지막을 바라보며 카릴은 애틋한 눈빛으로 허공을 바라봤다.

[하…… 하하……!!]

그때 나르 디 마우그가 그런 그를 향해 고개를 돌리며 소리쳤다. 그의 목덜미에는 날카롭게 베인 상처가 있었지만 드래곤인 그를 죽일 만큼은 아니었다.

[카릴!! 넌 실패했다!! 인간이 감히……! 그래, 그렇고말고. 내게 일격을 주는 것은 처음부터 불가능한 일이었어!!]

웃어 재끼는 백금룡의 머리가 위아래로 거칠게 움직였다.

"실패인가……."

"제길…… 조금만 더 검이 길었다면……."

케이와 지그라는 그를 바라보며 원통한 듯 고개를 떨구었다.

"고개를 들어라."

그런 그들을 향해 카릴이 말했다.

"아직 안 끝났다. 섬격(殲擊)은 일격으로 끝이 아니니까."

카릴은 재가 남은 손을 털어내며 나르 디 마우그를 향해 말했다.

"검격은 아직 계속된다."

그의 말을 증명하기라도 하는 듯 폴세티아의 검에서 흘러나오는 마력은 아직 남아 있었다.

"모르는 건 너다. 나는 처음부터 일격으로 너를 죽일 생각이 없었는데."

나르 디 마우그는 그 모습에 살짝 긴장된 표정을 지었지만 이내 곧 콧방귀를 뀌며 말했다.

[……미친. 쓸 수 있는 검도 없는 놈이 무슨 수로?]

"검이라면 있지."

오히려 카릴이 그런 그의 말에 차갑게 웃었다.

"딱 하나. 그것도 마력의 출력만큼은 아그넬을 뛰어넘는 검이."

모두가 카릴이 서 있는 곳을 바라봤다. 그가 천천히 허리를 숙이며 자신의 발아래에 쓰러져 있는 기둥 같은 것을 움켜쥐며 있는 힘껏 들어 올렸다.

"……!!"

그 순간 사람들은 경악을 금치 못했다.

그것은 기둥이 아니었다. 아스칼론의 대검이 마치 단두대의 날처럼 나르 디 마우그를 향해 꼿꼿하게 세워졌다. 그 길이는 드래곤의 높이만큼이나 커 그야말로 그를 위한 처형 날을 보는 듯싶었다.

"으깨 버린다고 경고했잖아."

카릴의 말에 대답이라도 하는 것처럼 대검의 날이 떠오르는 여명(黎明)에 번뜩였다.

쿠그그그그그……!!

거대한 기둥이 솟아오르듯 카릴은 아스칼론의 대검을 있는 힘껏 들어 올렸다.

하늘을 마주하며 날카로운 날을 세우는 대검.

화르륵……!!

타오르며 검날에 두꺼운 아케인 블레이드가 휘몰아쳤다.

[……미친.]

나르 디 마우그는 자신도 모르게 그 검을 바라보며 중얼거렸다.

퍼억-!!

카릴은 대검을 회전시켜 넓은 면으로 있는 힘껏 나르 디 마우그의 머리를 휘갈겼다. 바위가 깨지는 것처럼 둔탁한 소리와 함께 백금룡의 머리가 휙 하고 옆으로 꺾였다. 거대한 드래곤의 몸뚱어리가 들썩이면서 그는 충격에 뒤로 물러섰다.

제2섬(殲).

하지만 카릴은 멀어지는 그에게 거리를 내어주지 않았다.

꽈드드득……!!

아스칼론의 대검을 쥔 팔에 힘줄이 도드라졌다.

부우웅-!!

동시에 바람을 가르는 듯한 굉음과 함께 뒤로 물러서는 백금룡을 향해 떨어지는 작두처럼 대검이 위에서 아래로 내려쳐지면서 드래곤의 어깨에 박혔다.

퍼억-!! 콰지직--!!

마치 도축을 하는 것처럼 뼈와 날이 부딪히는 소리와 함께 백금룡의 어깨가 충격에 휘청거렸다.

[크아아아아!!]

처음 일격에 보호막이 깨진 터라 나르 디 마우그는 아케인 블레이드로 감싸져 있는 아스칼론의 대검을 막지 못했다.

몸 안으로 비전력의 마력이 심장을 찌르듯 쏟아지자 나르 디 마우그는 마치 벼락에 맞은 것 같은 저릿한 통증에 몸을 부르르 떨었다.

파앗-!!

카릴은 대검의 손잡이를 바닥에 내려놓고는 마치 계단처럼 검날을 밟고 검이 박혀 있는 백금룡의 어깨를 향해 달리기 시작했다.

"엄살 피우지 마. 섬격은 아직 하지도 않았어."

카릴은 대검의 끝자락에서 뛰어올랐다. 공중에서 폴세티아의 검을 움켜쥔 그는 있는 힘껏 박혀 있는 대검을 목표로 검을 휘둘렀다.

섬격(殲擊)-제2섬(殲).

콰가가가가가강--!! 콰가가강--!!

우지끈……!!

엄청난 굉음 뒤로 뭔가 부러지고 끊어지는 소리가 들렸다. 동시에 먼지바람이 둘을 가렸지만 사람들은 조금 전 그 일격이 대검이 백금룡의 어깨를 짓이기고 뼈와 살점을 잘라 버리는 소리라는 것을 직감했다.

[크악!! 크아아아악!!]

먼지 속으로 나르 디 마우그의 외침이 들렸다. 홍수라도 난 것처럼 하늘에서 커다란 잘린 살점 덩어리와 핏물이 우수수 떨어졌다.

쿠웅……!

[감히……!! 기껏해야 인간의 미천한 검술이 나를……!!]

비틀거리는 백금룡의 발소리가 들렸다.

'이 감각…….'

[그래봐야 네놈은 실패했다. 이제 곧 폴세티아로 인해 네 마력은 이제 완전히 고갈되겠지.]

쩌렁쩌렁 울리는 나르 디 마우그의 외침에 황도에 있는 사람들은 귀를 틀어막았다.

[미라처럼 껍데기만 남아 말라비틀어지는 모습을 바라보며 비웃어주겠노라……!!]

하지만 카릴은 그의 일갈은 안중에도 없다는 듯 조금 전 감각을 다시금 떠올리려 눈을 감았다.

'그렇군.'

폴세티아의 마력이 그의 전신을 휘감았다.

운명의 장난일까. 카릴은 목숨을 건 이 사투 속에서 대전사의 시험을 치를 때 닿지 못했던 마지막 한 발자국을 드디어 영역 안으로 내디뎠다는 것을 느꼈다.

"뭐가 그렇게 무섭지?"

하지만 카릴은 밟고 있던 아스칼론의 대검에 힘을 주며 백금룡의 어깨에 밀어 넣었다.

[크아아아……!!]

"예전에 내게 검을 가르쳐 줬던 드래곤이 했던 말이 있다. 단 한 번도 나는 그를 이겨본 적이 없었지."

[……뭐?]

카릴은 천천히 고개를 돌리며 나르 디 마우그를 바라봤다.

"싸움은 피해서는 이길 수 없다."

천천히 그가 손을 들어 올렸다. 그의 손바닥 위에는 새빨간 핏덩이가 꿈틀거리고 있었다.

"내 육체가 고갈되는 것과 네가 내 공격을 버티는 것이 과연 정말 이 싸움의 승패를 가르는 방법이라 생각하느냐?"

카릴은 어깨에 반쯤 박힌 아스칼론의 대검의 위를 천천히 걸어 올라 나르 디 마우그의 이마에 한쪽 발을 얹고서 폴세티아의 검을 그의 커다란 눈에 겨누며 말했다.

"그렇다면 그 생각을 한 순간 넌 이미 진 거야."

[크아아아아아아--!!]

나르 디 마우그는 어깨에 박힌 아스칼론의 대검을 밀어 재끼며 카릴을 향해 거대한 입을 벌렸다.

카릴의 검이 격돌했다.

콰가강……!! 콰가가가강……!!

맹렬한 폭음과 함께 다시 한번 폭음이 터져 나왔고 나르 디 마우그 주변에 생성된 수십 개의 마법진이 일제히 빛을 발했다. 카릴이 공중에서 자신을 향해 쏟아지는 마법들을 피하며 마치 지그재그로 뛰어올랐다.

그의 발아래에서 공기가 터져 나오는 것처럼 펑! 펑! 소리와 함께 그는 상공을 질주했고 그의 뒤를 쫓기 위해 나르 디 마우그가 거대한 날개를 활짝 펴며 활공하기 시작했다.

[노오오옴……!!]

나르 디 마우그는 있는 힘껏 그를 쫓으며 구름을 뚫고 날아올랐다.

파앗-!!

카릴이 공중에서 방향을 틀며 다이빙하듯 아래로 떨어지며 검을 치켜세웠다.

[네 그 잘난 섬격은 더 이상 쓸 수 없을 터……!!]

둘이 맞부딪치려는 순간 카릴의 발아래가 일그러지며 벽을 밟는 것처럼 그가 방향을 틀며 직각으로 꺾어 나르 디 마우그의 안쪽으로 파고들었다.

"더 이상 필요 없어."

순식간에 좁혀지는 거리는 이제 팔을 뻗으면 검이 닿을 만큼 가까워졌다. 카릴의 머리카락이 속도를 보이듯 뒤로 넘어가며 세차게 흔들렸다.

2번째 외뿔 자세(Unicorn Posture).

쾅!! 콰쾅--!! 콰가가가가가가가강--!!

1번째 왕관 자세(Crown Posture).

수십, 수백 합의 검격이 소나기처럼 쏟아졌다.

[이건······.]

맹렬한 폭음 속에서 알른이 카릴을 향해 뭔가를 말하려는 목소리가 들렸지만, 그 소리 역시 이내 곧 폭음에 묻혀 들리지 않았다.

[크아아아아!!]

나르 디 마우그가 포효를 지르며 카릴을 향해 돌진하자 그는 기다렸다는 듯 다시 자세를 잡았다.

4번째 여울 자세 (Riffle Posture).

3번째 긴 울음 자세(Long Weeping Posture).

······.

여울 자세에서 이어지는 속도로 나르 디 마우그를 반격하며 마지막 5번째 똬리뱀 자세(Spirale Serpent Posture)를 취하며 카릴은 검을 날렸다.

스으으으으······.

얼마의 시간이 흘렀을까. 눈으로는 쫓을 수 없어 그저 소리로만 찾을 수밖에 없었던 그들의 격돌은 단지 격렬했던 싸움을 증명하듯 셀 수 없을 만큼 이뤄진 많은 검격에 두 사람이 서 있는 일대가 폐허를 넘어, 그 주위는 가루가 되어 마치 평지처럼 보였다.

그 광경을 지켜보던 사람들은 할 말을 잃은 듯 멍한 표정으로 그저 두 사람을 바라볼 뿐이었다.

파스스슥……

그 순간, 손에 있던 폴세티아의 검이 바스라지듯 사라졌다. 카릴은 비어버린 양손을 바라보며 고개를 돌렸다.

[결국 마지막은 블레이더의 검술이 아닌 자신의 검술로 매듭을 지었군. 남의 검술이라 이건가? 고집인지 자존심인지…….]

알른은 카릴이 나르 디 마우그를 몰아칠 때 펼쳤던 검격이 검의 다섯 자세라는 것을 알 수 있었다. 검의 다섯 자세는 맥거번가에 영향을 끼친 알테만의 검술과 유사했고 그것이 결국 최초의 블레이더인 주덱스에게서 기원했다지만 완벽히 똑같은 것은 아니었다.

카릴 스스로가 창안해 낸 검술. 수십, 수백 합을 쏟아내던 검은 두 자루로 펼쳐야 하는 섬격이 아님에 있어서 마치 그는 자신의 검술이 블레이더의 것을 뛰어넘는다는 것을 스스로 증명하듯 나르 디 마우그에게 쏟아내었던 것이다.

[하나 마지막…….]

오직 카릴과 영혼계약으로 연결되어 있는 알른만이 알아차릴 수 있었던 변화.

[놈의 가슴을 찌른 것은 지금까지는 없던 여섯 번째 자세로군.]

카릴은 그의 말에 고개를 끄덕였다.

"쿨럭……."

드래곤이었던 나르 디 마우그가 어느새 다시 인간의 모습으로 돌아와 있었다. 그는 믿을 수 없다는 눈빛으로 카릴을 바라봤고 그의 입술을 타고 붉은 피가 흘러내렸다.

"어떻게……."

그의 시선이 멈춘 곳은 폴세티아의 검이 사라지고 빈손이어야 할 카릴의 손바닥 위에 뭔가가 놓여 있었다.

"몇 번이나 말했을 텐데. 네놈을 베어 죽이는 것은 사치라고."

쿵…… 쿵…… 쿵…….

나르 디 마우스는 그것이 아직 살아 숨 쉬고 있는 심장이라는 것을 깨달았다. 카릴은 요동치는 심장을 두 손으로 감싸며 양손으로 심장을 지그시 눌렀다.

나르 디 마우그의 천천히 고개가 아래로 떨궈졌다.

꿀꺽-

자신도 모르게 마른침을 삼키며 그가 바라본 것은 다름 아닌 자신의 가슴 안쪽이었다.

텅 빈 구멍 하나. 죽음을 인지하지도 못한 상태로 그는 우두커니 서 있었던 것이다.

"아…… 안 돼!!"

나르 디 마우그는 황급히 카릴을 향해 손을 뻗으며 발걸음을 내디뎠다. 하지만 조금 전까지만 하더라도 움직였던 두 다리는 어느새 감각을 잃고 마치 죽은 나무마냥 서 있었다.

"이, 이게…… 왜……. 회…… 회복을."

그는 무슨 말을 하는 것인지 스스로도 알지 못하는 듯 말을 더듬었다. 떨리는 손으로 두 다리를 부여잡으며 계속해서 뭔가를 중얼거렸다. 하지만 마법을 시전했을 때 일어나는 빛은 보이지 않고 오히려 그러면 그럴수록 힘이 빠져나가는 것만이 느껴질 뿐이었다.

[결국 목숨은 하나일 뿐이니까. 드래곤도 심장을 잃으면 결국 죽을 뿐이지.]

"흡……!!"

카릴은 양손으로 움켜쥐고 있던 심장을 그대로 터뜨려 버렸다.

"으아아아악……!! 멈…… 춰!!"

하지만 그의 비명과 달리 터져 버린 심장의 잔해들이 사방으로 흩어졌다.

[스릅……!!]

그 순간 마엘은 카릴의 팔을 감싸듯 앞으로 튀어나와 날카로운 이빨을 드리우며 나르 디 마우그의 심장의 잔해들을 하나도 남김없이 집어삼켰다.

우우우웅……!!

마엘의 푸른 비늘이 용의 심장을 먹는 순간 새하얗게 변하면서 위로 비늘이 파르르 떨리듯 세워졌다. 마치 기분 좋다는 듯 그는 자신의 비늘에 묻은 심장의 찌꺼기들까지 핥으며 기다란 혀를 날름거렸다.

[맛은 별로군.]

그는 말과 달리 혀로 자신의 입 주위를 훑으면서 남은 마력까지 핥아먹었다.

"아…… 아……."

나르 디 마우그는 부들거리는 손을 뻗으며 뭐라 말을 하려고 했지만 목소리마저 더 이상 나오지 않았다.

틀썩-

"이제 내가 그 말을 그대로 해주지."

딱딱한 기둥처럼 서 있던 그의 두 다리가 바닥에 닿는 순간 나르 디 마우그의 고개가 힘없이 아래를 향했다.

"네 계획은 실패했다."

카릴의 말이 마치 비수처럼 나르 디 마우그의 구멍 뚫린 심장 속에 꽂히는 듯 들렸다.

빠득……!!

하지만 그 순간 나르 디 마우그의 뚫린 심장 언저리가 시커멓게 변하기 시작했다.

"웃기지 마라……. 네놈이……. 신화 시대부터 이어 왔던 내 의지와 뜻을 마음대로 평가하려 하다니!!"

"의지와 뜻? 그게 정의인가?"

카릴은 그런 그를 바라보며 차갑게 되물었다.

"그럼……!! 네가 정의라는 말이더냐!!"

"아니."

나르 디 마우그의 외침에 그는 담담한 얼굴로 그를 바라봤다.

"알게 뭐야."

"……."

"넌 그냥 나에게 졌을 뿐인 거지. 그게 남은 사실일 뿐이다. 내가 옳든 네가 그르든 그건 상관없어. 그저 내가 승자이고 네가 패배자일 뿐이다."

[역시…….]

알른은 그의 대답에 클클 혀를 차며 웃을 뿐이었다.

"패자는 이제 찌그러져 있어."

카릴은 바닥에 떨어져 있던 라크나를 쥐었다. 그러고는 가볍게 돌려 손잡이를 자신의 목덜미에 대고는 가로로 그으며 말했다.

"크……!! 크으아아아아!!"

그때였다. 나르 디 마우그의 심장 속에서 피어오른 검은 기운이 마치 포자처럼 부풀어 오르더니 그의 몸속에 검은 피가 주입된 것처럼 혈관 곳곳이 검게 채워지기 시작했다.

[카릴.]

"그래, 알고 있어."

알른의 말에 카릴은 고개를 끄덕였다.

"타락(墮落). 나르 디 마우그, 놈이 레어에서 했던 모든 실험들은 타락을 제어하는 방법을 찾는 것이었으니까."

아이러니하게도 타락이야말로 신의 진정한 힘이었다.

"녀석의 심장을 먹는 순간 느꼈다. 놈이 어째서 이 힘을 얻으려고 했던 것인지 말이야."

카릴은 아직 싸움이 끝나지 않았음을 알았다.

"라엘을 죽인 이유도 마찬가지겠지. 그녀는 불완전했으니까. 타락을 제어하기 위해서 필요한 힘은 오직 신과 그만이 가지고 있는 빛의 힘."

그 순간 손 등에서 새하얀 빛이 웅어리지듯 나났다.

"나르 디 마우그가 그를 심장 속에 봉인했던 이유가 그 역시 그 힘이 없이는 불완전하기 때문이거든. 안 그래? 이제 너도 모습을 드러내."

카릴은 빛무리를 바라보며 말했다.

"빛의 정령왕 라시스."

[빛의 정령왕……?!]

"정말로 그 심장 안에 봉인이 되어 있을 줄이야……."

카릴의 말에 알른과 케이 로스차일드는 놀란 목소리로 말했다.

[그게 중요한 것이 아니다.]

자르카 호치는 부러진 몸으로 간신히 기둥에 기대고서 말했다.

[백금룡의 심장 안에 라시스가 봉인되어 있는 것이라면 지금 카릴의 몸 안에 2대 광야가 모두 흡수되었다는 의미니까.]

"그건 신화 시대에도 불가능했던 일이지."

케이와 윈겔 그리고 자르카는 들려오는 목소리에 고개를 돌렸다.

"알테만. 당신도 왔군."

케이는 그럴 줄 알았다는 듯 그를 향해 말했다.

"뒤처리를 마무리하느라 조금 늦었네. 사실 이 자리는 누구보다 내가 목도하고 싶었는데…… 밀리아나가 우리 둘 중 자네를 허락했으니. 어쩔 수 없는 일이지."

알테만은 쓴웃음을 지으면서 말했다.

"뭐, 시대의 유물은 그저 관망하는 것만으로도 감사히 여겨야겠지만."

[마도 시대를 살았던 것은 너나 나나 별반 다르지 않다. 다만, 양보해 준 것에 감사할 뿐.]

자르카는 부러져 움직일 수 없는 몸으로 간신히 고개를 끄덕여 인사를 했다.

"나 역시 엘프의 피가 흐르니까. 엘븐하임을 망가뜨린 것은 달갑지 않은 일이네. 또한 반쪽에는 인간의 피도 흐르고 있으니…… 인간의 문제도 외면하고 싶진 않았고."

알테만은 그의 말에 어깨를 가볍게 으쓱하면서 말했다.

"이쪽이나 저쪽이나 모두 나를 받아들이지 않더라도 말이지."

슬레프(Slelf). 노예 엘프였던 그는 인간의 피가 섞였다는 이유로 엘븐하임에서 버림받았고 반대로 엘프의 피가 섞였다는 이유로 인간계에서는 노예로 살았다. 어찌 보면 두 세계 모두 인정받지 못한 삶이었으나 알테만은 이제는 그런 과거는 상관없다는 표정이었다. 자신의 상황을 담담하게 말하는 그의 모습은 어쩐지 홀가분한 얼굴이었다.

"더 중요한 것이 있으니까. 백금룡, 그의 뜻대로 세계가 움직이게 된다면 그거야말로 모든 것이 뒤틀리게 될 테니까."

"인류애? 낯간지러운 소리를 잘도 하네. 세계가 어떻게 되고 하는 것은 나중 문제야. 검을 드는 가장 큰 이유는 복수니까. 개인의 일도 이루지 못하는데 그 이후를 생각할 필요가 있을까?"

케이는 헝클어진 머리를 쓸어 넘기면서 말했다.

"당신도 결국 마찬가질 텐데. 여기에 있는 사람들은 다들 백금룡이 죽길 바라서 모인 것일 뿐이니까. 이 중에서 가장 멀쩡한 사람이 당신이니까 뭣하면 기회를 봐서 놈에게 칼이라도 꽂든가."

케이의 말에 알테만은 쓴웃음을 짓고 말았다.

[그런데 조금 전 그 말은 무슨 뜻이지? 신화 시대에도 불가능했다는 말 말이야.]

"최초의 블레이더였던 주덱스와 황금룡 토스카 그리고 정령의 계약자인 영령지배자, 백금룡까지. 그들이 신살자의 주축이었다는 것은 이제 다들 알겠지."

[백금룡은 빼야지. 저자는 배신자니 신살(神殺)이라는 단어가 가당키나 하겠어.]

알른은 알테만의 말에 코웃음을 쳤다.

"그래. 뭐, 어쨌든 그들은 각기 한 부분의 극의에 도달했던 자들. 주덱스는 검, 토스카는 마력. 그리고 백금룡은 정령. 하지만 영령지배자라는 이름과 달리 백금룡은 모든 정령을 지배한 것은 아니지."

그의 말에 모두가 고개를 끄덕였다.

[알고 있다. 우리가 말했던 위대한 마법. 검과 마법 그리고 정령의 힘을 모두 썼다는 주덱스도 두아트의 힘을 가졌을 뿐이지.]

"맞아. 그리고 백금룡은 라시스의 힘을 수호하는 자였지. 2대 광야는 본디 하나이며 하나가 아닌 힘이기에 율라는 그 두 힘을 서로 나뉘어 블레이더에게 주었다."

알테만은 가볍게 숨을 들이마시며 말했다.

[그때에도 백금룡은 율라에게 신임을 받았던 모양이로군. 가장 위험한 힘을 그에게 맡긴 것을 봐서는.]

"글쎄. 그게 믿음인지 시험인지는 모르지."

그는 어깨를 으쓱했다.

"빛이 있으면 어둠도 있는 법. 확실히 빛의 정령왕인 라시스의 힘은 신과 같은 속성으로 신에 필적한 힘을 가졌으나 그 힘만으로는 부족하다."

[그래. 신의 힘은 그것만으로 완성된다면 그녀가 정령과 다를 바 없는 것일 테니까.]

"정령은 세계가 구성되는 과정에서 일어난 균열 속에서 태어난 존재. 가장 신에 가까운 힘을 가졌으나 그 힘은 마치 분리된 신의 힘과 같지."

정령왕들의 속성과 마법의 속성이 같은 이유 역시 그 때문일지 모른다. 그 모든 것이 세계를 구성하는 하나의 분류였으니까.

"그렇기에 정령의 어둠이 두아트라면 신의 어둠은……."

"타락(墮落)."

알테만은 케이 로스차일드의 말에 숨을 고르듯 고개를 끄덕였다.

"맞아."

[그렇군……. 우리는 착각하고 있었어. 백금룡의 레어에서 찾았던 라시스의 흔적은 그의 봉인이 풀렸던 것이 아니라 애초에 처음부터 백금룡이 가지고 있었던 거니까.]

알른은 문득 백금룡의 심장 속에 라시스가 봉인되어 있다는 비밀을 어째서 데릴 하리안이 알고 있었는지 궁금했다.

[그놈의 실체를 알아야 하는 것은 이후의 과제로 남겠어…….]

그는 들리지 않는 혼잣말을 중얼거리며 알테만을 바라봤다.

[백금룡이 실험했던 가능성이란 빛이 아니라 어둠이란 말이로군. 두아트와 타락. 그는 그 두 가지를 모두 준비했던 건가?]

"맞아. 닐 블랑이라는 객체를 통해 두아트와 계약을 하고자 했고 라엘을 통해 신의 힘과 함께……."

[하나 그야말로 자승자박(自繩自縛)이로군.]

알른은 알테만의 말에 낮은 목소리로 말하면서 앞을 바라봤다.

[자신의 계획이 오히려 카릴에게 두 힘을 얻게 만드는 계기가 되었으니 말이야. 이제 카릴이 오직 신만이 가질 수 있는 두 속성을 모두 가졌으니 놈이 그토록 원했던 영역에 누구보다 먼저 발을 들여놓게 되었군.]

"그 말은 그가 이제 신의 영역에……."

"주군……."

그의 말에 케이를 비롯한 그곳에 있는 사람들은 카릴을 바라보며 탄성을 질렀다.

"하지만 간과하지 말아야 할 것이 있다."

전율을 느끼는 그들과 달리 알테만은 여전히 침착한 목소리로 말했다.

"아주 중요한."

"나르 디 마우그."

카릴은 고개를 들어 백금룡을 바라봤다. 뚫린 심장 속은 어느새 시커먼 연기로 채워져 있었고 그의 전신에는 지독한 마력이 흘러나오고 있었다.

"그 꼴은 그야말로 타락과 다르지 않군."

신체의 반이 이미 잠식당한 그는 더 이상 드래곤이라 칭하기에도 어려운 모습이었다. 간신히 생명을 유지하고는 있으나 과연 그가 살아 있는 것이라고 말할 수 있을지도 의문이었으니까.

"볼품없군. 드래곤의 명예는 어디로 갔지? 네가 추구했던 신의 영역은 그런 것이 아닐 텐데."

[크르르르르……]

그저 죽음을 거부하는 어긋난 자세. 이성을 버리고 본능만을 붙잡고 있는 그는 그저 한낱 괴물로 전락하고 말았다.

콰아아아앙--!!

카릴을 향해 나르 디 마우그가 뛰어올랐다. 공중에서 그가 드래곤의 형상으로 다시 몸을 바꾸자 마치 사령술로 부활한 본 드래곤처럼 그의 한쪽 날개는 뼈밖에 남지 않았고 어깨와 다리는 너덜너덜한 살점 안쪽으로 검은 타락의 기운이 스멀스멀 흘러나오고 있었다.

스캉!! 카가가가가……!!

나르 디 마우그가 날갯짓을 할 때마다 붉은 살점들이 사방으로 떨어져 나갔다.

살덩이들 안에는 타락의 기운이 스며들어 있어 바닥에 떨어질 때마다 치이익……!! 하는 소리와 함께 검은 연기와 고약한 악취가 풍겼다.

[지독하군. 거리를 벌리는 게 좋겠어. 이 정도로 독한 기운

이라니……. 인간은 닿는 것만으로도 녹아버릴 수 있다.]

마엘이 나르 디 마우그를 바라보며 말했다.

[이 정도까지 변해 버리다니. 정말 타락이라는 이름이 딱 맞는 몰골이로군.]

저벅- 저벅- 저벅-

화지만 카릴은 오히려 사방으로 떨어지는 타락의 독기 속으로 서슴없이 걸어 들어가기 시작했다.

[자, 잠깐……!!]

"걱정 마. 내게 통하지 않으니."

[……뭐?]

치이이이익……!!

카릴의 말대로 놀랍게도 순식간에 대지를 죽여 버리던 백금룡의 독기는 그에게 닿지 않았다. 보이지 않는 벽에 가로막히기라도 하는 것처럼 카릴의 주위에서 독기들은 바스라지며 사라졌다.

[…….]

그 광경을 바라보며 마엘은 자신도 모르게 기가 막힌다는 듯 입을 다물고 말았다. 마치 날개처럼 카릴의 등 뒤로 두아트와 라시스의 형상이 나타났기 때문이다.

[간과하지 말아야 할 것? 그게 뭐지?]

자르카 호치가 알테만에게 물었다.

"어째서 나르 디 마우그가 복잡하게 두아트와 타락 두 개의 힘을 모두 노렸겠어."

[신에게 들키지 않기 위함이겠지. 라엘을 황급히 죽인 것도 비슷한 이유일 테고.]

알른은 그의 물음에 당연하다는 듯 대답했다.

"하지만 이제 나르 디 마우그가 타락의 힘을 숨기고 있었다는 것을 신이 알게 되겠지. 모든 게 틀어졌어. 카릴은 그전에 그를 죽였어야 해. 신이 이 사실을 알기 전에 말이야."

알테만은 떨리는 목소리로 말했다.

[알른. 당신은 카릴과 정신이 이어져 있지? 그에게 전해주게. 우리는 카릴의 힘을 숨겨야 할 것이야. 그를 지키지 못한다면 신화 시대에 일어났던 블레이더들과 같은 미래를 겪게 되겠지."

그가 황급히 타투르에서 황도로 달려온 이유도 어쩌면 이 경각심을 일깨워주기 위함일지도 모른다.

[필요 없다.]

하지만 그의 말에 알른은 오히려 냉소를 지으면서 대답했다.

[백금룡, 놈이 실패한 이유를 말해줄까?]

"……?"

[숨기려고 했기 때문이다.]

알테만의 눈동자가 흔들렸다.

[율라(Yula). 그녀는 전지전능한 신이다. 이 세계를 만들었다고 했지? 그런 존재가 대륙에서 일어나는 일을 모를 거라고 보나? 숨긴다고 숨겨지는 게 아냐.]

알른은 손가락으로 위를 가리켰다.

[손바닥으로 하늘을 가린다고 감출 수 있다고 생각하는 것이야말로 바보 같은 짓이지. 어쩌면 지금껏 백금룡을 그냥 신이 놔둔 것은 그가 애초에 실패할 것임을 알아서일지도 모르지.]

"……."

[우리들은 놀아난 거야. 장난감이 발버둥 치고 있는 꼴을 신은 그저 즐기며 내려다보고 있었을 뿐.]

그의 말에 모두가 창백한 얼굴로 알른의 손가락을 바라볼 뿐이었다.

[최초의 블레이더들의 반란이었던 신령대전이 실패한 이유도 크게 다르지 않을 거다. 모두 다 알고 있었기 때문에 백금룡에게 배신의 유혹이란 손도 내밀 수 있었던 것이겠지.]

"애초에 실패할 수밖에 없었던 반란이라는 의미인가……."

알테만은 그의 말에 얼굴을 굳히면서 말했다.

[그러니 숨기지 않으면 된다.]

"……뭐?"

[적의는 내비치고 살의는 적을 향하면 될 뿐. 숨길 필요도 뒷공작을 할 필요도 없다는 말이다. 감추지 않을 거면 고민할 필요도 없지.]

"너는 신이 두렵지 않다는 말인가……."

알른은 피식 웃었다.

[아니, 난 두렵다. 고작 백금룡 따위에게도 죽은 몸이니까. 근데 그는 아냐. 그런 마음으로 온 녀석이니까.]

알른은 굳이 '시간을 거슬러서'라는 말은 하지 않았다. 그가 알테만에게 한 이야기를 되짚어 본다면 카릴의 입장이야말로 소름이 끼치도록 두려운 것이었으니까.

신이 모든 것을 알고 있다. 그 전제 조건이 확실하다면 카릴이 파렐을 통해 시간을 거슬러 온 것부터 이미 율라는 알고 있었고 나르 디 마우그와 마찬가지로 그의 행보를 방관했다는 것은 카릴이 실패할 것임을 자신하기 때문일 테니까.

[…….]

그는 카릴을 가리켰다.

[봐라. 우리가 마지막 적이라고 생각했던 백금룡도 그에게는 자신을 성장시킬 관문이라 여기니……. 그의 눈은 이미 그 너머를 보고 있다.]

신이 모든 것을 알고 있다. 그 공포를 처음부터 짊어지고 카릴은 끝내 여기까지 왔으니까.

[그러니 우리가 어찌 포기할 수 있겠어.]

우우우웅……!!

카릴이 손을 뻗었다. 그러자 그의 등 뒤에 있던 두아트와 라시스가 마치 융합하듯 서로 뒤엉키기 시작했다.

"마엘. 모습을 드러내."

그와 동시에 그의 손에 잠들어 있던 푸른 뱀이 나타나더니 하늘을 향해 커다란 입을 벌렸다. 2대 광야의 힘이 응축된 구슬을 집어삼키자 푸른 뱀은 그대로 폴세티아 안으로 흡수되었다.

스르룽—

마치 검집에서 검을 뽑듯 펼쳐진 폴세티아의 페이지 속에서 카릴은 다시 한번 검을 뽑았다.

"한 번 더 해보자. 그는 좋은 연습 상대니까."

[클클……. 천하의 백금룡을 고작 훈련장의 허수아비 취급이로군.]

"뭐 어때. 아직 '그것'이 손에 닿지는 않았어. 조금만 더 손을 뻗으면 잡을 수 있을 것 같은데 말이지. 이번에야말로 확실하게 시험해 볼 수 있을 거야."

카릴은 고개를 들었다.

"지금껏 네가 인간에게 그러했듯이 이번엔 네가 제물이 되어줘야겠다. 나르 디 마우그."

그는 검을 잡았다. 숨소리마저 들리지 않을 정적 속에서 모두가 카릴의 검 끝을 바라봤다.

[검의 여섯 번째 자세.]

알른의 목소리가 떨렸다.

"여섯 번째……?"

조금 전 두 사람의 격돌을 보지 못했던 알테만은 그에게 되물었다.

[알테만, 이 자리에 있는 것을 감사히 여겨라. 백금룡의 최후를 볼 수 있다는 사소한 일 따위 아냐.]

알른은 조금 전 느꼈던 그 이질감을 다시 한번 상기하면서 말했다.

[검사로서 축복받은 자리가 될 것이다. 마법의 상징인 폴세티아를 얻고 정령의 위업인 2대 광야를 자신의 것으로 만든 카릴은 이제 마지막 최초의 블레이더가 이룬 검의 영역마저 뛰어넘을 것이니까.]

카릴은 눈을 감았다. 타락에 휩쓸린 나르 디 마우그가 자신을 덮쳐 오는 위험한 상황에서 여유를 부리는 것은 아니었다.

"……후."

그는 숨을 토해냈다. 두아트와 라시스의 힘이 뒤엉키자 몸 안에 혈맥 속을 움직이는 혈류들이 때로는 미친 듯이 뜨겁게 때로는 몸서리칠 정도로 차갑게 그의 전신을 휘감았다.

쿵…… 쾅! 쿵…… 쾅!!

심장 박동이 급격하게 빨라졌다. 몸 안에서 뭔가 휘몰아치는 것 같던 기운들이 빠르게 마력혈 안쪽으로 모이더니 오히려 더 빠르게 회전하기 시작했다.

빛과 어둠. 상극의 힘을 하나로 응축하는 순간 카릴은 눈을 뜨며 폴세티아의 검을 그었다.

서걱-

그의 검은 단순했다. 소리마저 그 표현에 보태듯 조용했다. 검에 대하여 문외한이라면 그냥 초보자가 휘두르는 것같이 보일지 몰랐다. 아니, 휘두르는 것이 아니라 그냥 서 있는 것으로 봤을지 모른다.

처음 신력을 얻었을 때 닿을 듯하면서도 닿지 못했던 감각을 처음 느꼈다. 그 이후 폴세티아의 마력을 얻고 그 감각의 단서를 찾았으며 이제 2대 광야로부터 문을 열게 되었다.

검의 6번째 자세-경계 베기(境界絶).

마치 시간이 멈춘 것처럼 카릴은 자신을 덮쳐 오던 백금룡의 모습이 멈춰 있는 것 같은 기분이 들었다. 실제로 사진을 찢는 것처럼 눈앞에 있는 나르 디 마우그의 모습을 카릴은 공간째 사선으로 베었다.

촤아아아아아아아악……!!

그 순간 놀랍게도 멈춰 있던 백금룡의 목덜미에 사선으로 그어진 붉은 실선이 어깨까지 이어졌고 굳었던 시간이 순간 풀리는 것같이 눈앞에 있던 백금룡이 쏟아지듯 카릴을 지나치며 바닥에 꼬꾸라졌다.

[크륵……!! 크르르륵!!]

나르 디 마우그는 고통스러운 듯 몸을 비틀었다.

[공간 자체를 벤다라⋯⋯. 실로 네가 아니면 할 수 없는 일이겠군. 아니, 처음에 방법을 찾지 못했던 것은 너조차도 경험해 보지 못한 일이었기 때문이겠지.]

알른은 그 모습을 바라보며 낮은 목소리로 중얼거렸다.

[그야말로 신의 영역이니까.]

카릴은 그의 말에 옅은 미소를 지었다.

"안 돼!!"

그때였다. 케이 로스차일드가 카릴의 일격에 잘려 나간 백금룡의 발톱이 튕겨져 나가며 쓰러진 지그라를 향해 가는 걸 보며 소리쳤다. 지그라는 몸을 피하려 했지만 그보다 더 빠르게 백금룡의 날카로운 발톱이 그를 찍어 누르려는 듯 떨어졌다.

콰직⋯⋯!!

지그라는 얼굴을 가리며 쓰러졌다.

"⋯⋯!!"

모두가 놀랄 일이 벌어지고 말았다.

"씨발⋯⋯."

유린 휴가르는 백금룡의 발톱을 대신 막아서며 욕지거리를 내뱉었다.

"⋯⋯무슨 생각이지?"

지그라는 그런 그를 바라보며 물었다.

"나도 모르겠다. 뭐가 뭔지 뭐가 진실이고 뭐가 정의인지. 내가 왜 이딴 짓을 한 것인지도."

"그게 무슨 말이지?"

그는 마치 쌓아놓았던 짜증을 폭발시키기라도 하는 것처럼 소리쳤다.

"나는 이제 누구를 따라야 하는 것인지 모르겠단 말이다. 내 손으로 이민족을 구하다니……. 클클…… 나도 미친 노릇이지."

교단의 사제들 중 유일하게 카릴의 힘을 두 눈으로 목도했던 그였다.

"믿었던 주교는 죽었는데……. 그 주교가 백금룡의 수하였다는 것도 모자라 타락을 몸속에 가두고 있었다고? 그럼 내가 믿었던 교단은 뭐지? 나는 뭘 위해……!!"

"유린 휴가르."

바닥에 쓰러진 백금룡을 바라보다 카릴은 두 사람을 향해 걸어오며 그의 이름을 불렀다.

"그게 뭐가 중요하지? 너는 교단의 사제이지만 선황의 편에 서기도 했잖아. 이제 와서 명예를 말하는 건가? 그건 마치 드래곤의 명예를 말하던 놈이 지금 저 꼴이 된 것과 똑같은걸."

"나는……. 사제다."

그는 카릴의 냉소에도 불구하고 마치 속죄를 하듯 내뱉었다. 백금룡의 날카로운 발톱이 그의 복부를 관통해 그의 로브에 붉은 피가 흥건하게 묻어 나오고 있었다.

"제국이든 교단이든 힘 있는 자가 세상을 다스리는 것은 이치에 맞지. 하지만 타락 따위가……. 이 세계를 더럽히는 것은 용납할 수 없단 말이다."

"힘 있는 자가 세상을 다스리는 것이 이치에 맞다? 확실히 광인이란 별명을 가진 자가 할 말이긴 하군."

스캉-!!

카릴은 유린의 복부에 관통한 발톱을 검으로 잘라 냈다.

"그 말에 동의할 순 없지만 적어도 인간의 세계는 인간의 의지로 이루어져야 한다는 것은 맞지."

"컥……!! 커어억!!"

그러고는 그대로 망설임 없이 뽑아 버리자 유린에게서 비명과 함께 허리에서 붉은 피가 폭포수처럼 떨어졌다.

"엄살 피우지 마. 이 정도로 죽지 않으니까. 사제니 혼자서 치유할 수 있겠지?"

"미친……."

유린은 자신의 옆구리를 움켜쥐면서 어이가 없다는 듯 말했다.

"힘 있는 자가 세상을 다스려도 된다는 네 말은 곧 힘 있는 자에게 굴복하겠다는 말로 이해해도 되겠지. 너만큼 확고한 기준이 있는 것도 나쁘지 않아. 교단을 다스릴 말도 필요하니까."

"뭐?"

"이제 힘의 균형은 바뀌었다. 제국이 아닌 내게로. 그러니 잘 봐라. 힘이 있는 자란 어떤 것인지."

유린은 그의 말에 자신도 모르게 소름이 돋는 기분이었다.

다른 이들이 그런 말을 했다면 그저 허세라 생각하며 바로 메이스를 휘둘러 버렸겠지만 누구보다 카릴에 대해서 잘 알고 있는 그는 카릴이 이제 무엇을 행할지 상상이 가는 듯싶었다.

"어느 쪽에 서야 할지는 네가 알아서 판단해."

스아아아악……!!

그때였다. 카릴이 공중으로 뛰어오르는 순간 백금룡의 거대한 발톱이 조금 전 그가 있었던 곳을 날카롭게 그었다. 하지만 이미 카릴은 그 자리를 벗어난 후였고 허공을 가른 나르 디 마우그는 자신의 속도를 이기지 못한 듯 그대로 바닥을 긁으며 미끄러졌다.

[크아아아아!!]

나르 디 마우그는 머리를 흔들며 부서진 잔해들을 거칠게 털어냈다.

턱-

그 순간 카릴은 나르 디 마우그의 뒷덜미에 올라타고서 한쪽 다리를 그의 뒤통수에 얹었다.

"흡!!"

그러고는 그대로 이마에 검을 박아 머리를 뒤로 젖혔다.

우드득……!!

목뼈가 부러지는 소리와 함께 백금룡의 얼굴이 뒤로 홱! 하고 젖혀졌다.

[컥!! 크크크크컥!!]

"나르 디 마우그. 타락에 썩어 가는 놈 주제에 아직도 살아 있는 척하는 거냐. 고통을 느끼는 것은 생자(生者)의 특권이자 약점이지. 네놈은 그냥 소멸만이 남았을 뿐."

[네…… 네놈……!!]

"타락과 두아트. 신이 두려운 나머지 신과 정령의 양면 중 어느 하나에 집중하지 못하고 여지를 남겨둔 것이 너의 실수다."

나르 디 마우그는 부러질 듯 꺾인 목을 가까스로 앞으로 당기면서 카릴을 향해 소리쳤다.

"신과 정령은 명백히 다른 존재인데 빛의 이면은 정령의 힘으로 어둠의 이면은 신의 힘으로 채운 네놈은 몸 안에서 신과 정령의 힘이 뒤엉켜 이도 저도 아닌 괴물로 전락해 버렸을 뿐이야."

[크……!! 크아아아!!]

전생에 나르 디 마우그는 타락의 힘을 쓰게 되면 자신의 육체가 망가질 것임을 알았을 것이다. 그러기 때문에 그 힘을 얻었음에도 사용하지 않았다. 하지만 전생과 다르게 자신의 생명에 위협이 가하게 된 지금 본인의 의사와는 달리 육체가 생명을 유지하기 위해 타락의 힘을 쓰고 말았다.

'결과적으로는 그것이 독이 되어버렸지. 지금껏 존재하지 않은 가장 최악의 마물이 되어버렸으니.'

카릴은 나르 디 마우그의 목을 바라봤다. 비록 타락에 물들어 괴물이 되어버리긴 했으나 드래곤으로서의 약점은 여전히 가지고 있었다.

목 아래에 거꾸로 돋아나 있는 비늘 하나. 역린(逆鱗). 그 안쪽을 베어버리면 드래곤의 목숨은 이제 끝날 것이다.

'올리번과 마찬가지로 최대한 빠르게 죽여주는 것만이 내가 네게 해줄 수 있는 자비겠지.'

인간을 도구로 생각하고 자신의 실험을 위해서 이용한 것은 화가 치밀어 오르는 일이었으나 어쨌든 나르 디 마우그는 자신에게 기회를 준 자였으니까.

"네놈을 죽일 기회를."

카릴의 목소리가 싸늘한 비수처럼 나르 디 마우그의 텅 빈 심장에 박히듯 들렸다.

"피하시죠."

"······괜찮습니다."

지그라가 부상자들을 옮기고 난 다음 마지막으로 유린에게 다가갔다. 하지만 그는 고개를 저었다. 흘린 피는 어느새 지혈이 되어 딱딱하게 굳은 핏덩이만이 로브에 남아 있을 뿐이었다. 아이러니하게도 타락한 주교의 아래에 있던 그들이었지만 여전히 사제의 신성력은 유지되고 있는 모양이었다.

유린 휴가르는 어째서인지는 모르겠지만 이 싸움의 결과를 자신의 두 눈으로 끝까지 지켜봐야 할 것 같은 기분이 들었다.

"그럼 이걸."

지그라는 그의 품 안에서 뭔가를 꺼냈다. 말린 풀잎은 이민족들이 쓰는 약초였다.

유린은 그것을 물끄러미 바라보더니 한 움큼 쥐어서 입안에 욱여넣고는 씹었다.

"웁……!!"

확 몰려오는 쓴 내에 유린은 헛구역질을 했지만 마치 기백으로 참는 것처럼 간신히 그것을 삼켰다. 과거였다면 제국인으로서 거들떠보지도 않을 미천한 이민족의 방식이었을 텐데도 유린은 거절하지 않았다. 치료는 회복 마법으로도 충분했으니 그 이유 때문은 아니었다.

지그라는 그 모습에 쓴웃음을 지었다. 어쩌면 짓궂은 행동이었으니까.

아이러니하지만 제국인인 유린과 이민족인 그가 이런 상황 덕분에 한 발자국 서로 가까워졌음을 확인하고 싶었기 때문이었다.

콰아아아앙--!!

지그라와 유린은 굉음에 황급히 고개를 돌렸다. 하지만 이미 고개를 돌렸을 때 소리가 난 곳엔 굉음의 주인공들은 없었다.

콰쾅!! 콰콰콰콰콰콰!!

소리마저 뛰어넘는 속도에 두 사람은 카릴과 나르 디 마우그의 위치를 찾는 것만으로도 버거운 듯 여기저기를 살피며 그들을 찾으려 애썼다.

"저기……!!"

지그라가 황급히 상공을 가리켰다. 흐릿한 잔상이 나타났다가 사라지면 그 다음엔 폭음이 뒤를 이었고 폭음이 사라지기도 전에 또다시 불꽃이 터졌다.

[크윽……!!]

어깨, 다리, 가슴, 머리까지. 백금룡의 몸뚱어리는 거칠게 휘청거렸고 카릴의 검이 지나갈 때마다 그의 뼈와 살점이 부서졌다.

[크아아아아!!]

고통에 찬 비명을 지르며 나르 디 마우그는 반쯤 부서진 발톱을 이리저리 휘둘렀다.

[보잘것없군. 승부는 이미 난 것을.]

알른은 그 모습을 바라보며 안타까운 목소리로 말했다.

[끝이군.]

그의 말에 대답이라도 하는 듯 카릴의 검이 움직였다.

"……네게 감사한다."

자신을 한 단계 더 높은 영역으로 발돋움시켜준 그에게 카릴은 마지막 최선을 다해 검을 그었다.

피할 수 없다. 나르 디 마우그는 직감했다.

유려한 검술은 느리게 보이면서도 빨랐으며 인지를 하고 있으면서도 알아차릴 수 없었다. 신화 시대부터 살아왔던 그조차도 이러한 검술은 본 적이 없었으니까.

서걱-

검의 궤도는 마치 육중한 나르 디 마우그의 살점을 베지 않은 것처럼 아무런 방해 없이 깨끗하게 반월의 곡선을 그리며 이어졌다.

쩌적…….

하지만 그 순간 백금룡의 정수리에서부터 이마를 타고 정확하게 한 줄의 선이 그어졌다.

[크오오오오오오……!!]

고통에 찬 비명. 머리에서부터 배까지 이어진 검날의 흔적을 따라 마치 진득한 액체가 흘러나오듯 타락의 기운이 흘러내리며 백금룡의 몸이 무너져 내렸다.

"……나는 여기까지인가."

온몸의 뼈가 으스러진 것 같았다. 조금만 움직여도 전신이 비명을 질렀다. 잘린 손목에서 계속해서 피가 흘러나오고 있었지만 그건 중요하지 않았다. 드래곤의 형상을 더 이상 유지못 하고 인간의 모습이 되었을 때 이미 카릴의 검으로 인해 그의 허리가 반토막이 나버린 상태였으니까.

하반신 아래로는 다리가 보이지 않았고 피와 타락의 잔재가 섞여 바닥에 흩뿌려져 있었다. 그럼에도 불구하고 그는 아픔을 삼키며 담담한 표정으로 말을 이어갔다.

"네 승리다."

마치 죽음을 두려워했던 자신을 스스로 용납할 수 없다는 듯했다.

"제국의 기사들은 살려둬라. 너에게 쓸모가 있을 테니까. 특히 카딘 루에르. 저자는 아직도 성장할 기회가 있다. 그리고 크웰 맥거번……. 그에게 네 검술을 가르쳐 주길 바란다. 그역시 내가 봐온 인간 중에 여전히 성장할 기회가 있는 자이니까. 황금룡 토스카에 비하면 미약하지만 그 가능성에 나 역시그에게 내 용마력을 나누어주었으니까."

마치. 유서를 남기듯이 그가 카릴에게 말했다.

"너는 이제 진정한 권좌에 오른 것일 테니. 그때가 도래했을때 쓸 만한 인재는 언제나 부족한 법이니까. 그들에게 자비를베풀어주길 바란다."

"미친놈."

하지만 카릴은 그의 말에 차갑게 웃었다.

"인간의 가능성을 살피는 버릇은 여전하군. 죽어가는 마당에서까지 그딴 말을 하다니 말이야. 할 말이 고작 그건가? 이제 와서 착한 척하지 마. 그런 건 내가 알아서 한다."

"……뭐?"

"너에 대해 말하란 말이다. 다른 이의 이야기가 아닌 너 본연에 대한 것. 죽기 전 네가 하고 싶은 말이 있다면……."

카릴은 나르 디 마우그를 바라보며 말했다.

"들어주지."

그 한마디에 마치 맥이 풀린 것 마냥 나르 디 마우그는 옅은웃음을 터뜨리고 말았다.

"……어쩌면 목적은 너와 같았을지 모르지. 하지만 세계가선택한 건 결국 내가 아니었나 보군. 그것뿐. 패자가 할 말은 없겠지."

카릴은 그 말로 모든 것을 이해했다는 듯 그를 바라봤다.

어쩌면 이런 미래도 전생의 그는 예상하고 있었을까? 자신의 모든 비밀을 알게 된다면 카릴이 그를 죽이리라는 것을 알고 있었을지도 모른다. 운명을 바꾸고자 하는 삶의 목표를 위해 자신을 과거로 돌려보낸 것이 그의 마지막 도박이었을 테니까. 설령 그것이 자신의 목숨을 빼앗는 일이 될지라도 말이다.

하지만 그렇다 한들 그가 해온 악행들이 정당화될 수 없으며 무엇이 되었든 모든 행동에 있어서 자신이 행한 업에 대한 대가는 스스로가 짊어져야 하는 법이었으니까.

"죽여라."

나르 디 마우그는 천천히 눈을 감았다. 그의 방법은 잘못되었더라도 신에게 반기를 든 의지만큼은 옳았다. 하지만 이제와 굳이 그런 답지 않은 위로는 하지 않았다. 뜻이 같다 한들 모두가 정의가 될 수는 없으니까.

"나는 정의가 아니다."

그것은 카릴 자신 역시 마찬가지였다.

촤아악--!!

망설임 없이 카릴의 검이 사선으로 그어졌다.

"그러니 승자가 되겠다."

나르 디 마우그의 목이 바닥에 떨어짐과 동시에 그의 피가 사방으로 흩뿌려졌다.

적막이 흘렀다. 시체 위에 서 있는 카릴의 머리 위로 떠오른 태양 빛이 내렸다. 패배의 직면에서 눈물을 흘리는 자도 있었고 분노하는 자도 있었으며 의외로 담담히 받아들이는 자도 있었다.

"모두에게 고하라."

하지만 지금 해야 할 일은 그들의 마음을 하나하나 살피는 것이 아니었다. 위에 선다는 것은 그보다 더 큰 미래를 알리는 자가 되야 하니까.

그리고 그 미래를 알리기 위해서는 현실을 말해야 하는 법. 지금 그들이 기억해야 할 하나의 진실은.

"우리가 승리하였다."

카릴은 검을 쥔 손잡이에 힘을 주며 천천히 눈을 감았다. 당연한 일이겠지만 적진 속에서 승리의 함성은 없었다. 매캐한 연기와 뜨거운 열기 속에서 그는 처음으로 깊은숨을 토해냈다.

그때였다.

쿵-

지면을 울리는 소리가 들렸다.

……!!

그 소리에 모두가 놀라지 않을 수 없었다.

쿵……! 쿵-!! 쿠웅-!

첫 울림을 시작으로 수십, 수백의 제국 기사들이 무릎을 꿇고서 카릴을 향해 검을 거꾸로 들어 올렸다.

새로운 왕을 맞이하기 위하여.

비록 승리의 함성은 없었으나 패배의 인정은 있었다. 카릴은 그들을 향해 천천히 고개를 끄덕였다.

"몰아붙여라!! 승리는 우리의 것이다!!"

티렌은 무너질 듯 흔들리는 타투르의 정문을 바라보며 소리쳤다.

"흡……!!"

적과 아군이 뒤엉킨 전장 속에서 질주하듯 달리는 말 한 마리가 있었다. 자유군의 병사들은 그 앞에 추풍낙엽처럼 비명과 함께 쓰러졌다.

"가라."

나인 다르혼이 전방에서 일어나는 불손한 움직임에 지팡이를 들어 그곳을 가리키자 그의 주변에 있던 슬레이브들이 빠른 속도로 질주하기 시작했다.

콰직……! 콰가가각……!!

마법으로 만들어진 불사의 병사들은 언데드라고는 믿기지 않을 정도로 날렵한 몸동작으로 제국군을 베어 넘겼다.

하지만 그것도 잠시 자신만만한 얼굴로 자신의 병사들을 바라보는 나인 다르혼의 얼굴이 구겨졌다.

퍽-!! 우드득-!!

뼈가 부서지는 둔탁한 소리와 함께 질주하던 말을 향해 뛰어들었던 슬레이브들의 목이 그대로 부러지고 잘려 나갔다.

"머리를 베어라! 언데드 사냥법과 다르지 않다! 청기사단은 선두에서 놈들을 막고 병사들은 불을 놓아 남은 시체를 태워라!"

히이이이잉……!!

검에 잘린 슬레이브의 머리를 일말의 망설임도 없이 말굽으로 으깨버리며 소리치는 기사를 보며 나인 다르혼은 어이가 없다는 표정을 지었다.

"여명회 놈들도 꼼짝하지 못한 내 병사들을 완력으로 부숴버려……? 괴물이로군."

거침없이 슬레이브들을 베어 넘기고서 다시금 말을 몰기 시작한 기사, 크웰 맥거번은 있는 힘껏 율스턴을 휘둘렀다.

콰아아앙……!!

그러자 이번에는 디곤의 병사들이 그의 공격을 막기 위해 커다란 방패를 들어 올렸다. 요란한 소리와 함께 건장한 전사 세 명이서 들고 있는 대마법용 방패가 그대로 반으로 갈렸다.

"컥……!!"

방패만이 아니라 그 뒤에 서 있던 병사들마저 날카로운 검상과 함께 쓰러졌다.

"백금룡이 떠나서 승기를 잡을 수 있을 것이라 여겼는데…….
오히려 그 반대군요. 차라리 드래곤이라면 처음부터 강함을 인지하고 싸웠겠지만 같은 인간끼리 이 정도의 차이라니. 소드 마스터라 하더라도 급의 차이를 보여주는 것 같네요.”

앤섬 하워드는 크웰의 강함을 다시 한번 실감하며 고개를 저었다.

“계획은?”

두샬라는 그런 그를 향해 물었다.

“차질 없이 진행 중입니다.”

하지만 그 강함마저 상정 안에 있는 것인 듯 앤섬은 질주하는 크웰을 바라보며 말했다.

“으아아아아아아!!”

크웰이 율스턴이 뿜어내는 마나 블레이드를 있는 힘껏 내려쳤다. 그러자 잠겨 있던 고리가 부서지며 문짝째로 성문이 뒤로 날아갔다. 그 뒤를 지키고 있던 병사들마저 그 힘을 이기지 못하고 사방으로 흩어지듯 넘어졌다.

“성문이 열렸다!!”

“모두 크웰 경의 뒤를 따르라!!”

와아아아아아--!! 와아아아--!!

“정말 괴물이로군.”

밀리아나는 성벽 아래에서 내려와 날아가는 병사들의 뒷덜미를 잡아 내리며 말했다.

“하지만 여기까지다. 너희를 수호하던 백금룡은 떠났고 크루아흐의 구출도 실패했지. 대륙제일검? 개인의 역량은 뛰어날지 모르지만 결국 너는 그 수준까지야."

그녀는 애검인 아크와 게일을 뽑아 들며 크웰을 향해 막아 섰다.

"혼자서 판을 뒤집을 만큼 대단치 않다는 말이지!!"

카강!! 캉! 캉!! 카아앙!!

몰아치는 검격 속에서 크웰이 그녀를 바라봤다. 하지만 그 시선도 잠시 그는 더 이상 밀리아나에게 시선을 주지 않았다.

퍼억-!!

크웰은 밀리아나의 복부를 있는 힘껏 발로 찼다. 그녀의 허리가 기역 자로 꺾이면서 헉! 하는 신음과 함께 벽으로 주르륵 밀려 나갔다.

쾅!

굉음과 함께 밀리아나의 몸이 무너진 타투르의 벽에 처박혔다.

"멈춰!!"

그 순간 세리카 로렌의 얼음창과 미하일의 바람 칼날이 그를 향해 쏟아졌다.

"흐아아아아!!"

세리카의 날카로운 창이 변칙적인 궤도로 크웰의 급소를 노렸다.

"흑참(黑斬)?"

낯익은 창법에 크웰은 살짝 인상을 찡그리며 그녀를 바라봤다.

카앙……!!

크웰이 검을 틀어 그녀의 공격을 막아냄과 동시에 검날을 사선으로 돌려 원을 그리듯 창날을 내리눌렀다. 그러자 부웅!! 하는 소리와 함께 가벼운 세리카의 몸이 창과 함께 위로 떠올랐다.

미하일의 중첩된 바람 칼날이 크웰을 노리며 날아가는 순간 크웰은 기다렸다는 듯 검날을 팅기며 창에 붙들려 있는 세리카의 몸을 날아오는 마법을 향해 방패처럼 치켜세웠다.

"큭!!"

바람 칼날이 세리카의 목에 닿기 바로 직전 미하일은 황급히 마력을 집중했던 손을 위로 치켜세웠다.

쏴아아아악……!!

그러자 굉음과도 같은 바람 소리와 함께 바람 칼날이 가까스로 방향을 틀며 상공으로 솟구치며 흩어졌다.

"쿨럭……!!"

그 반발력으로 피를 토하는 입을 막은 미하일의 손등에 핏줄이 터질 듯이 부풀어 올랐다.

"카이에 에시르와 같은 마법이라……. 베르치 블라노 님께서 하신 말씀이 맞군요. 다른 의미에서 당신도 재능이 있는 자겠지."

크웰의 뒤를 따르던 세르가가 두 사람을 지나며 빠르게 타투르 성안으로 들어갔다.

즈아아아앙……!! 콰강!!

그가 주문을 외우자 타투르에 형성되어 있던 보호막이 마치 녹아내리듯 사라졌다.

"하지만 그건 태생의 축복일 뿐이지 노력의 보상이라곤 할 수 없다. 그러니 단순한 마법밖에 쓸 수 없는 것이겠지."

그가 수인을 맺자 미하일의 두 팔과 다리에 빛나는 끈이 나타나 그를 포박했다.

"크윽?!"

미하일은 황급히 그의 마법에서 벗어나려 했지만, 단단히 묶인 마법의 끈은 더욱더 그를 강하게 조여 올 뿐이었다.

"카릴. 그자만 없으면 너희들은 오합지졸에 불과하지. 타투르는 이제 끝이다."

세르가는 마치 더러운 벌레를 보는 것처럼 차가운 시선으로 미하일을 훑으며 지나갔다.

"지금입니다!!"

하지만 오히려 미하일은 기다렸다는 듯 외쳤다.

촤아아악······!!

그러자 세르가의 발밑에서 갑자기 날카로운 검은 줄기들이 튀어나오더니 그의 몸을 에워싸기 시작했다.

"이게 무슨······?!"

그는 자신이 마법 함정을 발견하지 못했다는 것에 이해가 가지 않는다는 듯 주위를 둘러봤다.

"어디서 애송이가 나대? 나를 두고 마법을 논하다니. 1,000년은 멀었다."

"나인 다르혼……."

세르가는 떨리는 눈빛으로 그를 바라봤다.

"하지만 미하일. 네놈은 혼이 나야겠군. 저기 늙은 톰슨보다 못하다니. 도대체 여명회에서 뭘 배운 거냐?"

톰슨과 울카스 길드의 마법사들이 싸우고 있는 모습을 가리키며 나인 다르혼은 쯧- 하고 혀를 찼다.

"아직도 네놈에게는 결의가 부족한 모양이로군."

"크윽……!! 감히!!"

바닥에 눌린 듯 엎어진 세르가가 그를 향해 으르렁거리듯 소리쳤다.

퍼억-!

엎어져 있던 세르가의 뒤통수를 밀리아나가 지그시 밟자 그의 얼굴이 바닥에 짓눌렸다.

"아씨."

"웁……! 우웁……!!"

세르가는 일어나기 위해 바둥거렸지만 그러면 그럴수록 밀리아나는 더욱더 그의 머리를 밟아 비틀었다. 그는 안간힘을 썼지만 육중한 뭔가에 짓누르는 것처럼 꿈쩍도 할 수 없었다. 단순히 완력의 문제가 아니었다.

'이 무슨 마력이……!!'

그는 고통보다 오히려 당황스러운 듯 몸을 부르르 떨었다.

그도 그럴 것이 7클래스의 반열에 올라 대마법사라 칭해지는 자신이 마력에 압사당하는 기분이 들었기 때문이었으니까.

콰직-!!

그녀는 들고 있던 두 자루의 검 중에 하나를 있는 힘껏 던졌다.

스아아아아앙--!!

날카로운 파공성과 함께 쏘아진 검이 크웰과 세리카의 중간을 가로지르며 벽에 박혔다. 바닥에 쓰러진 세리카를 찌르려던 크웰이 검을 거두며 고개를 돌렸다.

"다들 빠져."

밀리아나는 세르가를 내려다보며 코웃음을 쳤고 미하일과 쓰러져 있는 세리카를 향해 쯧-! 하고 혀를 찼다.

"세리카. 너 역시 마찬가지다. 너희 둘은 전쟁이 끝나면 제대로 가르쳐 주지. 물러서는……"

그러고는 문 앞에 서 있는 크웰을 바라봤다.

"일어나지 않는 것이 더 좋았을 텐데? 내 눈엔 이 아이들과 네가 크게 다르지 않으니까. 만약 다시 덤빈다면 이번에는 영원히 일어나지 못하도록 해주지."

"웃기시네."

밀리아나는 그의 말에 대답했다.

"피가 섞이지 않았다 하더라도 당신이 카릴의 아버지이기 때문에 손에 사정을 둔 것뿐이야. 그렇지 않았으면……"

우드득-

그녀의 팔이 드래곤인 양 비늘이 돋아났다.

"컥⋯⋯!! 커억!!"

밟고 있던 세르가의 목을 움켜쥐고서 그녀가 크웰에게 말했다.

"당신이야말로 이놈과 다르지 않았을 거야."

콰아아앙--!!

밀리아나는 신경질적으로 세르가를 집어 던지고서는 하늘을 가리키며 말했다.

"그리고 잘 봐라. 이제 해가 뜨고 있다."

"⋯⋯뭐?"

크웰 맥거번은 무슨 뜬금없는 소리냐는 듯 그녀를 바라봤다.

"하루가 지났다는 말이지. 너희들의 패배다."

"헛소리."

그는 어이가 없다는 듯 대답했다.

"성문이 파괴되었고 제국군이 진격해 오고 있다. 너희들이 아무리 용을 쓴다 한들 이제 더 이상 타투르는 제국군을 막을 수 없을 터!"

크웰은 결의에 찬 목소리로 말했다.

"이 자리에서 제국의 승리를 이루겠다."

"과연 그럴까?"

그때였다. 진격을 해야 할 제국군들의 움직임이 뭔가 이상했다. 그뿐만이 아니라 저 멀리 본진에서의 움직임이 어쩐지 부산스러웠고 착 가라앉은 기운에 크웰은 오랜 전장의 경험으로 문제가 생긴 것이 틀림없음을 직감했다.

"후방에선 이미 알았나 보군. 지금쯤이면 카릴이 황도를 빼앗았겠지."

"헛소리. ……네가 어떻게 장담하지?"

"내가 따르는 왕이니까."

"……뭐?"

"당신은 그 정도의 확신도 없나? 그렇겠지. 너의 왕은 지켜야 할 유약한 존재일지 모르나 나의 왕은 다르거든."

크웰은 그녀의 말에 얼굴이 굳어졌다.

"그게……. 그게 무슨!! 폐하께서……. 승하하셨다고? 어디서 말 같잖은 소리를 해대는 것이냐!!"

티렌은 갑작스러운 보고에 통신을 담당하던 마법사의 멱살을 쥐고서 소리쳤다.

"하, 하오나……! 지금 황도에서……!! 쿨럭!!"

"닥쳐!!"

그는 신경질적으로 소리쳤다.

"사령관님. 하나 정말 이 보고가 사실이라면……."

"이제 곧 타투르가 무너진다. 이런 상황에서 철수를 명하면 오히려 혼란만 가중시킬 뿐이다."

"그럼 어찌해야……."

티렌은 부관의 물음에 손톱을 깨물며 생각하기 시작했다.

따각- 따각- 거리는 손톱이 부러지는 소리만이 막사 속 정적 속에서 들렸다.

"아직 황도의 소식은 아무도 알지 못한다. 이대로 타투르를 밀어 승리를 한다면……. 제국군을 정비해서 황도로 진격하면 승산이 있어."

"……예?"

부관은 자신의 귀를 의심했다.

"이제 고작 본격적인 전쟁이 시작한 지 하루밖에 되지 않았다. 후속 부대의 물자가 도착하면 싸울 수 있는 시간은 충분해."

"그건 아닐걸."

그때였다.

"오랜만이군."

티렌은 막사의 문을 열고 너무나도 태연하게 들어오는 카릴의 모습에 믿을 수 없다는 표정으로 바라봤다.

"물자들은 모두 먹을 수 없을 거다. 캄마가 이미 손을 써뒀더군. 뒷골목의 거지들만이 쓰는 독이 있지. 인분과 말의 피를 섞어서 말린 가루에 그가 가진 용액을 섞은 걸 음식에 뿌리면 먹는 순간 복통이 일어나거든. 물자를 싣고 오던 후속부대에 연락이 없을걸? 모두 쓰러져 비실대고 있으니까."

"그, 그게……."

부관은 창백한 얼굴로 말했다.

"확인해 봐도 좋다. 뭐, 내가 직접 보고 온 것이니 틀리지 않을 테지만."

"사령관님. 무, 물자가 없으면……. 더 이상 전투가 불가능합니다."

그는 고개를 떨궜다.

"……저희들의 패배입니다."

티렌은 그의 말에 부관의 허리에 있는 검을 뽑으며 소리쳤다.

"입 다물어. 전장에서 싸우는 병사들이 아직 있는데 패배를 말해?"

"의외인걸. 너는 현실주의자이지 충성스러운 이상론자가 아니지 않아? 이미 판이 변했다는 것을 알 텐데."

"황도에 있을 네가 어떻게 여기에 있지?"

"보고를 받은 대로. 황도는 이미 나로 인해 몰락하였고 그들은 내게 충성을 맹세했다."

"믿을 수 없어! 고작 하루밖에 되지 않았는데 황도를 무너뜨리고 다시 돌아왔다고? 이동마법진을 써도 불가능한 거리다. 그런데 황도까지 공략했다고? 네 녀석이 하는 말은 필시 거짓일 터……!"

"과연. 이 상황에서도 의심하고 의심해서 안전을 꾀하려 하다니. 내가 기대하는 너의 모습 그대로군."

"……뭐?"

"네 말대로야. 7클래스 대마법사라 하더라도 대륙을 관통하는 이동 마법은 불가능하지. 하지만 그건 결국 인간의 영역에 머물러 있는 수준을 말하는 것일 뿐."

"……꼭 네가 그 영역을 뛰어넘은 것처럼 말하는군."

티렌의 말에 카릴은 옅은 미소를 지었다.

스아아아악……!!

티렌은 차갑게 뺨은 스치고 지나가는 바람에 정신이 번뜩 드는 기분이었다.

"……!!"

그는 아래를 내려다보았다. 동시에 소스라치게 놀라며 허공에서 양팔과 다리를 허우적거리며 소리쳤다.

"으아아악!!"

놀랍게도 조금 전까지만 하더라도 막사 안이었던 그가 지금 상공에 떠 있었기 때문이었다.

발 아래에 보이는 부서진 폐허들. 낯이 익은 무너진 건물들 중 티렌은 가장 커다란 폐허가 다름 아닌 황궁의 태양홀이라는 것을 깨달았다.

'여, 여긴……. 설마 황도의 하늘 위라는 말인가?'

카릴은 허우적거리는 티렌의 뒷목을 잡았다. 그리고는 그를 가까이 잡아당기며 말했다.

"인간의 영역이 아니다."

"······뭐?"

촤르르륵······!!

카릴의 손 위에서 폴세티아가 바람에 나부끼듯 펼쳐졌다.

"나는 드래곤의 영역도 뛰어넘었다."

카릴의 말에 티렌은 떨리는 눈동자로 무너진 황도를 내려다봤다.

"티렌. 네게 임무를 주마. 지금 당장 제국군을 회군시켜 돌아와라. 현실주의자인 너라면 이제 다른 방향으로 머리를 굴릴 때가 왔다는 걸 알겠지. 회군을 하라는 의미가 또 어떤 뜻을 담고 있는지 말이야."

꿀꺽-

그는 대답 대신 자신도 모르게 마른침을 삼켰다.

"내게 반기를 들었던 모든 이들을 네가 모아 내 앞에 무릎 꿇도록 하란 뜻이다."

카릴은 이제 이 길고 길었던 전쟁의 마지막을 가장 알려야 할 자들에게 말하였다.

"너희가 해야 할 것은 패배를 인정하는 것이 아니라 두 손으로 패배를 내게 바치는 일이다.

to be continued

崑崙覇仙

곤륜패선

윤신현 신무협 장편소설
WISHBOOKS ORIENTAL FANTASY STORY

선대의 안배로 인해 시공간의 진에 갇힌
곤륜의 도사 벽우진.

"……뭐야? 왜 이렇게 되어 있어?"

겨우겨우 탈출해서 나온 그의 눈에 보이는 것은!

"정말, 정말 멸문했다고? 나의 사문이? 천하의 곤륜파가?"

강자존의 세상, 강호.
무너진 곤륜을 재건하기 위해 패선이 돌아왔다!

곤륜패선(崑崙覇仙)

'이왕 할 거면 과거보다 더 나은 곤륜파를 만들어야지.'